ガーゴイルを倒せ！

新・天空の女王蜂Ⅲ

夏見正隆
Natsumi Masataka

文芸社文庫

目　次

episode 11　もういちどI LOVE YOU ―― 9
episode 12　愛を胸に ―― 125
episode 13　わたしを宇宙《そら》へ届けたい ―― 275
episode 14　さよならも星になるように ―― 483

特《とく》集《しゅう》大《だい》図《ず》解《かい》・これが究《きゅう》極《きょく》戦《せん》機《き》だ！

イラスト／大藤玲一郎

このページは、二年前、月刊〈冒険少年〉（現在は休刊中）に国防総省とのタイアップ企画として掲載された『特集大図解・これが究極戦機だ！』を再録したものである。

この特集企画には「青少年への広報の一環」という名目で、本来国防機密であるはずのUFC1001の各スペックや変形シークエンスまでが図解され（ただし、公表できないデータは塗りつぶされている）、付録としてソノシートまで添付されていた。〈レヴァイアサン〉の撃退に成功し、東日本共和国の独裁政権を崩壊へ追いやった西日本帝国軍部の、鼻息の荒さをうかがわせるような気合の入り方ではある。

究極戦機《きゅうきょくせんき》のメインパイロット
愛月《まなづき》有理砂《ありさ》・海軍中尉《かいぐんちゅうい》

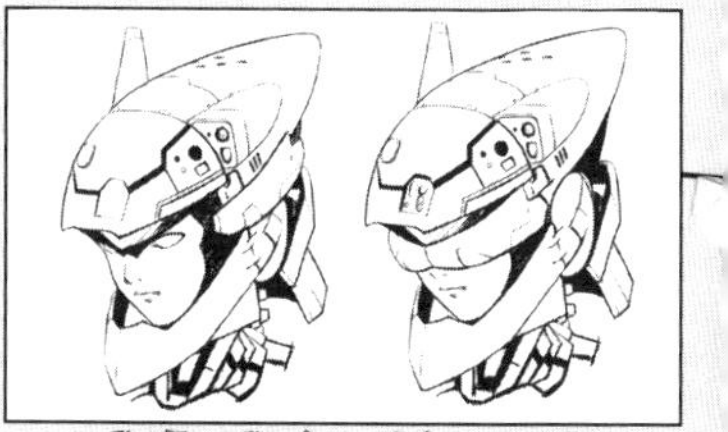

世界《せかい》を守《まも》れ、究極戦機《きゅうきょくせんき》!

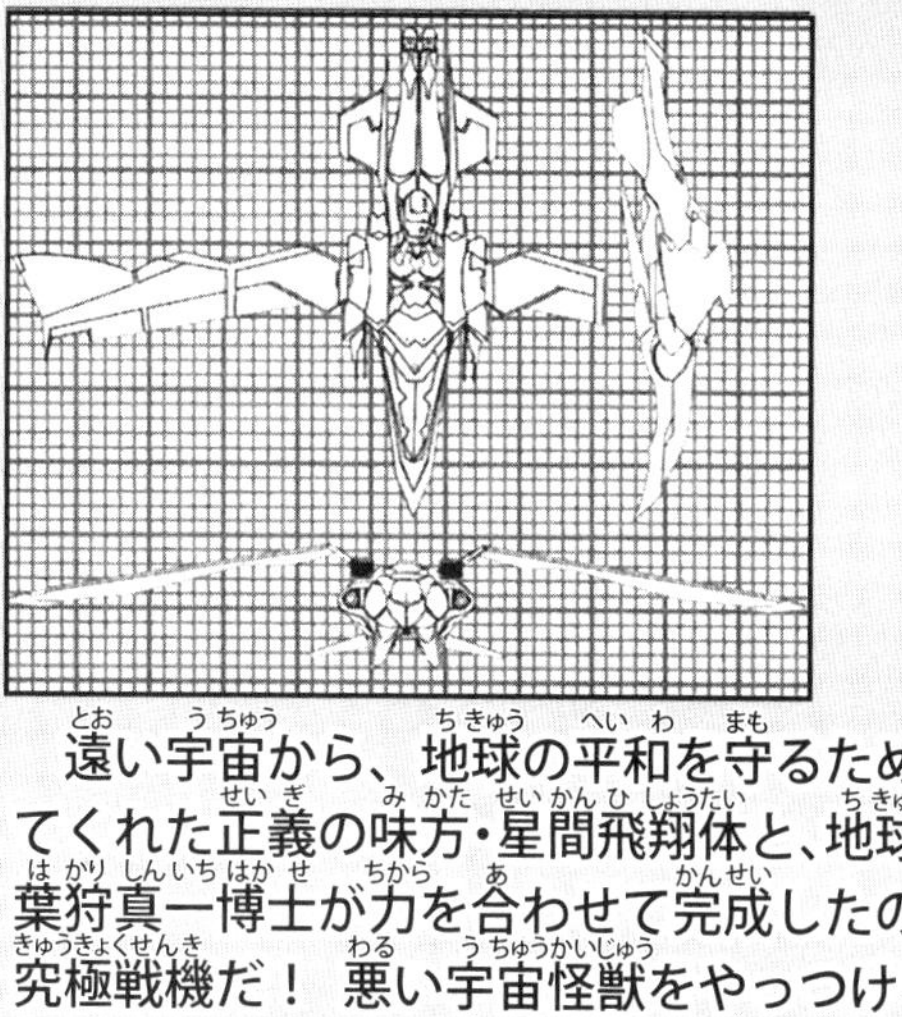

■急極戦機《きゅうきょくせんき》UFC1001
身長《しんちょう》=●●メートル
体重《たいじゅう》=●●トン
パワー=●●万馬力《まんばりき》
最高速度《さいこうそくど》=●●キロ
乗員《じょういん》=●名《めい》
武器《ぶき》=●●●●●●●
●●●●●●●
●●●●●●●

※隠された数字や言葉が知りたい君は、大きくなったら西日本帝国軍に入ろう!

遠《とお》い宇宙《うちゅう》から、地球《ちきゅう》の平和《へいわ》を守《まも》るためにやってきてくれた正義《せいぎ》の味方《みかた》・星間飛翔体《せいかんひしょうたい》と、地球《ちきゅう》の科学者《かがくしゃ》・葉狩真一博士《はかりしんいちはかせ》が力《ちから》を合《あ》わせて完成《かんせい》したのが、僕《ぼく》らの究極戦機《きゅうきょくせんき》だ! 悪《わる》い宇宙怪獣《うちゅうかいじゅう》をやっつけろ!!

〈協力〉国防総省/西日本帝国海軍装備開発実験群

ソノシートに葉狩博士の声が…!?

この〈冒険少年〉五月号に付録として添付されていたソノシートには、イメージソング〈たたかえ! 究極戦
ミニドラマ〈倒せ、宇宙怪獣レヴァイアサン〉が収録されていた。以下は、イメージソングの二番と三番の間の
分に入っている、設計者葉狩真一博士(現在行方不明)の肉声と思われるナレーションである。
『――(間奏)やぁ諸君、僕は葉狩真一。究極戦機UFC1001の設計者だ。地球の危機を救うため、一千光年の彼方
空を越えてやって来た僕たちの仲間、星間飛翔体の協力を得て、〈彼〉のボディーを改造することでこのマシーン
上げた。ヘッドセンサーや手や脚は、メインパイロットの愛月有理砂中尉がモデルだ。この究極の戦闘マシーン
止状態から引力圏脱出速度までわずか三秒で加速できるんだ。そして東京タワーも引っこ抜いて持ち上げる怪力
君がさきの戦闘で目にしたとおりだ。恐ろしい力を持つマシーンだが、心配はいらない。西日本帝国海軍は、こ
戦機を地球の平和のためにしか使わない。僕がちゃんと、そのための安全措置を施しておいた。あぁ、もう時間
は僕はこれから、インドで人生を考えてくる。さらば――!(間奏おわり)――』

■登場人物紹介

睦月《むつき》里緒菜《りおな》（20）
忍とともに戦闘機パイロットを目指していた女の子。キリモミ訓練が怖くて、こっそり海軍基地から脱走する。

水無月《みなづき》　忍《しのぶ》（21）
元アイドル歌手。転職のつもりで戦闘機パイロットを目指したが、いつの間にか地球の運命を担うことに。

森高《もりたか》美月《みつき》（25）
海軍中尉で、忍と里緒菜の教官。二人に同情しつつもスパルタで鍛えている。〈究極戦機〉の元パイロット。

峰《みね》　剛之介《ごうのすけ》（47）
西日本帝国・国防総省の統幕議長で、海軍大尉。森高美月の実の父親だが、若いころに離婚している。

加藤田《かとうだ》　要《かなめ》（40）
かつての東日本共和国平等党官房第一書記。世界制服を目論む山多田大三の腰巾着。

愛月《まなづき》有理砂《ありさ》（29）
海軍大尉で、〈究極戦機〉の初代メインパイロット。忍と里緒菜の教官役を美月に押しつけた張本人。

episode 11

もういちどI LOVE YOU

●富士桜《ふじざくら》オリエントリース川崎駅前《かわさきえきまえ》支店　十一月六日　09：15

水無月忍《みなづきしのぶ》から電話がかかってきたのは、富士桜オリエントリース川崎駅前支店の支店長が二階の大部屋オフィスに全職員を集めて、始業前の訓示を始めた直後だった。

「ご、ごめんね忍」

一番後ろの机で、腰をかがめて見えないようにしながら、ピンクの制服を着た睦月《むつき》里緒菜《りおな》は小声で携帯電話に言った。

「今日入ったばかりで、『友達が来ましたから』って下りていくわけにいかないの」

大部屋オフィスの前方では、ダブルの背広に頭のはげた肥《ふと》った支店長が、課長以下、全職員を起立させて、

「いいか諸君！　この十一月は、わが川崎駅前支店にとって今年度の勝利をかけた天下分け目の世紀の一大決戦となるだろう！」

とこぶしを振り上げて演説していた。

「この商戦に生き残るも敗《やぶ》れて死ぬのも、今日一日の諸君のがんばりにかかっている。課長！」

「は」

両手を前に組んで神妙《しんみょう》に立って聞いていた黒縁眼鏡《くろぶちめがね》のおじさんが、顔を上げた。

「先週の営業成績優秀者を、発表したまえ！」

「はは」

里緒菜は、昨日の夜明け前に浜松《はままつ》基地を飛び出して、世田谷《せたがや》区の家に逃げ帰った。

しかし、親にだまって海軍に入った里緒菜に、父の怒りはすさまじかった。

「里緒菜っ！　それ見たことか、お父さんの言うことを聞かないから、ひどい目に遭《あ》うんだ！　おまえは今日からまっとうな仕事につけ！　一日たりとも遊ばせないぞ、これからお父さんと富士桜リースの川崎支店へ行くんだ！」

祐一郎《ゆういちろう》は、いやがる里緒菜の手をひっぱって、自分がコネで里緒菜を内定させた富士桜銀行の系列リース会社へ連れてゆき、

「いやよぉ、いやよぉ」

「うるさい、働かざる者食うべからずだ！」

その日のうちに、契約社員の身分で就職させてしまった。里緒菜は聖香愛隣女学館《せいかあいりんじょがくかん》を木谷《きたに》首相の〈総理大臣命令〉で特別に卒業してしまっていたから、家に帰っても何もすることがなかったのである。

「助かったわぁ、睦月さん」

折笠《おりがさ》めぐみという先輩の女子社員が、感激して言った。富士桜オリエントリースの

川崎駅前支店には、不況のためにここ二年間、新しい女子社員が入らなかったのだという。三年も一番下でお茶くみ当番をしていた折笠めぐみは、突然入ってきた里緒菜を大歓迎した。

「睦月さん、仕事を説明するわ」

ロッカーと制服をもらった里緒菜に、めぐみはオフィスを案内しながら新人女子社員の仕事を引き継ぎした。川崎駅前支店は、古い雑居ビルの一階と二階を借りていた。二階の入り口には、全社員のタイムカードがずらりと並んでいた。

「まず女子社員は全員、朝八時四十五分までに来るのよ」

「えっ、折笠さん、始業時刻って九時十五分じゃないんですか?」

「ううん、女の子は三十分早く来て、みんなで机の上を雑巾《ぞうきん》がけするのよ。あなたはお茶くみ当番だから、お湯を沸かしてコーヒーメーカーをセットして、新聞にホチキスをかけて、夜のうちに入ったファックスを仕分けしといてね」

「は、はい」

「みんなに出すお茶は十時と三時。社員の誰が何を飲むかは、ほら、給湯《きゆうとう》コーナーの壁に一覧表にして貼ってあるわ。日本茶、コーヒー、紅茶、クリームと砂糖の量、全部間違えないで作るのよ」

「は、はあ」

「今の季節はまだ楽なのよ。夏になると、冷たい麦茶にアイスコーヒーに、カルピスまで用意しなきゃいけないんだから」

「は、はぁ……」

「あ、それから、帰る前にみんなのお茶碗《ちゃわん》とコーヒーカップを洗って、ふきんを洗濯して干しておいてね。——ああ助かるわぁ、睦月さんが来てくれて」

　折笠めぐみの言ったことはおどかしでも誇張《こちょう》でもなく、今朝、里緒菜が八時四十分に川崎駅前支店へ来てみると、五人の女子社員はすでにピンク色のベストとスカートの制服に着替えて、みんなで机の上を拭《ふ》き始めていた。この支店の先輩女子社員は、二十九歳の戸田圭子《とだけいこ》を筆頭に五人いて、二十五歳を超えていないのはめぐみだけだった。

「す、すいません」

　一番あとから来た里緒菜は恐縮して、あわてて給湯コーナーへ入って大きなやかんを火にかけようとしたが、

「睦月さん、いいよ。先にロッカーで制服になっておいで。自分の服を、汚すことはないわ」

　メタルフレームの眼鏡をかけた戸田圭子が言ってくれた。

「すいません」

　里緒菜は昨日もらったばかりのロッカーへ走った。

（すごいなあ、みんな毎日、こんなに早起きしてるのか――）

　里緒菜は今朝、六時四十分に起きた。八時四十五分に川崎駅前支店へ出社するには、遅くとも目黒線奥沢駅《めぐろせんおくさわえき》を八時十四分の電車に乗らなくてはいけない。そのためには八時に家を出るつもりでいなければならず、化粧の時間とかを逆算すると、出かける一時間以上前に目を覚まさなくてはいけなかった。

（それでも、教官に叩き起こされて二キロ走らされるより、ましだけど――）

　でもこれから毎日、ずっと六時四十分に起きるのか、と思うとちょっとしんどい気がした。満員電車も二キロ走らされるのよりはましだと思ったけれど、浜松基地で二キロ走ったあとは気分爽快《そうかい》で便秘が解消したのに、満員電車はただ疲れただけだった。

（いいえ、ＯＬのほうが楽よ。だってあの恐ろしいヒコーキに、乗らなくていいんだもん！）

　制服に着替えながら、里緒菜は思った。おとといまで着ていた、海軍士官候補生の白い制服に比べると、ブラウスに花びらみたいなリボンがついていて、ずいぶんと可愛らしい格好だった。

「――そうよ。ＯＬは、キリモミをしなくていいんだもん！」

ロッカーの鏡で胸のリボンを結びながら、里緒菜は独《ひと》り言《ごと》を言った。

先輩のOLのみんなは、黙々と机を拭いていた。あとで、都内に家がある自分はまだ恵まれていると知った。千葉《ちば》県から通っている戸田圭子などは、六時に起きて快速電車に一時間半も揺られるのだという。座ることなど、毎日ほとんど不可能だそうだ。

「睦月さん、今日は初めてだから一緒にやろう」

折笠めぐみが、お茶の準備を手伝ってくれた。昨日めぐみに言われた新聞やファックスの仕分けまで全部終えると、すっかり汗をかいてしまった。

（ふー、大変）

大部屋オフィスの時計を見上げると、九時十分。そろそろ男子社員たちが出社し始めると、驚いたのは、いくら早く来てタイムカードを押して拭き掃除やお茶や新聞の準備をしても、始業時刻が九時十五分なので、早く来て働いたぶんは賃金にはならないのだった。それでも女子社員たちはみんな、文句ひとつ言わずに朝の作業をするのだった。

「睦月さん、一応しきたりだからみんな文句言わずに働いてるけど、適当に手を抜いたほうがいいよ。疲れて倒れちゃうよ。腰を痛めても、会社は何もしてくれないよ。労災を申請しようとすると、暗に『早くやめろ』って総務課長に言われるのよ」

一緒にコーヒーを作りながら、折笠めぐみが耳打ちしてくれた。

そういうわけなので、今日から働く契約社員として紹介された里緒菜は、水無月忍が『今、川崎の駅まで来ているの』と電話をくれても、会いに下りていくわけにはいかないのだった。

「今日からうちに入った、睦月里緒菜くんだ。当面は契約社員の身分で、来春から本採用になる見込みだ。みんな教えてやってくれ」

支店長が里緒菜を前にひっぱり出して紹介すると、居並ぶくたびれたおじさんたちが、ぱちぱちぱちぱちと拍手した。

(ひゃあ、少しはかっこいい男の人がいるかと思ったのに、見事におじさんばっかりだわ)

よろしくお願いしますとお辞儀《じぎ》しながら、里緒菜はがっかりした。

「それでは、全員で社訓を唱和いたしましょう」

係長が、訓示の終わりに大声で言った。

「ひとーつ、今日も元気にお客様を大切にしよう!」

すると大部屋に集まった全員が、

「ひとーつ、今日も元気にお客様を大切にしよう!」

「ふたーつ、お客様に損はさせるな！」

「ふたーつ、お客様に損は――」

富士桜オリエントリースには、創業者の会長という人が考えた〈社訓〉が、全部で十二コもあるのだった。

●JR西日本《にしにほん》　川崎駅　コーヒーショップ〈ルクシオン〉

忍は携帯電話を切ると、外の通路が見えるカウンターの席へ戻った。

「どうしよう……」

そんな台詞《セリフ》をつぶやくのは、珍しいことだった。でも里緒菜がいないまま、明日からもまた訓練を続けるのかと思うと、なんだか胸のあたりが寒くなる気がした。

（なんだか、心細いなあ――）

忍は、海軍に友達がいなかった。〈究極戦機〉搭乗要員の極秘養成計画に組み込まれていたから、浜松基地の一般の訓練生たちと交流をすることはできなかった。明日からは部屋でする勉強も、飛行訓練も、一人だ。

昨夜《ゆうべ》は自由《じゆう》が丘《おか》の部屋に帰って寝た。久しぶりに自分のベッドに横になるとほっとしたが、暗くして仰向《あおむ》けになっていると朝からの出来事がニュース映像のように頭に浮かんできて、白煙を上げる空母や銀色の巨人のような異星の超兵器が忍を不安にさせた。
（宇宙から来た、超兵器……）
忍はカウンターに頬杖《ほおづえ》をついて、目の前のコンコースをさざめきながら行き交うビジネスマンやＯＬの人たちをぼんやりと眺めた。
――『〈究極戦機〉ＵＦＣ１００１です、水無月候補生』
傾いた空母の甲板《かんぱん》で、井出《いで》という若い少尉が忍に説明してくれた。
――『原形は、銀河核恒星系からやってきた星間飛翔体です。恒星間航行能力は失ってしまいましたが、それでも核融合動力のＧキャンセル駆動で、例えば地球引力圏脱出速度の秒速一一キロまで三秒で加速することが可能です』
（空母を簡単に撃ち抜くような武器を持って、地球のために戦うのか――わたしが……）

──『水無月候補生、よろしければ、〈アイアンホエール〉の資料についても説明する用意がありますが──』

『あ、あのう……』

（わたし──戦闘機パイロットの仕事を、純粋に特殊技能の面からだけ見ていたな……考えてみれば海軍のパイロットは戦うために空を飛ぶんだ──）

──『あ、あのう……少し考える時間を、いただけませんか』

郷《ごう》大佐に頼んで特別にもらった休暇は、今日の夕方までだった。

なんとかして戻ってもらえないだろうかと、朝になるとすぐに里緒菜の実家へ電話をした。海軍の同期生などと告げたら両親が警戒するだろうから、短大の友達ですと言った。

驚いたことに、里緒菜は基地を飛び出した翌日の今日から父親の勤めている銀行の関連会社の川崎支店に放り込まれているのだった。

「困ったなあ──」

●富士桜オリエントリース川崎駅前支店

「睦月さん、がっかりしたでしょ」

「え？」

給湯コーナーでさっそく十時のお茶を用意していると、折笠めぐみがそばに来て耳打ちした。

「かっこいい男の子がいるんじゃないかとか、ここに来るまでは期待してなかった？」

「え、ええ――」

里緒菜は森高《もりたか》教官のキリモミから逃げるのに必死で、男の子のことなんか考えてもいなかったが、それでも今朝、出社した時には、ちょっぴりでも期待していたのである。

「睦月さん、いい大学を出ていてかっこよくて仕事のできる独身の若い男なんていうものは、あたしたちの手の届かないどこかに集中してしまっていて、こういうところには、くたびれたおじさんしか集まらないのよ。世の中って、そういうものよ」

めぐみはプンとむくれながら、『こういうところ』と言う時にはすごくいやそうな顔をした。

「でも、ま、就職があっただけでも、困ってる子に比べれば天国だけどね」

「は、はぁ……」

　窓からソープランドの看板が見える給湯コーナーで、めぐみは両手を腰にあてて、横目で大部屋オフィスを睨《にら》んだ。

「あたしは、絶対にこんなところで終わらないわ。こんなところで終わるもんか。何よ、あたしに三年間もお茶くみ当番させて――！」

「めぐみさん、この会社飛び出して、何かするんですか？」

「考えてることは、いろいろあるけどね。でも、飛び出して何をするにも、必要なものがあるわ」

「お金、ですか？」

　違うわ、とめぐみは頭を振った。

「特殊技能よ、睦月さん」

「特殊技能？」

「そう。資格よ。何か資格を取らなくちゃ。秘書検定とか通訳とか。勉強して資格を取れば、どこへ転職してもお茶くみなんかしなくていいし、二十代が終わりに近づいても、肩叩きされずにずっと働いていけるわ。ねえそう思わない？」

「そ、そうですねぇ……」

「ねえ、睦月さんは何か特殊技能を持ってる？」

「え——」

特殊技能？

——『そぉら三十本目だーっ』

ブァアアアーン！

『ぎゃあぁ～っ、もう死ぬ、死ぬ～っ！』

里緒菜はブルブルッと身震いした。

「い、いえ、あたし、そんなものありません」

●ＪＲ西日本　川崎駅　コーヒーショップ〈ルクシオン〉

二度目に電話した時も、里緒菜は素っ気なかった。

『ごめんね忍。あたしもう、ヒコーキには乗りたくないの』

「——そう」

『ごめんね。これからみんなにお茶を出さないと……』

「あ、でも――里緒菜」

『ごめんね』

あわただしそうな空気を背景に、電話は切られてしまった。

忍は携帯電話を切ると、

「ふう――」

ため息をついた。

コーヒーショップの時計は、もうすぐお昼になってしまう。

（そろそろ基地に戻らなくちゃ――明日のフライトの準備もあるし……）

これからはずっと単独飛行《ソロ》で飛ばすと美月《みづき》は言う。帰ってインメルマン・ターンとスプリットSのやり方を憶えなくては――

忍は携帯電話をバッグにしまって、歩きだした。ショッピングセンターのパーキングに停《と》めた赤いBMWカブリオレを引き出すと、東名高速《とうめいこうそく》の横浜《よこはま》インターへ向かった。

1

●アムール川上流　帝国海軍原子力潜水艦〈さつましらなみⅡ〉

「おい、やつは上流へ向かい続けているのか？」

居住区の艦長室で仮眠を取ってきた山津波《やまつなみ》艦長が、顔をタオルで拭きながら発令所へ戻ってきた。

「はい艦長」

副長の福岡《ふくおか》大尉が振り向いて答える。

「〈アイアンホエール〉は、やつらの基地を出てからずっと、上流へ向かっています」

「よし」

山津波は潜望鏡の前の定位置に立つと、

「福岡、交替しよう。君は後ろへ行って仮眠を取れ。航海長、君もだ」

「は」

「は」

「ソナー員も交替しろ。よく寝ておくんだぞ」

西日本海軍の攻撃型原潜〈さつましらなみⅡ〉は、アムール川上流のネオ・ソビエト基地をひそかに偵察せよとの非合法極秘命令を受け、四日前からこのシベリアの大河をさかのぼっていた。

クォオオオ――

八枚プロペラのスクリューはゆっくりと回転し、すでにアムール川の半分よりもかなり上流の淀《よど》んだ水の中を静かに前進する。〈さつましらなみⅡ〉の五〇〇メートル前方には、暗緑色にかすんだ水中に巨大なクジラ形のシルエットがあって、やはり流れに逆らいながら上流へと進んでいた。

赤い戦闘照明にぼんやり暗くなった発令所で、何人もの士官が持ち場を交替する。〈アイアンホエール〉を追尾し始めてから、長丁場になると判断した山津波は乗組員《クルー》を六時間ごとの二交替制にした。シベリアのこのあたりは西日本と時差がなく、時計では間もなく十一月六日の正午になろうとしていたが、潜水艦の乗組員たちには今が昼なのか夜なのか、ぜんぜん実感が持てなかった。

「主任航海士。やつの速度は？」

山津波は海図台に歩み寄って訊《き》く。

昨夜、〈さつましらなみⅡ〉がネオ・ソビエトの基地にひそかに接近したちょうどその時、川幅二キロの水中に地滑りか雪崩《なだれ》のような大音響が鳴り響いて、ソナー員を仰天《ぎょうてん》させた。敵に見つかったのかと山津波たちはびくっとしたが、最新鋭の攻撃型原潜が発見される可能性は低かった。じっとしていると、やがてそれは、巨大な水中航行物体が川岸のドックから川の中へ進水してきた音だとわかった。

「〈ホエール〉の速度は一〇ノットです、艦長」

主任航海士の吉原《よしはら》少尉が海図――この場合はシベリア地図だが――の上にデバイダを置いて測《はか》った。

「昨夜ネオ・ソビエト基地を出港してから、ずっと上流へ向かい続けています。速度は一時間に一〇マイル、川が曲がりくねっているため、これ以上は無理のようです」

「ふん」

山津波は、〈さつましらなみⅡ〉がひそかに追尾しているネオ・ソビエトの巨大メカの航跡を見下ろした。幅一キロの大河の真ん中を、巨大クジラは慎重《しんちょう》に進んでいるようだ。

「やつの深度は？」

「潜望鏡深度です、艦長」

攻撃管制士官が答えた。

「上流に向かうにつれ川幅は狭《せば》まり、間もなく水深も五〇メートルを切ります」

攻撃管制士官は〈ホエール〉の運動諸元を逐一《ちくいち》コンピュータにインプットし続けていて、命令があればいつでも魚雷を発射できる態勢だった。

「やつの全高は二〇メートル、遠からず浮上航行しなくてはならなくなるでしょう」

ううむ――

山津波は、唸った。〈ホエール〉が川を下って日本海へ向かうのならば、国防総省あてに非常警報を出さなくてはならない。しかし――

「いったい……やつらはなんのために上流へ向かうんだ――？」

山津波はつぶやいた。

「通信士官」

「は」

「やつに聞かれないように、西日本へ送信できるか？」

「この距離では超長波は傍受《ぼうじゅ》される危険があります。水面にアンテナを出して、衛星デジタル回線にパルス発信すれば、一〇〇〇分の一秒で十六文字まで送れますが」

「それでいい。『アイアンホエール源流地帯へ向かう』とだけ送信しろ」

●赤坂《あかさか》　国家安全保障局　主任分析官オフィス

「やはり〈翔鶴《しょうかく》〉の修復には、それだけかかってしまうのか……」

「はい」

腕組みをして困っている波頭《はとう》中佐に、水無月是清《みなづきこれきよ》は海軍技術本部からのレポートを説明していた。

赤坂の国家安全保障局の波頭のオフィスでは、昨日の朝、〈究極戦機〉が暴走しかけて空母〈翔鶴〉を滅茶滅茶にした事件の影響を波頭と是清が分析していた。

「左舷に〈究極戦機〉が開けた大穴、これが直径一〇メートルもあって、応急処置ではとても塞ぎきれません。沈まないですんだのが不思議なくらいです。そのうえ、〈翔鶴〉の飛行甲板は〈究極戦機〉が突き破ってしまったので使用不能、大格納庫も内部の設備をすべて吹き飛ばされ、油圧エレベーターも使いものにならず、機能的にも〈究極戦機〉母艦としての役目が果たせません」

「〈究極戦機〉自体は？」

「無傷です」

「ううむ――」

波頭は考え込んだ。

母艦〈翔鶴〉がかなりの長い期間——おそらく数カ月——にわたって使用不能になるという事態は、深刻だった。二人は、さっき是清が地上《うえ》に出て買ってきた昼食の特盛り牛丼弁当にも手をつけず、レポートを検討していた。

「どうします中佐。〈飛龍《ひりゅう》〉に代替《だいたい》させますか？」

「〈飛龍〉や〈蒼龍《そうりゅう》〉ではスペースがないし、甲板の強度も足りない。かといって、〈瑞鶴《ずいかく》〉をバルト海から呼び戻すわけにもいくまい……向こうのＰＫＦは〈瑞鶴〉を頼りにしているからな——」

波頭はため息をつく。

せっかく五十円よけいに払って買ったみそ汁も、冷えてしまった。

「例の新造艦はどうだ」

「新しく建造中のあれですか？　進水が半年も先です」

「そうか。そうだったな……」

「連合艦隊の在籍艦で、代わりになりそうなのを探しましょう」

「ううむ——こうなったらやはり、あそこに引き受けてもらうしかないかな……」

波頭は天井を見ながらつぶやいた。

その時、

ピピピピピ——

メッセージ音がして、通信用デスクのコンピュータに緑色の文字が表《あらわ》れた。

「あ、衛星回線でメッセージです」

是清は立ち上がって、ディスプレイを覗《のぞ》き込んだ。だが一行の短いメッセージを見るなり、

「——なんだって！」

「どうした？」

是清は振り返って叫んだ。

「中佐、〈さつましらなみⅡ〉からの報告です！」

●川崎駅前アーケード　レストラン〈トトロのひげ〉

「ねぇ、何か面白いことないかしら」

テーブル席に腰を下ろすなり、戸田圭子が言った。

里緒菜は、先輩たち三人と一緒に、会社から歩いて三分の駅前アーケードの中にあるイタリアンレストランにお昼を食べにきていた。三人の先輩は年長の戸田圭子と里緒菜のすぐ上の折笠めぐみ、それに今年二十五歳になったという山本小百合《やまもとさゆり》だった。

　女子社員たちは、大部屋オフィスの時計が十二時を指すのを秒読みしていたようにがたっと立ち上がり、「睦月さん行こう」と里緒菜を誘って階段を駆け下りた。どうしてそんなに急ぐのかな、と不思議に思いながら里緒菜はあとからついていったが、理由はすぐにわかった。手頃な値段でコーヒー付きのランチが食べられるような洒落《しゃれ》たレストランは、ランチタイムになるとすぐに満員になってしまうのだ。

「面白いことねえ」

「ないねえ」

　小百合と、めぐみが出されたおしぼりで手を拭きながら言う。

「そうねえ」

　圭子も、べつに本気で訊いていたんじゃなくて、どうやら昼ごはんのテーブルについた時には『何か面白いことない？』で会話が始まるらしいのだった。

「ねえ睦月さんさ」

　山本小百合が里緒菜に言った。

「今日、初出勤じゃ、まだわからないだろうけど、もっと手を抜いたほうがいいよ」

「ああそうだ」

　戸田圭子もうなずく。

「睦月さんあなた、あんなに真面目《まじめ》にお茶出しすることないのよ。あたしたちはウエイトレスじゃないんだから」

「は、はぁ――」

　里緒菜は、大部屋オフィス全員ぶんのお茶を淹《い》れて出して下げてお茶碗を洗うことだけで、午前中が終わってしまったのだった。こんなに大勢にお茶を淹れて出すなんて初めてで、手の抜き方なんて知らないのに加えて、就職のためにキャビンアテンダント予備校で接客作法なんか習っていたから、机の上に保険のおばさんからもらったヌードカレンダーを載せている頭のはげたおじさんに「お茶でございます」なんて、国際線のキャビンアテンダントみたいに丁寧《ていねい》に応対をしてしまったのだ。

　だがもちろん、里緒菜が契約社員として入社したのはお茶くみ当番のためではなくて、午後からは折笠めぐみに教わってクレジットカードの入会申込書を整理したり、カード会員に出すダイレクトメールの宛名シールを封筒に貼る作業などをしなくてはならないのだ。そのほかにも、コピー機の使い方や電話の取り方も、先輩に教わって覚えなくてはいけない。

（T3のエンジンスタート手順を憶えるのよりは、楽だと思うけど――）

　里緒菜はそう思ったけれど、でも、そういう作業は楽だけれど里緒菜がこれからこの会社に勤める限り、たぶん際限なくやり続けなくてはいけないのだった。

「ねえ睦月さん」

戸田圭子が言った。

「は、はい」

「睦月さん、一生懸命、仕事しようなんて、思っちゃ駄目よ」

「え」

里緒菜は、ちゃんとした大人《おとな》の女性で、しっかりしていそうな圭子がそんなことを言うので驚いてしまった。

「ど、どうしてですか？」

「無駄だからよ」

戸田圭子は頬杖をついて、メタルフレームの眼鏡を外す。ややきつい目をした知的な美人の顔が現れる。

「あたしさ、四年制大学を出ているの。でも女の子の事務職じゃ、一生懸命やったって昇進も昇格もないし、ベテランになったって仕事はいつまでも同じだし、総合職の男の人みたいに努力して丸《まる》の内《うち》の本社へ行ったり、海外の支店へ配属されたりすることは絶対にないわ。さすがにこの年でもうお茶くみはないけど、今やってることはデータ入力とコピーと挨拶《あいさつ》回りと資料の作成で、男の人の補佐だけだわ。得意先からの電話も、あたしあてにかかってくるものは一本もないわ。電話を取っても、ほかの人に取り次ぐだけ。それをもう、七年も続けているわ」

圭子は、ひざのポーチからティッシュを出して、眼鏡を拭いた。

「これからも、たぶんずっと続くわ」

小百合とめぐみが、だまって圭子を見た。

「ねえ睦月さん、一生懸命やっても適当にサボってもお給料が同じなら、身体をすり減らして会社に滅私奉公《めっしぼうこう》することはないわ」

「は、はぁ」

毎朝六時に起きて、千葉から通ってきて誰よりも早くオフィスの机を拭いている戸田圭子がそんなことを言うのだった。

圭子は、みんなで注文したサービスランチのなすとトマトのパスタをフォークにクルクル巻きながら、

「あたし、根が真面目で、つい真面目に働いちゃうんだけど、最近やっとわかった。女の子は安く使われているだけなんだって。でも何か資格を取るために勉強しようとか思っても、くたびれて電車に揺られて帰ったらテレビ観て寝ちゃうだけだし、無理すれば身体こわすし、身体こわしたらこれまでどんなに会社に尽くしてきたと本人が思っていても、課長から『お見合いでもしたらどうだ』なんて言われるわ。頭にくるからあたし、最近は早起きして睡眠不足なぶんを、会社のトイレで寝てるわ」

「えっ」

　里緒菜は驚いた。

「圭子さん、会社のトイレで寝るんですか？」

「そんなの常識よ睦月さん」

　めぐみがうなずいた。

「あたしたち朝早いでしょ？　だから眠いとトイレに行って、個室の中で二十分くらい座って寝るのよ。すっきりするよ」

「そうそう」

　小百合もうなずく。

「気分がむしゃくしゃしたら、『お茶菓子買ってきます』ってフケちゃうのもいいよ」

「『歯医者行きます』もいいよね」

「あ、あれは確実に一時間フケられるから、デパートをひと巡りして気分転換できるわ」

「あたしこの間、『歯医者』でデパートのバーゲンセール行ってきちゃった」

　めぐみと小百合はキャッキャと笑った。

　ＯＬたちがこんな話をできるのも、可愛らしいイタリアンレストランには会社のおじさんたちがやってこないからだった。おじさんたちは、夜は居酒屋になる地下街の店に、〈焼き魚定食〉とかを食べに行っているのだ。

「だからさ睦月さん」

戸田圭子が言った。

「会社の仕事なんて適当にやって、お給料だけいただいて、早くどこかでいい人見つけて結婚したほうがいいよ」

圭子は、今日ＯＬになったばかりの里緒菜に、真剣な顔でそうアドバイスした。

2

●アムール川水中　〈アイアンホエール新世紀《しんせいき》一號《いちごう》〉ブリッジ

「あとどのくらい潜っていられる?」

メインブリッジの艦長席から加藤田要《かとうだかなめ》が訊くと、航法士が海図台から振り向き、

「せいぜい一〇〇マイルです、第一書記。それから向こう側は水深が浅くなります」

「〈北のフィヨルド〉というところは、深いんじゃなかったのか?」

「第一書記、氷河が削った源流地帯はおおせのとおり一〇〇〇メートル近い水深がありますが、そこへ至るまでしばらく、普通の川が細く浅くなっているところを通らねばなりません」

「ふむ——」

要は考え込んだ。

「西日本帝国の偵察衛星に、〈ホエール〉の所在を知られたくないな――操縦士」

要は、一段高くなったブリッジ中央奥の艦長席から操縦士を呼んだ。

「――」

最前方でビジュアルモニターと計器群に囲まれ〈ホエール〉のコントロールを握っている操縦士が、無言で振り向いた。

「江口《えぐち》大尉。なるべく潜ったままで行くんだ」

「――潜れというのなら、おおせのとおりにしますが」

宇宙飛行士用のキャップを目深《まぶか》にかぶった色白の二枚目が、愛想《あいそ》もなく言った。

「ただ、川底から岩が突き出ていたら、船腹が裂けて核燃料廃棄物が流れ出しますよ」

〈アイアンホエール〉の操縦は、従来の潜水艦のように上下《ピッチ》と左右《ヨー》の舵《かじ》を二人の操舵員で別々に受け持つのでなく、航空機のように一人のパイロットが艦の運動を操縦桿と方向舵《ラダー》ペダルですべて操るようになっていた。

「この〈ホエール〉の船腹が裂けたら、アムール川から日本海、太平洋の西半分はすべて汚染されてパーだ。フフフ」

〈アイアンホエール〉のパイロット・江口大尉は元宇宙飛行士で白皙《はくせき》の美男だったが、ニヒルで性格が悪く、すぐ極端なことを言うのでエクストリーム江口と呼ばれていた。

愛想のなさではネオ・ソビエト一であったが、操縦の腕は抜群なので、今回は要が指名して連れてきたのだ。

「君なら船腹《はら》をこすらんだろ。いいか、頼むぞ」

要は、操縦席の後席に左右を向いて座っている機関士と攻撃管制士官にも「頼むぞ」と言い残し、シートベルトを外して艦長席を下りた。機関士が横を向いてモニターしているボトム粒子型核融合炉の機関部コントロールパネルは、安定を示すブルーに輝いていた。

「私は押川《おしかわ》博士の部屋に行く。何かあったら呼ぶのだ」

●〈アイアンホエール〉艦内

ゴゥンゴゥンゴゥン
ところどころ蒸気が噴き出している艦内通廊を、水密隔壁の敷居《しきい》をまたぎながら三〇メートルも後方へ歩き、要は船室のドアのひとつをノックした。

「博士、加藤田です」

「おう」

返事をもらって室内に入ると、〈ホエール〉艦内でも一番広い士官室《キャビン》の真ん中で、白髪の老博士は巨大なデスクに座ってコンピュータを操作していた。

「博士——」

要は、天井まで積まれた資料の中でデスクに向かう博士に歩み寄ろうとして、老博士が頭上の壁に掲げている大きな額に気がついた。

（——ん？）

横長の額である。それには大きな毛筆体で勢いよく、

撃滅！　連合艦隊

と、書いてあった。

「博士、この額は、なんですか？」

要が見上げて訊くと、押川博士は机上のコンピュータ画面から顔を上げもせず、

「ふん。単なる座右《ざゆう》の銘《めい》じゃよ」

「『撃滅！　連合艦隊』、ですか」

「そうだ」

「そういえば博士、前にも訊こうと思ったんですが——」

要は、押川博士に〈アイアンホエール〉の出撃準備を頼みにいった時、博士とオーバーホール中の〈ホエール〉の鼻先のプラズマ砲口に立って、会話したことを思い出

した。

「西日本帝国の連合艦隊を撃滅しなければならないというのは、どうしてなのですか？」

「ふん、単なる家庭の事情だ」

博士はカチャカチャッとキイボードを叩き続ける。

「家庭の事情？——『空母〈翔鶴〉は必ず沈める』というのも？」

「〈翔鶴〉は〈究極戦機〉の母艦じゃろ」

「それはそうですが——どうして〈家庭の事情〉で敵空母を撃沈するのです？」

博士はそれには答えず、
息をついて、博士は自分のディスプレイを指さした。

「ふう——加藤田くん、ちょっとこれを見ろ」

「なんですか」

画面には、緑色の文字で何十行ものメッセージが表示されていた。

「星間飛翔体不時着の、〈原因〉じゃよ」

「不時着原因？　一世紀前のですか」

「ツングース大隕石《だいいんせき》とか呼ばれて、長いこと謎とされてきたじゃろ？　わしが最新のデータをコンピュータに分析させてみた。〈北のフィヨルド〉の中州《なかす》に斜めに突っ込んで止まっていたあの飛翔体は、人工知性体が機能を停止していたから、〈会話〉をして不時着に至る事情を訊き出すことはできなかった」

「飛翔体はエンジントラブルで、地球に不時着してきたのではなかったのですか？」

「違うね」

　博士は椅子の背にふんぞり返って、ディスプレイを指さした。

「爆発する可能性のある核融合エンジンを抱《かか》えたまま、先住民族のいる惑星に飛翔体が降りてくるようなことはない。空軍の戦闘機パイロットだって、機が故障したら海に向けるだろ？　わざわざ住宅地へ機首を向ける馬鹿はいないよ」

「それは、そうです」

「現に、核融合エンジンはなんともなかった。今でもこうやって〈ホエール〉の動力となって正常に動いておる」

「それもそうです」

「飛翔体は、地球に降りざるをえなかったのさ。好むと好まざるとにかかわらずな」

「降りざるを、えなかった――？」

「これを見ろ。コンピュータがいくつかの可能性を示唆《しさ》している。星間飛翔体のシベリア不時着は、事故ではなかった。その確率は九五パーセント。それを前提に、いくつかの〈原因〉が推定されている」

　要は、博士のディスプレイを覗き込んだ。ネオ・ソビエトで個人でコンピュータを持ち、かつ使うことが許されているのは〈アイアンホエール〉の開発に携わるひと握りの科学者だけであった。

「――これは？」

要は、コンピュータが『最も可能性が高い』として、ディスプレイの一番上の行に表示したメッセージを読んだ。

「そうだ」

博士はうなずいた。

「これが、飛翔体不時着の〈本当の原因〉だと仮定すれば――飛翔体の融合炉がフィヨルドの中州で一世紀もアイドリング状態でパワーを出し続けていたことも、われわれがフィヨルドから融合炉を持ち去ってから急にアムール源流地帯で異変が起き始めたことも、ぜんぶ説明がつく」

「これは――しかし」

要は、ディスプレイを見たまま息を呑んだ。

「しかしそんなことが……」

●アムール川　源流に近い森

　今日も日が暮れた。

「また今日も野営か」

　川西《かわにし》たちは発掘中継キャンプの二キロ南まで進んだところで、森の中にテントを張って野営に入った。

「そう言うな川西くん。発掘中継キャンプはもうわずか二キロ先だ。明日の午後には風呂《ふろ》に入って、いい食事がとれる」

「そう願いたいもんです」

　川西は薪《まき》を並べて焚《た》き火の用意をしながら、ぶつくさ言った。

「ったく、食糧は残り少ないし、お嬢さんたちはなんにもしてくれないし――」

　そこへ、川岸へ水浴びに行っていた鷹西《たかにし》ひかると垣之内《かきのうち》涼子《りょうこ》が二人して戻ってきた。

「ああ気持ちよかった」

「さっぱりしたー」

　二人の女の子は、まるで現在の非常事態など関係ないかのように、タオルで髪の毛を拭きながらキャッキャと笑っていた。

「川西くん、テントやっといてくれたのー？　ありがとー」

「いつも悪いわね」

川西は振り向くと、『自分で寝るテントくらい、自分たちで張ってくださいよねっ』

と文句を言おうとしたが、

「あら。焚き火の用意、大変ね」

涼子がニッコリ笑ったので、

「う――」

か、可愛い。

「――あ、いや。なんでもないですよ、こんなこと」

頭を掻《か》いて、笑ってしまうのだった。

「ねー川西くん、ごはんまだ？」

ひかるがロングヘアにブラシをかけながら訊く。

「あたしお腹《なか》ぺこぺこ」

「わたしも」

めしの支度《したく》くらい、手伝ってくれよと川西は言おうとしたが、

「ねぇ川西くん、あたしサンタのカレーがいいなあ」

ひかるがふいに、川西のすぐそばにしゃがみ込んで川西のリュックを開け始めたの

で、タンクトップの胸の谷間が見えてしまった。

ぎくっ
黒い洗い髪から、まだしずくが滴《したた》っている。

「あ――あはは。ひ、ひかるさんカレー好きですね」

「そうなのよー」

ひかるは川西の背負ってきた大きなリュックの中から自分の好きな缶詰を取り出すと、

「じゃ、今日これね」

川西のそばにトンと置き、

「ごはん炊《た》いといてね。あたし涼子とお茶飲んで待ってるから」

「あ、は、はい」

ひかるはネオ・ソビエト高級幹部の娘らしく、自分で食事作りをしようという頭など、はなからないようだった。

「川西くん、ごはん炊くの、手伝いましょうか？」

涼子が川西を覗き込むように言ってくれたが、

「あっ、いや、いえ、いいですよ」

川西は思わず、手を振ってしまった。でも実は、朝から働き詰めで、川西はくたびれて仕方がなかった。

「ご、ごはん炊くくらい、僕一人でできますよ。涼子さんもゆっくりされてください。くたびれたでしょ？」

「そう？　悪いわね」

涼子はニッコリと笑った。でもタイガの針葉樹林を進む時に先頭で藪漕《やぶこ》ぎをしているのはいつも川西だったし、重い荷物を大部分持っているのも、川西であった。

「いえいえ」

川西は笑って答えながら、心の中で『何が「いえいえ」だ』と思った。

薪を火にくべながら、熱に浮かされたようになってしまう自分を、いったいどうなっているんだろうと思った。

(僕は——いったいどうなっているんだ)

確かなのは、ひかると涼子があんなに可愛くなければ、自分はもっと好き勝手に文句を言えているだろう、一人で仕事をしょい込んだりしていないだろう、ということだった。

(情けないぞ川西正俊《まさとし》。ちょっと可愛いくらいで、女の子二人をつけ上がらせるんじゃない。もっとがつんと言うんだ、がつんと)

そうだ。俺はネオ・ソビエト陸軍少尉じゃないか！

だが、

「川西くーん、お湯沸《わ》いた？　お茶が飲みたいわ」

ひかるの声に、

「は——」

い、いかん、僕は何を——

「はぁい、お湯ですね？　ただいま」

思わず川西は立ち上がると、やかんを手にしていた。

女の子二人にマグカップでお茶を淹れてやり、「ありがとう」とニッコリされて「いやぁ、お安いご用です」と頭を掻いて笑ったあと、川西は焚き火に戻って薪に八つ当たりした。

ばきっ

（ぼ、僕は——いったい何をやっているんだ！）

●帝国海軍浜松基地

（ちょっと、風にあたろう）

忍は操縦教本から顔を上げた。窓の外は、すっかり暗くなっていた。

「こんな時間――」

腕の時計を見て、驚いた。

『初歩の空戦機動《ACM》』というページを閉じて、立ち上がる。

忍が浜松基地に帰り着いたのは、午後遅くになってからだった。

休む暇もなく、翌日のフライトに備えて準備しなければならなかった。忍が〈究極戦機《UFC》〉搭乗要員として養成されることがはっきりした今、海軍も普通の女の子をだましてパイロットにするような真似はやめて、速成の特別訓練プログラムを正面から打ち出してきた。

「もう少しでT3を卒業だなんて……きついわ――」

夕方からずっと、基本空戦機動の勉強をしていた。

空中戦には大きく分けて旋回系《ブレーク》の機動、ループ系つまり宙返りを応用した機動、機体を軸線中心に回転させるロール系の機動と三種類の飛び方があって、これらを組み合わせて格闘戦《ドッグファイト》は行われる。教本には何種類ものACMの三次元図解が載っていて、そのうちどれひとつとして同一水平面上で終わるものはなかった。上がったり下がったりひねったり曲がったり、要するに位置エネルギーを速度のエネルギーにうまく変換して機体の向きを素早く変え、敵機の背後に喰らいつくのだが、三次元図解の中で自分がどのような姿勢になるのか、教本で見ただけでは忍には想像もできないものだった。

ばたん

少し外の空気を吸おうと、忍は部屋を出た。

廊下に出ると、隣の里緒菜の部屋はドアが閉まったままだった。

――『ごめんね忍。あたしもう、ヒコーキには乗りたくないの』

忍は、ため息をついた。

自分しかいなくなってしまった士官候補生宿舎の女子別棟の階段を下りて、とっぷりと日が暮れた浜松基地のフィールドに出ていった。

ひゅうう――

陸風が吹いて、忍の髪を夜の海へとなびかせた。

キィイイイン――

滑走路脇の草地で、忍は振り向いて見上げる。

まぶしい白色のランディング・ライトを点灯した二機編隊の川崎Ｔ４が、フェンスを越えて滑走路《ランウェイ・ツーセブン》27のタッチダウン・ポイントへ舞い降りていく。

キュン
キュンッ
二機のT4はそのままパワーを全開し、ただちに離陸のための滑走に入る。夜間編隊連続離着陸《タッチアンドゴー》訓練だ。

キィイイイインッ！

忍は立ち止まって、離陸する二機の後ろ姿を見つめた。

ズゴォオオオ――！

ハチドリのようなシルエットの中等ジェット練習機は、T3など比べ物にならない上昇力でたちまち場周経路《トラフィックパターン》の高度に達すると、ダウンウインド・レグへの旋回に入っていく。

（T4か……）

森高美月が忍のパイロットとしての素質について報告していたので、T3の初級単発課程は『飛行機の基本的な操縦を憶えた時点で修了してよい、ジェットに進め』という国防総省からの通達が届いていた。

（T3を飛ばせるようになったらT4……ACMを憶えたら次は編隊飛行を憶えて編隊空戦。T2改へ進んで、超音速飛行を習って、そして次は〈ファルコンJ〉か

——）

〈ファルコンＪ〉の向こうに、〈究極戦機〉がある。いずれ自分は、それに乗るのだろう。たぶん今日のようにこれからも毎日、勉強は続く。昼間はフライト訓練でしごかれるだろう。

核テロリストの巨大メカが春になれば襲ってくるという。訓練は急がされるだろう。土日も休ませてはもらえないだろう。でも休めないのには、女優の仕事で慣れている。

（休めなくても、かまわないけど——）

忍は、滑走路の外れの草地で、フェンスの向こうに夜の海を見下ろした。

ざぁぁぁ

ざざぁぁぁ

「——これからの訓練、わたし一人で……」

つぶやきかけて、忍はふと横を見た。

少し離れた草の中に、誰かがいる。

（——教官？）

森高美月が、草の中に腰を下ろして脚《あし》を投げ出し、海の上の月を見上げていた。

〽だけど心は
燃えている
太陽みたいに燃えている――

美月は、飛行服の胸をはだけ、すすきを口にくわえて風に吹かれて歌っていた。

〽花も
虹も
風もない
涙も頰に流れない
つめたく悲しい　宇宙の闘いだ
だけど心は　燃えている
太陽みたいに燃えている

「教官」
思わず呼びかけると、美月はこちらを向いた。
「なんだ、忍か」

「――はい」

ここ、いいですか？　と忍が訊くと、美月は寝転んだままうなずいた。

「――いい場所ですね」

「うん」

「月が、きれいですね。満月――」

「ああ」

忍は、美月の傍に仰向けに寝転んで、雲もない夜空の銀色の満月を見た。輝く満月の銀は、まるで昨日の朝、遭遇《そうぐう》した〈究極戦機〉の機体の銀色みたいだった。

「忍」

美月は、月を見たまま言った。

「はい」

「家族には、話してきたのか」

「お姉ちゃんにだけ。わたし、なんでも姉に相談するんです」

「そうか……」

「命がけの仕事になるって――そう言おうとしたんだけど、言えなくて……でも、お姉ちゃんわかってくれたみたいです」

「そうか」

ざぁぁぁ

ざざぁぁぁぁ

飛行場は、静かになった。夜間飛行のT４は、訓練を終えて着陸停止《ランプ・イン》したらしい。

「教官」

「ん」

「海、きれいですね」

美月は、うなずいた。

「忍、あんたが護《まも》るんだよ。こうやって当たり前にきれいだなと思えるものを、あんたは破滅から護るんだ。それがこれからの仕事だ」

「――はい」

ざぁぁぁぁぁ

「忍――」

「はい？」

美月は指先で草の穂《ほ》をちぎって、海へ投げた。

「この間、初めてあんたと会った時にね――あたしは、『ああ、この子と一緒に戦うことになるのかな』って、そう思ったよ。あんたは名前に月が入ってるだろう？」

「はい」

「あの〈究極戦機〉のね、人工知性体が言ったんだ。『名前に〈月〉の入った女は、戦わせると恐ろしい。守護神にも死神にもなりうる』ってね」

「どうしてなんですか？」

「地球の言葉で、ルナティックは〈狂気〉を表す。人工知性体には、もともと闘争本能はない。ただの冷静な機械だ。月《ルナ》を背負った女は〈究極戦機〉に狂気を持ち込む。恐るべき破壊力を発揮するが、それが正しく行使されるという保証はどこにもない――」

美月は月を見上げて、

「――あたしは……あのＵＦＣのコマンドモジュールの中で重力を断ち切って宙に浮きながら、自分がその気になればこの地球を縦に引き裂くこともできるんだと気づいて、一度だけちょっと、変な気持ちになったよ」

「――教官……」

「あたしはその程度だったけど、有理砂《ありさ》のやつは〈レヴァイアサン〉を倒したあとは、〈翔鶴〉に足を踏み入れようともしなかった」

「――」

「忍、あんたはたぶん、戦闘機コースを突破して〈究極戦機〉に乗るだろう。

その時に、この話を思い出せ。地球上で最も強い者になった時、この世の支配者になってやろうだなんて変な気を起こさないで正気でいるためには、ふだん地上にいる時から、人に優しくしたり、友達を大切にしたり、当たり前の気持ちを大事にしておくんだ。あたしも有理砂もひとみも、もうあのマシンには乗らない。あのマシンは、これから忍、あんた一人のものになるんだよ」

美月は草を払うと、立ち上がった。

「宇宙《そら》を駆け巡るのは、もうあたしたちじゃない。あんただ」

美月は、「早く寝るんだよ」と言うと、飛行服のポケットに手を突っ込んで、宿舎のほうへ歩いていった。

「教官……」

忍は、思わず立ち上がってその背中に声をかけた。

「教官――わたし、教官の〈愛機〉を取っちゃったんですか……?」

美月は振り向いてため息をついた。

「よけいなことを、考えなくていい」

「でも」

「忍」

「はい」

「あたしは、あんたをあたしと同じパイロットに育てる。あたしと同じ腕を持ったパイロットにだ。あたしの仕事は、それだけだ」

美月は横顔で海を見て、

「あたしがこの地球のためにできるのは——今はそれだけだ」

「教官——」

忍は、行ってしまう美月に言った。

「——教官、本当は、真面目な人なんですね」

美月は、背中でフッと肩をすくめた。

「そうさ。みんなには内緒だぞ」

●アムール川　源流に近い森

夜は、空も森の中も、塗り潰《つぶ》したように黒くした。

源流地帯に入ると、空にはいつも夏の雨雲のような低い雲がかかり、昼間の太陽も夜の星も見えなくしてしまうのだった。

川西は、夜中にも時々寝袋から這《は》い出して、焚き火の薪が絶えないようにした。そうしておかないと、自分たちが黒い闇の中に呑み込まれてしまいそうで、怖かった。

パチパチ、パチ
と、
ピカッ
「な、なんだ！」

川西は驚いて空を見上げた。

（なんだ——今の光は？）

見上げると、針葉樹林のてっぺんの間に覗く雲の下の表面が、一瞬ストロボのような閃光に照らされて、グレイに浮かび上がったのだ。

ピカッ
「——また！」

するとテントの入り口がまくれ上がって、パジャマ姿の垣之内《かきのうち》涼子が飛び出してきた。

「——川西くん！」

「涼子さん」

「あの光よ。思い出したわ。あの光よ」

「えっ」

「調査船で〈北のフィヨルド〉へ入る前の晩、中継キャンプで見たわ。フィヨルドのある山の向こうがあんな色に光るのを——そして……」

涼子は、恐ろしい夢を見て跳《は》ね起きた子供のように
「怖い」

小刻みに震えていた。

「涼子さん……」

「思い出したわ。調査船が襲われる時にも、確かにあの光が——！」

「えっ」

ピカカッ
空がまた光った。

「怖い！」

涼子は、川西の肩にしがみついた。

「えっ」

「怖いわ川西くん、怖い！」

源流の森の、どこかそう遠くないところで、まるで核プラズマの閃光のようなものが何者かの仕業《しわざ》で発生しているのだ。

ピカカッ
「きゃあっ」

「りょ、涼子さん——」

川西は、空を見上げながら、思わず心の中でつぶやいた。

(な、なんていう異変なんだ……恐ろしい)

川西はパジャマ姿の涼子の肩を抱きながら
(恐ろしい異変だ……いったい何が起きているんだ？　しかし、どうせ異変が起きちゃったのなら仕方ないから、この際あと二〜三回光ってくれ)

3

●富士桜オリエントリース川崎駅前支店　十一月七日　09：15

「下期営業目標達成がんばるぞっ！」

係長が大きな裏返った声で、天井へこぶしを突き出した。

「がんばるぞっ」

「がんばるぞぉっ」

それに合わせて、大部屋オフィスの全社員が揃ってこぶしを天井に突き上げる。

「えいえい、おー！」

「おー！」

里緒菜は恥ずかしくてしょうがなかったが、一緒にやらないと何を言われるかわからないので、一番後ろで声を合わせて「がんばるぞぉ」と叫んでいた。見ると、先輩のOLたちはいつものことで慣れているのか、恥ずかしさなどおくびにも出さずにこぶしを突き上げている。

ぱちぱちぱちぱちぱち

みんなで拍手をして、朝礼が終わった。

OLとして働きだして二日目の里緒菜は、ようやくお茶くみのほかにも、本来の仕事ができるようになってきた。

「あのう折笠さん、あたし今日は何をすればいいですか？」

「そうねえ、まず封筒の〈宛名シール貼り〉から覚えていこうか」

折笠めぐみは、棚からダイレクトメールの封筒と、宛名がプリントされたシールの台紙を一抱え、「よいしょ」と下ろしてきた。

「睦月さん、これはうちの支店のカード会員のお客さんに毎月出すダイレクトメールよ。通販の案内とか保険の勧誘なんかが入ってるわ。この封筒に、この台紙から宛名シールを貼って、まとめて郵便局へ持っていくのよ」

どさどさっ

「え――」

里緒菜は、自分の机の上に積まれた高さ五〇センチの封筒の山を見上げた。

「あ——あのう、これ何通あるんですか？」

「大したことないわ。ほんの五千通よ」

「ご、五千通——？」

宛名をプリンターで出力した四角いシールは、新聞紙を広げたような大きさのブルーの台紙に無数にびっしり並んでいて、これらを一枚一枚、手ではがし取って、封筒の表《おもて》に貼っていくのだ。宛名シールの台紙だけで、里緒菜の家の一週間ぶんの古新聞くらいの厚みがあった。

(げぇ——！)

里緒菜は虫酸《むしず》が走った。

何を隠そう、単純な繰り返し作業というやつが、里緒菜は毛虫よりも嫌いだったのだ。

「睦月さん、午後の四時までにやっといてね。今日中に郵便局へ持っていくから」

「は、は——はい」

里緒菜は、十時にみんなにお茶を出すかたわら、シールをはがして封筒にぺたぺた貼る作業を始めたが、一時間かかって百通も貼れなかった。しかも、

(あー、また曲がっちゃった！　しょうがないなぁ、いいか……)

まともに貼れた封筒は少なかった。

しかも、

「あーちょっと、彼女」

煙草《タバコ》をくわえてワイシャツのそでをまくった髪の毛が脂《あぶら》ぎとぎとのおじさんが、里緒菜に書類を差し出して、

「これ五十部コピーしてくんない？　これから会議で使うから」

「あ、は、はい」

里緒菜は席を立って、給湯コーナーの隣のコピー機でがーこん、がーこんと書類のコピーを五十部作ってホチキスで止めた。

「はい、できました」

だがそのおっさんはでき上がったものを見るなり、

「なーにやってんだよぉ、両面コピーにしなくちゃ紙がもったいないじゃないか」

頼んでやってもらったくせに、文句を言った。

何よ、ぷんぷんと思いながら里緒菜が席に戻ってまたシールを貼り始めると、

「おい、姉ちゃん」

別のおっさんが、またコピーを頼んできた。

●ＪＲ西日本　川崎駅前アーケード　レストラン〈トトロのひげ〉

お昼までに里緒菜がした仕事は、ダイレクトメールの宛名シール貼り百五十通と、コピー取り二百五十枚、それに五十人ぶんのお茶くみだった。

たぶん、午後も同じようなものだろう。

「あたしさ――」

お昼ごはんのテーブルに着くと、おしぼりで手を拭きながら山本小百合が言った。

「あたしここやめて、人材派遣《はけん》会社に登録するんだ」

「えっ」

「えっ」

戸田圭子と折笠めぐみと里緒菜は、びっくりして小百合を見た。

「どういうこと？　小百合ちゃん」

めぐみがびっくりして訊いた。

「小百合ちゃん、うち腐っても二部上場だし、福利厚生も悪いほうじゃないし、この不況に正社員の身分を手放すことはないじゃない」

山本小百合は、でも水のグラスを前に置いたままうつむいて、

「――だってさ……あたし、いっぺん丸の内の企業で働いてみたいんだもん。うち、確かに銀行系だからしっかりはしてるけど、場所は川崎だし、男はださいおじさんばっかりだし、女の子には昇進も転勤もないから、ここにいたらずうっとずうっと、このままだわ」

小百合は、「ずうっとずうっと」のところを強調しながら言った。

「あと十年いたって、きっと毎日、ずうっとずうっと今のままだわ」

それを聞いて戸田圭子が「うぐっ」という顔をした。

「そ――それは、そうね……」

「そうねぇ……」

めぐみも、うなずいた。

小百合は

「あたしね、人材派遣で丸の内か大手町《おおてまち》へ行くの。そして、派遣先の一流企業でいい男《ひと》見つけて、結婚するんだ」

はぁ――

圭子とめぐみが、そうかぁ、とうなずいた。

丸の内、と聞いた瞬間に、かっこいいインテリジェントビルや慶應《けいおう》を出たかっこいい商社マンなんかが里緒菜の頭にも浮かんだ。

（そうか——女の子がこういう環境から抜け出すには、それが一番、手っ取り早いんだ……リスクは大きいけれど）

でも、そんなふうにあるかどうかわからない〈新天地〉へ飛び出す勇気は、誰もが持っているわけではない。待遇は、確実に下がる。それに、ここをやめて人材派遣になれば、そういうかっこいいオフィスへ行けるのだという保証もどこにもない。

「うまくいくわけないかもしれないわ。でも、あたしもういやなんだもん。短大出てから五年間、毎日毎日コピー取りして、書類の整理やってきたんだもん。そしていくら一生懸命やっても、この会社にいる限りこれから何年も同じことが続くんだもん」

里緒菜は、小百合の話を聞きながら、大部屋オフィスの自分の机で待っている四千八百五十通のダイレクトメールの山を思い出して、ぞっとした。

小百合さん、五年間もこれをやってきたのか……

（よ——よく我慢したなぁ……）

里緒菜は、同時に昇進の見込みがまったくない女子事務員を四年制大学を出てから七年続けている戸田圭子を、尊敬してしまった。

（すごいなあ圭子さん——すごい忍耐力だなあ……あたしには、とてもできないよ）

●浜松沖　海軍演習空域R《レンジ》144

ブァアアーン

忍のT3が、四十回目のエルロン・ロールをぴたりと決めた。

『よし、忍』

ヘルメットのレシーバーに、美月の声が入る。

『エルロン・ロールは形になってきたぞ。もうひと息だ』

「は、はい。ありがとうございます」

忍は左手をスロットルから離し、ヘルメットのまびさしの下で額の汗をぬぐった。

エルロン・ロールは、背面になった時に主翼の上向き揚力《ようりょく》がゼロになるから、高度を保って行うのは難しい。スロットルを全開にして、ロール中は昇降舵《エレベーター》で機首が水平線よりほんの少し上を向くようにコントロールして、『パワーで吊る』ようにするのだ。高度を損失せずにできるようになるまで、忍は三十回かかった。操縦桿を必死にコントロールしていると、おとといまでと比べて機体の軽いのがわかった。後席に教官の美月が乗っていないからだ。

『よし忍、エルロン・ロールは今日で仕上げてしまおう。機首を陸地へ向けて、あと十回繰り返せ』

「は、はい！」

午前中の訓練時間が、もうすぐ終わる。だが美月は、基地へ向かう途中でも、忍に機動《マニューバー》の練習をさせるつもりなのだった。

ブァアアアン！

機体の軸線に沿って、くるりくるりと忍のＴ３は回転した。その忍の機を追随《チエイス》して、美月のＴ３が続いていく。浜松基地のある海岸線が、目の前に近づいてくる。

『そうだ、そうだ。水平面上のマニューバーは、高度を損失しないようにやるんだ。戦闘機にとって高度を失うのは、自分の位置エネルギーを失うということだ』

「は、はいっ」

『エネルギーを失えば、どんなに優秀な機体でもエネルギーの大きい敵機に負ける。このことはよく覚えておくんだ！』

「はいっ！」

ブァアアアアアン

「はあっ、はあっ」

右手に操縦桿《スティック》、左手にスロットルを握って、忍は一人のコクピットで激しく息をついていた。Gで血液は足のほうへ下がり、頭はくらくらし、左右の腕は砂袋《サンドバッグ》みたいに重くて半分、感覚がなくなりかけていた。

（つらいなあ――空中戦って、こういうマニューバーを繰り返して相手の後ろにつくのか……）

戦闘機同士の戦いをする時、相手機のパイロットだって必死になってかかってくるのだから、腕前以上に体力の根比《こんくら》べになるのではないか、と忍は思った。くちびるをなめようとしたが、水分は残らずしぼり取られてフライトスーツに染み込んでいた。

（想像以上に、精神力がいるなあ……）

忍はまた不安になった。

自分は大丈夫なのか――？

耐えて、いけるのか。

（わたし、単独飛行に出て空母にも着艦して、操縦には少し自信が出てきたけれど、こんなに空戦機動《ACM》がきついんじゃ――）

いくら上手に離着陸ができるようになっても、精神的にタフでなければ戦闘機パイロットはどうしようもないのだ、と忍は悟っていた。

『忍』

「はい」

『どうだ、ACMは？』

「とっても、きついです」

そうか、と無線の向こうで美月は笑った。

美月は、忍の機を後方からチェイスして飛びながら、忍が自分で気づいてくれればいいが、と思いながら質問をした。

「忍、じゃあ問題だ」

『はい？』

二〇フィート斜め前方を飛ぶ忍のT3の風防《キャノピー》の中で、白いヘルメットが振り向いた。

『問題、ですか――？』

「そうだ忍。あんたはこれから、戦闘機パイロットになる。では戦闘機パイロットが戦いで生き残るために、一番必要なのはなんだと思う？」

『え――』

忍は、機を浜松基地へ向けて降下態勢に入りながら、くらくらする頭で考えた。

戦闘機パイロットが戦いに勝つために——？

『忍、戦闘機パイロットにとって、一番大事なのはなんだ？』

「教官。大事なのは、操縦の腕よりも、精神的に負けないことだと思います」

『そのとおりだ忍。不安に襲われ、気力で負けてしまったら、パイロットは自分の能力を半分も出せなくなる。たとえ〈ファルコンＪ〉でもミグ21に負けてしまうんだ。では精神的に負けないためには、何が必要だ？』

忍には、美月の言っていることが、なんとなくわかった。

「教官——これからのわたしに必要なのは、わたしを支えてくれる、信頼できる僚機《ウィングマン》だと思います」

ラジオの向こうで、美月がうなずいた。

『正解だ忍。では、操縦席のサイドポケットを開けてみろ』

「えっ」

忍は、自分の左脚の下にある、航法用のチャートや計算盤などを入れておくサイドポケットのファスナーを開けてみた。

「——えっ？」

忍は思わず振り向くと、チェイスしてくる美月の教官機を見た。

「教官——これは……？」

●富士桜オリエントリース川崎駅前支店

「おい君」

封筒に宛名を貼っている里緒菜に、またおじさんが声をかけた。

「これ三十五部コピーしてくれ」

「は、はぁい――」

せっかくやりかけたのに、と思いながら里緒菜は席を立つ。さっきから、頼まれたコピーをやり終えたと思ったら、別のおっさんが「これコピーね」と書類の束《たば》を突き出してくるのだ。それでも、ちゃんと「頼む」と言ってくれる人はまだいいほうで、中には里緒菜がシールを貼っている机にプリントの束をどさっと放り投げてきて、「五十枚！」とだけ怒鳴る失礼なおっさんもいた。

そうこうしているうちに、三時のお茶の時間が近づいてくる。

（ああいけない、早く宛名貼りやってしまわないと――）

お昼のランチから戻ってきて、まだ七十五枚しか貼っていない。机の上の封筒の山は、あと四千七百七十五枚もあった。

（――今日中なんて、とても無理だよ）

焦って急ごうとするが、

「そこのお姉ちゃん、ちょっと」

向こうの席のおじさんが、黒縁眼鏡をおでこに上げて里緒菜を呼んだ。書類の束をひらひらさせている。

無視してやろうかな、里緒菜はいらいらした。

(どうして世の中のおっさんたちは、コピーとなると女の子にやらせたがるのよ)

忙しくてコピーに立っている暇もないのか、と思えばそうじゃなくて、偉そうに里緒菜にやらせるおっさんたちは、たいてい里緒菜がコピー機に向かってがーこんがーこんやっている間、机でふんぞり返って煙草なんか吸っているのである。

(このおっさんたち、コピーの使い方わからないのかな、ひょっとして――)

お姉ちゃんちょっとこれ、ともう一度言われてしぶしぶ立ち上がりながら、里緒菜はぷんぷんした。中年のおっさんたちは、両面コピーのやり方がわからないのだろうか？

(あたしなんかなぁ、自慢じゃないけど、単発プロペラ機のエンジンかけられるんだぞ！)

封筒にシールを貼ったり、コピーをしたり、またシールを貼ったりしていると、折笠めぐみが「資格が欲しい」と言った意味がよくわかった。短大を出ていたって、会社に入れば特殊技能がない限りこうしておじさんたちの手伝いをするしかないのだった。里緒菜は英文科だったけれど、通訳みたいにしゃべれるかといったらそんなことはなくて、短大でやっていたのは昭和一桁《ひとけた》の老教授が里緒菜の生まれる前に作った講義ノートで十年どころか二十年一日《いちじつ》のごとく繰り返しているサマセット・モームの読解なのだった。

（人材派遣で丸の内へ行きたい、っていう小百合さんの気持ちわかるなぁ――）

がーこん、がーこんとコピーを繰り返しながら、里緒菜は思った。

（キリモミが死ぬほど怖くて、パイロットの訓練が地獄みたいに思えてあそこを飛び出してきちゃったけど、ここでずうっとずうっとずううっと毎日、出口の見えないコピーとお茶くみを繰り返すのとキリモミと、本当はどっちが地獄なんだろう――？）

はー、とため息をつく里緒菜。

――『里緒菜――っ！』

『ひ、ひ～ん』

『泣くなっ！』

森高美月の怒鳴り声が、耳によみがえった。

「はー……」

これじゃ封筒貼り、とても終わらないなあ、どうしようと思っていると、
どささっ
いきなり目の前に、大量のプリントの束が置かれた。

（へ？）

コピー機から顔を上げると、

「おいこれ、五百枚な！　大至急だ！」

でっぷり肥った営業マンのおっさんが、外から帰ったばかりなのか髭《ひげ》がぶちぶち生えた肉マンのような顔から湯気を立ててハンカチで拭きながら、里緒菜に怒鳴った。

「あ、あのう」

「五百枚だ五百枚！　聞こえたか、急げ」

肥った営業のおっさんは、吐き捨てるようにして行こうとする。

「あの、待ってください」

「課長に報告があるんだよ！　こっちは忙しいんだ、つべこべ言うな」

「あ、あのう」

いきなり他人《ひと》の都合《つごう》も訊かないで、五百枚も「早くやれ」なんてひどいじゃないか。

「あの、あたし、困ります。まだ封筒貼りいっぱいあるし、もうすぐお茶の用意もし

なくちゃいけないし――」

すると、

「うるさいっ、つべこべ言うなこのオタンコナス！」

肉マンのような中年のむさ苦しい営業マンは、大声で里緒菜を怒鳴りつけた。

里緒菜はびっくりした。

（――オタンコナス？）

里緒菜は、頭にきた。なんにも悪いことしてないのに、無理を言われて都合を言っただけなのに、どうしてこんなふうに怒鳴られなきゃいけないいんだ！

言っちゃあなんだけど、短大の学生課の人が「テレビ局を受けてみたらどうだ」と言うくらい里緒菜は可愛かったので、ほかの大学との合同サークルではいつも男の子たちにちやほやされて、大事にされていた。知らない男から『オタンコナス』なんて怒鳴られたのは、初めてだった。

「ど、どうしてあたしが怒鳴られなくちゃいけないんですかっ」

里緒菜は、口答えした。

口答えしながら、ちょっと意外だった。里緒菜は泣き虫だった。ちょっと前なら、怒鳴られた瞬間に泣きだしていていいはずだった。それが気がついたら、見上げるような大声のデブの中年男に向かって、歯向かっていたのだ。

（ふん、こっちは浜松の演習空域で、死ぬほど怒鳴られながら通算五十本のキリモミに耐えていたんだからねっ！　負けるもんかっ）

だが肉マンも、さらに怒鳴りつけてきた。

「なぁんにもわかっていないようだなお嬢ちゃん！　あのなぁ、嬢ちゃんがもらっている給料は、俺たち営業部員が外回りして汗をかいて靴《くつ》をすり減らして、お客さんに頭を下げて稼いできたお金の中から出ているんだよ！　こんな冷暖房完備の事務所で一日コピー取ってる嬢ちゃんたちに、俺に口答えする資格なんかないんだよっ」

肉マンは、大部屋中に聞こえるような大声で、里緒菜を怒鳴りつけた。

「お茶くみがありますだと？　営業能力も特殊技能もなくてお茶くみとコピー取りしかできないくせに、人に食わしてもらっているくせに、偉そうにぬかすんじゃないよっ！」

だが里緒菜は、めげなかった。肉マン男も、なんでも生理的に考える里緒菜に向かってそんな世の中の厳しい現実なんか言ったって無駄だということを知らなかった。これが忍だったら、そうかそんなこともあるのか、と一応考え込んだかもしれないが、里緒菜にそれを期待するのは無理であった。

「うるさいわねっ！　それがどうしたのよっ！」

里緒菜は頭にきて、見上げるような巨体の中年男に怒鳴り返していた。

「う、うぐっ？」

肉マン男は、のけ反った。「な、なんだこいつ？」という顔をした。こんなふうに噛みつき返してくるＯＬなんて、初めて見たに違いない。ピンクの制服を着たＯＬというものは、彼が怒鳴りつければしくしく泣きだすものであった。

「それがどうしたっていうのよ！」

里緒菜はさらに詰め寄るように怒鳴った。脂ぎった肉マンは、「いったい何が起きているんだ？」という表情でさらにのけ反った。

「偉そうに自分の苦労をひけらかす男なんて、大っ嫌い！　何よ、本当にできる男なら、外でいくら苦労したって、そんなことひと言も自慢しないで女の子には優しくするものだわ！」

怒鳴り返しながら、里緒菜は自分で驚いていた。

（あたし――どうしてこんなでかい男に向かって怒鳴れるんだろう？）

――『そぉら三十本目だーっ』
『ぎゃあぁ～っ』
――『このくらいでへこたれるんじゃ、戦闘機パイロットなんて無理だよ、里緒菜。もしあんたが明日もまたキリモミで失神するようなら、あさってもキリモミをやる』

「な、なんだとう！」

中年肉マン男は、ぶよぶよの生白《なまじろ》い両腕をわなわなと震わせ、

「こっ、この、昨日《きのう》入ったばかりの、仮採用のくせに！　生意気なことを言うんじゃないっ！」

手負いの河馬《かば》が必死で反撃するように怒鳴った。

その肉マン男は声がでかいので有名だった。ものすごい怒鳴り声に、大部屋オフィスの全員が仕事の手を止めてこちらを見た。

「君、いかんよ。君」

係長が、腕に事務用の黒いカバーをしたまま、あわてて走ってきた。

「睦月くん、あやまりなさい。早く亀山《かめやま》くんにあやまりなさい」

「どうして、あやまんなきゃいけないんですかっ？」

「どうしてって——君ね、社会に出たばかりで、何も知らんのだろうが、会社でそういうことは、さっき君が言ったようなことは、口にしてはいかんのだ」

「どうしてっ」

「どうしてもだよ」

「係長さん、あたし、何も間違ったこと、言ってないわ」

「何も間違っていないということが、君、大きな間違いだ」

「そうだ」

眉間《みけん》にしわをいっぱい寄せた、土気色《つちけいろ》の顔をしたダークスーツの課長が、係長の後ろからやってきて、里緒菜に言った。

「君、睦月くん、そうやってこの世の中で、何も間違っていないことを大声で叫ぶことでいったいどれだけ多くの人たちが迷惑するか、考えてみたことがあるのかね？」

「訳がわからないわっ」

「睦月くん、いいか。世の中で、何も間違っていないことを大声で叫ぶことによってどれだけ多くの商談が逃げていくか、どれだけ多くの政治家に睨《にら》まれるか、どれだけ多くの利権をふいにしてしまうか、君にはわかっとらんのだろう！　世間知らずの子供のくせに、偉そうなことを叫ぶんじゃない」

だが里緒菜はもう、相手が係長だろうが課長だろうがどんな偉そうな上司だろうが構わなかった。

「いいえあたしは、訳がわからないわっ」

先輩のOLたちが、息を呑んで上司に逆らう里緒菜を見つめていた。

「――」

「──」

戸田圭子は、自分が腰を痛めた時に暗《あん》に「やめろ」と言ってきた土気色のイタチのような課長に小リスのような里緒菜が噛みついているのを、信じられない顔で眺めていた。

「あのねぇ、契約社員の睦月くん」

「なんですかっ」

里緒菜は知らなかった。

──『そぉら三十本目だーっ』

ブァアアアーン！

『ぎゃああ～っ』

里緒菜は、美月にしごかれた五十本のきり揉《も》みが、自分を少しずつ変えていたことにそれまで自分でも気づいていなかった。

ブァアアアーン！

中年男たちに対峙《たいじ》する里緒菜の耳に、浜松沖海面上五〇〇〇フィートでスピンに入るT3の爆音がよみがえる。まるで里緒菜を応援するかのように、里緒菜の頭の後ろでT3のプロペラが回る。

「契約社員の睦月里緒菜くん、き、君はどうやら、この会社が嫌いなようだね」

「今度は職権をかさに着て、おどかすんですかっ！」

泣き虫だったはずの里緒菜は、かさにかかった中年男三人を相手にして一歩も引かなかった。なぜ自分にそんなことができるのか、わからなかった。

「そんなことやってるから、女の子にもてないのよっ！ 課長さんも係長さんもその河馬の肉マンみたいな人も、子供の頃から女の子にもてたことないでしょっ？ そんな根性じゃ当たり前よ！ 原田正和《はらだまさかず》ならともかく、あたしあんたたちみたいな中年とは絶対にデートしないわっ！」

里緒菜から「絶対にデートしない」と言われた課長と係長と肉マン男は、うぐっとうめいてのけ反った。

「う」

「うぐ」

この世に、学生時代から里緒菜のような可愛い女の子とデートすることができた幸せな男というものは、そう多くはない。多くの男たちは、可愛い女の子には縁がなくて、部屋にアイドルのポスターを貼って、心が浮き立つような体験もなくて流されるように結婚をして、中年になっていくのだ。会社の肩書きがなければ人に強いことも言えなくて、それでも他人に馬鹿にされないように、倒れかかるプライドを精いっぱい肩で支えながら石段を一歩一歩のぼるように生きているのが中年のサラリーマンたちなのだった。里緒菜のような可愛い女の子に「本当にできる男はそうじゃない」とか「女の子にもてたことがない」とか「絶対にデートしない」とかののしられた課長と係長と河馬の肉マン男は、まるで触れれば飛び上がるような心の傷に見えない音波の槍《やり》を突き立てられたかのように、本当に胸を押さえて「うぐぐっ！」とうめき苦しみ始めたのだった。

「うぐっ、し、心臓が――心臓が！」

「か、課長、大丈夫ですか課長――うぐぐっ」

「うぐぐっ、うぐ！」

里緒菜は、

（な、なんなのいったい――？）

突然、床にひざをついてうめき苦しみ始めた三人の中年男を、あっけに取られて見ていた。

「か、課長」

戸田圭子が、ハッと気がついたように立ち上がると、床でうめいている土気色の課長に走り寄った。

「だ、大丈夫ですか？」

圭子は課長のダークスーツの背中をさすり、立って見ている里緒菜を見上げた。

「睦月さん！」

「え……」

「睦月さん、いくらなんでも、ひどすぎるわ」

「あ……」

里緒菜は、ちょっと前まで偉そうに怒鳴っていた中年男たちが、里緒菜のひと言であまりにももろく、くずおれてしまったのが信じられなかった。

「睦月さん、この人たちはね、弱いのよ」

圭子は言った。

「この人たち、精いっぱい虚勢を張っていたのよ。それをあんなふうに本当のことを言ってプライドを突き崩してしまったら、このおじさんたち明日から生きていけないわ。決していい人たちじゃないけれど、でもこの会社ではみんなが肩を寄せ合って生きているわ。私はいやだけど、コピー取りもしてあげるし、怒鳴られてもあげるわ。仕方ないじゃない。そうやって、会社の仕事をみんなでしていくしか、ないじゃない。そうやってしか、おじさんたちも私たちも生きていく方法ないじゃない」

「圭子さん――」

「ここにいるみんなは、あなたみたいに強くないのよ」

「――」

里緒菜は、返す言葉が出なかった。返す言葉が出ないでいると、

「係長」

「亀山さん、大丈夫ですか」

小百合やほかの女子社員も立ち上がって、うめいている男たちを介抱し始めた。

「あ、あたし……」

里緒菜は、助け合っている中年男とＯＬたちを、ただ立って見ているしかなかった。

――『里緒菜』

里緒菜の頭の中に、美月の声がこだました。

――『睦月里緒菜、そうやっていつまでも、飛行機から逃げるつもりか？　あんたは好きでこの道を選んだんだろう？　好きで選んだのに、自分から脱落するつもりか？』

自分が滅茶滅茶にひっかき回してしまった大部屋オフィスの真ん中に、三人の中年男が寝かされて、女の子の誰かが給湯コーナーで濡らしてきたハンカチが額に載せられている。女の子たちは介抱しながら「大丈夫ですか」と話しかけている。

（あたし……）

里緒菜はその光景を見ながら、ああどうしよう、と思った。

「か、課長さん」

しばらくどうしていいかわからないまま立ち尽くしたあと、里緒菜は、仰向けになってうめいているダークスーツの土気色の中年男にしゃがみ込んだ。里緒菜の与えた精神的ショックは、すさまじかったらしい。土気色の課長はますます顔色が悪く、ひくひくと震えていた。

「課長さん、申し訳ありません。あんなこと言って、本当のこと言っちゃって、すみませんでした」

うぐぐっ、と課長は口から泡を吹きながら里緒菜を睨んだ。

「あたし、みんなに迷惑をかけましたから、もうこの富士桜リースにはいられません。たった今限りで、やめさせていただきます」

里緒菜は立ち上がると、大部屋のオフィスのみんなに頭を下げた。

「皆さん、騒ぎを起こしてごめんなさい。許してください。お世話になりました、さようなら――」

●富士桜オリエントリース川崎駅前支店　正面玄関

「睦月さん」

里緒菜がもらった制服を脱《ぬ》いで返すのも忘れて、しょんぼりと歩道へ下りていくと、

「里緒菜さん、待って」

後ろから、折笠めぐみが階段を駆け下りてきた。

「待って」

「めぐみさん――？」

めぐみは、息を切らして追いついてくると、里緒菜に言った。

「睦月さん、すごいわ。ありがとう」

「え」

「あの一番憎たらしいおやじ三人をぶちのめしてくれて、ありがとう」

「え――」

「睦月さん、圭子さんはああ言ったけど、でもやっぱりあたしは嬉しかったわ。あんな中身もないのに偉そうにしているおやじたちなんか、今日みたいにいっぺんがつんと言われればよかったのよ。あたし、聞いていてすっきりしたわ。圭子さんは優しいからあなたのほうを咎《とが》めたけど、そんなことないと思う。あなたは正しいわ」

「めぐみさん……」

「やめることないよ、睦月さん。会社戻ろうよ。悪いことしたんならともかく、あなたは正当なことを主張したんだから、やめさせられる理由なんか、ないわよ」

めぐみはさっきの里緒菜のように興奮して、「やめることはない」と繰り返した。

でも里緒菜は、

「ううん――めぐみさん、ごめん」

立ち止まって、頭を振った。

「やっぱり……あたし課長さんや係長さんにあんなこと言って、プライドをぐちゃぐちゃにしちゃったんだもの。たとえ今日の騒ぎが収まっても、もう一緒には働けないよ――」

「睦月さん――」

「めぐみさん、それにね、あたしなんだかわかったんだ……」

「何を？」

里緒菜は、振り向いて川崎駅前通りに立ち並んでいるたくさんのオフィスビルを見上げた。そこは、幅6車線の国道15号線がJR川崎駅と京浜急行《けいひんきゅうこう》川崎駅との間を走り抜けている場所で、道路の両側にビルがびっしり立ち並ぶさまは、まるでデス・スターの溝《トレンチ》の底に立って見上げているような気分だった。

「めぐみさん、あたしね……自分がOLに向かないって、よくわかったの」

「どうして？」

「めぐみさんは、あたしのことすごいってほめてくれたけど――」

「そうよ。なかなかできることじゃないわ」

「でもね、あたし思うの。やっぱり、いくら頭にきていても、ああいうことは――中年のかわいそうなおじさんたちの一番言われたくないことを言って叩きのめすなんてことは、会社に勤める社会人のすることではないと思うの。いくらその時はすっきりしても、会社の中で上司と気まずくなって働けなくなったら、次の日から生活していけなくなっちゃうんだもの。あたしみたいに簡単にキレて怒鳴っちゃうより、じっと涙をこらえて我慢してコピー取りを続けるほうが、難しいよ。それを何年も何年も続けてきた人のほうが、偉いよ。あたしにはできないよ。圭子さん、立派だよ。あんなに嫌いな課長でも、倒れた時には介抱してあげるんだもん。あたしにはとてもできないよ」

「睦月さん――」

「あたし、ＯＬには、やっぱり向いていないみたい。そのことが、よくわかったよ。お父さんがコネでやっと決めてきてくれた就職だからきっとすごく怒られるだろうけど、あたしはこの会社にこのままいても、きっとまたいつか飛び出してしまうよ」

「でも睦月さん、どうするの？　ほかに就職、あるの？」

「うーん……」

「人材派遣とかは、ある程度、実務経験がないと、使ってくれないのよ」

「うん――」

里緒菜は、うつむいて考え込んだ。


――『里緒菜ー！』

『ひ、ひ～ん』

『泣くな里緒菜っ！』


里緒菜は、なぜ自分があんなにも簡単に爆発してしまったのか、理由のひとつがわかった気がした。あの会社では、里緒菜は「お姉ちゃん」か「君」か「そこの彼女《カノジョ》」でしかなくて、おじさんたちに名前で呼んでもらったことは一度もなかった。里緒菜のした仕事は、べつに里緒菜でなくても、ほかの誰でもどうでもよかったのだ。

「――めぐみさん、あたし、本当は戻りたいところがあるの。でも、あたしだまって逃げ出してきちゃったから、もう……」

ブァアアーン――

里緒菜の耳に、またT3のプロペラの音がよみがえった。

「はぁ――」

里緒菜が歩道の上でため息をついた時、
ぐいっ！

いきなり、里緒菜の肩を摑む者があった。

「きゃっ」

痛さに振り向くと、
ごふっ！

頭上からものすごい鼻息が降りかかった。

「ごふっ、ごふっ、待てこの小娘っ！」

里緒菜は、悲鳴を上げた。

「きゃあっ」

「小娘ぇっ」

肉マン河馬男だった。まるでホラー映画のラストみたいに、息を吹き返して追いかけてきた肉マン河馬男が、背後から里緒菜のＯＬの制服の肩を掴んだのだ。

がしっ

「逃がさんぞ小娘ぇっ！」

「きゃああっ」

「睦月さん、逃げてぇっ」

「ごふっ、ごふっ、逃がすかっ」

「きゃあっ！」

肉マン河馬男は、里緒菜を獲物《えもの》を背後から抱きかかえて川の中へ引きずり込むアマゾンの巨大ワニのように背中から羽交《はが》い締めにし、怪力でズルズルッ、ズルズルッと会社のほうへ引きずっていこうとした。

ズルズルズルッ

「きゃあああ！」

「逃がすものか。おまえ、あんなことをしておいて、大人の社会であんなことをしておいて、そのままやめて帰れると思うなよ！　世間を甘く見るんじゃない、帰ってコピー取りをするのだ！」

「きゃあ、離してぇっ」

「罰としてコピー取り五万枚に封筒の宛名貼り十万枚やらせてやる！　しかもタダ働きだ！　やり終えるまで、会社から出してやるものかっ」

「い、いやよ、やめて、離して！」

だが肉マン河馬男の両腕は万力《まんりき》のように里緒菜を締めつけて、離そうとしなかった。

里緒菜の細腕では逆らうことができなかった。

「ごふっごふっ、ちょっとくらい可愛いと思っていい気になりやがって、世間の厳しさを教えてやるっ」

「ぐ、ぐぇえ」

ズルズル、ズル
里緒菜はばたばた暴れたが、かえって窒息《ちっそく》しそうになって、目の中で星がちかちかした。

（く、苦しい――）

ファアアアーン
またT３の爆音が聞こえた。

（――ああ忍……勝手に飛び出してごめん。あたしが悪かったわ、忍）

里緒菜は息もできずに引きずられながら、声にならない叫び声を上げた。

「忍――助けて！」

ヴァアアアーン
「えっ」
空を見上げてそれに最初に気づいたのは、めぐみだった。
「な——何よあれ？」

●川崎駅前　国道15号線手前上空　一五〇〇フィート

ヴァアアアアアン
『いいか忍』

ヘルメットに、先行する美月の声が入る。

『15号線道路の幅は三〇〇フィート、浜松の滑走路の一・五倍だ！　進入する時は真ん中のグリーンベルトをセンターラインに見立てろ』

「はいっ、教官」

忍は右手に操縦桿を握り、目を右斜め前方の教官機から離さないようにして、編隊をキープしてついていく。速度は一四〇ノット、すでに横浜の市街は足の下に消え、目の前は川崎だ。

『いいか、対地攻撃のポイントは、機体を横滑りさせずに目標へまっすぐ飛ばすことだ。あたしが投下するマーカーのカラースモークで風向きを判断しろ』
「はいっ」
『では突入だ！　行くぞっ』
「はいっ」

美月がリードを取るＴ３練習機の二機編隊は、横浜ベイブリッジ上空で左旋回《レフトターン》して機首方位を北東〇四五度に向けると、川崎駅前を通り抜ける国道15号線目がけて出力《パワーダイブ》急降下をかけた。

ブァアアアアアンッ！

忍の左ひざには、有視界《VFR》ナビゲーションに使われる五万分の一の航空地図《チャート》がコンパクトにたたまれてニーボードに留められている。

一時間前、演習空域からの帰りに美月がサイドポケットを見ろと言った時、そこにはすでに浜松上空から川崎駅前の里緒菜の勤務先の会社までのＶＦＲナビゲーションコースが赤い線で引かれたチャートが入っていた。チャートには、正確な磁方位と距離までが削られて書き込まれていた。

「教官、これは――」

チャートを取り出して驚く忍に、美月は言った。

『忍。戦闘機パイロットには、「こいつが後ろにいてくれるなら大丈夫だ」と思わせてくれる、気持ちの通じ合ったウイングマンが絶対に必要なんだ。それは〈ファルコンJ〉だろうと〈究極戦機〉だろうと、同じだ。あんたは一人では戦えない。それはACMを一度でもやれば、わかるはずだ』

「は、はい」

『よし忍。これからあんたがやらなきゃいけないことは、ひとつだ。わかるか』

「はい」

『よし、あたしがリードを取って誘導《エスコート》する。友達を連れ戻しておいで』


ブァアアアアアン！

浜松から飛んできた二機のT3は、デス・スターの溝《トレンチ》に突っ込む戦闘機《Xウイング》のように川崎駅前のオフィス街へ突入していく。

ギィイイイイン！

●ＪＲ西日本　川崎駅前上空　超低空

忍は降下姿勢をキープして、ビルの列の谷間へ突っ込んだ。

『引き起こせ。水平飛行《レベルオフ》だ』

「は、はいっ」

操縦桿を引く。地面が目の前に迫る。

（うわっ、低い！）

両側のビルが、すぐに自分の目の高さよりも上になった。

地面との間隔は、着陸で滑走路の末端を通過する時よりも小さい。

「水平線がわからない！」

『忍、あわてるな。両脇の街路樹のてっぺんに高さを合わせろ。それで高度二〇フィートだ』

（街路樹の、てっぺん――？）

操縦桿を握る革手袋が、汗で滑《すべ》りそうになる。

ビィイイイイン！

いきなりビルの谷間に突っ込んできた二機の銀色の単発機に、歩道の通行人があわてて逃げ散っていく。

ギュンッ！

ギュンッ！

風圧で通行人の持っていた書類や新聞紙や、道端のドトールコーヒーの紺色《こんいろ》ののぼりなどが紙吹雪のように飛び散って舞い上がる。

ぶわわっ
驚いた車があわてて左右に寄って止まる。空いた道路の真ん中の空間を、美月の機を先頭に二機のＴ３が超低空水平飛行で突進する。

ヴォンッ！

「なっ、なんだ！」

「また東日本が攻めてきたのか？」

「違う、海軍機だ！」

高度六メートル。先導する美月はそれよりもさらに一段下がる。プロペラで車の屋根を叩きそうになりながら、幅６車線の産業道路を直進する。バックミラーに飛行機が迫ってきて肝《きも》を潰した車やトラックが、目の前からあわてて左右に避《よ》けて道を空ける。

「ここだっ」

美月は、昨夜《ゆうべ》調べておいた地図上のポイントに来ると、主翼下から対地攻撃マーカーを投下した。

シャキンッ
小さな円筒の爆撃目標マーカーは、富士桜オリエントリース川崎駅前支店正面の歩道にカチンと落下すると、オレンジ色のカラースモークを激しく噴き出した。

バシューッ
「うわっ、うわっぷ」

肉マン河馬男がもろにスモークを浴び、たまらずに里緒菜を離した。

ビィイイイン！

目標の位置を確認した二機のＴ３は、いったん上昇して離脱する。美月機は上空を旋回して制圧、忍の機は国道を一辺とした長方形のパターンを描き、タッチアンドゴーと同じ要領で、もう一度、川崎駅前へ突入する。

ファンファン

ファンファンファン
騒ぎを聞きつけたパトカーが、四方から川崎駅前へ集まってくる。
ファンファンファンファンファン
「教官、パトカーです！」
『気にするな忍！　あとのことは任せろ、行けっ』
「はいっ」
忍は再び街路樹のてっぺんと同じ二〇フィートで国道15号線をローパスし、美月が投下したオレンジ色のカラースモークを目指した。

「なんだ？」

「なんだっ？」

富士桜オリエントリースの大部屋オフィスでは、二階の窓と同じ高さで目の前を擦過した飛行機に驚き、支店長やようやく息を吹き返した課長や係長はじめ全職員が窓を開けて外を見ていた。

「ま、また来るぞ！」

「うわっぷ！」

カラースモークのオイルが目に入った肉マン河馬男が顔を押さえてのたうち回る。その機に乗じて折笠めぐみが「えい、えい」と河馬男の腹を蹴飛ばした。

「はぁ、はぁ」

やっと呼吸が自由になった里緒菜は、通りの騒ぎを見回して、「いったい何が起きているの？」と空を見上げた。

次の瞬間、里緒菜は息を呑んだ。

「――T3……？」

ブァアアアンッ！

猛烈な風を巻き起こし、二〇フィートの超低空で飛んできた銀色のプロペラ機がアスファルトの上にキュンッ！　と接地すると、派手に地上回転《グラウンドループ》して里緒菜の目の前に停止した。

ズザザザザッ

「！」

髪の毛を押さえて里緒菜が目を上げると、舞い上がった埃《ほこり》の向こうで透明なキャノピーがスライドして開いた。

「――忍？」

「里緒菜！」

操縦席から、水無月忍がオレンジ色の飛行服の腕を伸ばした。

「里緒菜、帰ろう！」

里緒菜は目の前のことが信じられず、「え――」とつぶやいた。

「里緒菜、迎えにきたよ。一緒に帰ろう！」

「し……」

里緒菜は目の前がすぐにかすんで、ヘルメットをかぶった忍の顔をよく見ることができなかった。

「忍……！」

「里緒菜、早く！　パトカーが来ちゃう」


「何事だっ！」

「わかりません支店長！」

富士桜オリエントリースの人々が耳を押さえながら見下ろすと、歩道に斜めに乗り上げるように止まった銀色の単発練習機に、ピンクの制服を着た睦月里緒菜がフラップに足をかけて乗り込むところだった。


「睦月さん――！」

折笠めぐみは、肉マン河馬男の腹を蹴飛ばすのも忘れて、あっけに取られてT３の機体を見上げた。

「いったいどうなってるの？」

「めぐみさん、ごめんね。あたし帰ります」

里緒菜はピンクのスカートのままT３の胴体をまたぎ、後部操縦席に乗り込んだ。

「資格取って転職、がんばってね！」

「え……」

ファンファンファン
ファンファンファンファンファン
パトカーの音が、そこら中から近づいてくる。

美月は上空を旋回しながら、川崎中のパトカーが赤いライトを回転させながら集結してくるのを眺めていた。

「あっちから二台、こっちから四台か――ようしこっちからだ」

美月は操縦桿を倒し、国道15号に交差する道路目がけて九〇度傾斜《バンク》で急降下《ダイブ》した。

「里緒菜、行くよ」

忍は左のフットブレーキで左のタイヤをロックさせ、スロットルを入れてT３を路上で鋭く一八〇度ターンさせた。

キュンッ

「どうやって上がるの、忍?」

里緒菜は後席でショルダーハーネスをかけながら、谷間のように切り立った両側のビル群を見上げた。

「短距離離陸《ショートフィールド・テイクオフ》で行くわ。下げ翼《フラップ》一〇度」

忍はブレーキで機体を止めたまま、フラップを一〇度に下ろしてスロットルをフルパワーにした。

ブァアアアアアンッ

猛烈な爆音と風圧で、あたり一面の埃や紙くずが舞い上がって砂嵐のようになった。

ファンファンファン

ファンファンファンファンファン

サイレンを鳴らして集まってくる、川崎中のパトカー。

「フルスロットル、GO!」

ブレーキをリリースする忍。

T３は綱を解かれた暴れ馬のように機首を左右に振りながら猛烈な勢いで走りだす。

ブァアアアアッ

ファンファンファンファンファンファン

『止まれっ、止まりなさいそこの飛行機！』

『そこの、ひ・こ・う・き!!』

4

●ＪＲ西日本　川崎駅前　路上

ファンファンファンファンファン

「忍、パトカーがいっぱい追いかけてくる！」

里緒菜が振り向いて叫んだ。

だが忍は前方と速度計から目を離さなかった。

（三〇ノット！）

ブァアアアアアッ

Ｔ3は、車が残らず左右にどいて空白になった国道15号上《のぼ》り車線を最大出力で突っ走った。

ブァアアアアアアアンッ

ファンファンファンファン

ファンファンファンファン

『止まりなさいそこの飛行機っ！』

忍は最大出力のプロペラのジャイロ効果で左へ向こうとする機首を右方向舵《ラダー》で押さえながら、川崎駅前スクランブル交差点を直進突破する。

ヴォンッ

「赤信号だったよ忍」

「飛行機に道路交通法は関係ないわっ」

『こらぁ止まらんかっ！』

ファンファンファンファン

「あの人たちは見解違うみたいだよ――あわっ」

機体がマンホールを蹴飛ばして、ずだん！　と跳ね、里緒菜は舌を噛みそうになる。

「だまって、口を閉じてて！」

四〇ノット。

（もう少しで浮揚《ふよう》速度だ！）

両脇を、ものすごい速度でオフィスビルのガラス壁面が流れていく。

ファンファンファン

追いすがるパトカー。

『こらぁ止まれ！　そこの不法着陸の飛行機、止まれと言っとんじゃ——わぁっ！』

ブォオンッ！

ビルの陰から美月のＴ３がパトカーの前に現れ、着艦フックで屋根のパトライトを粉々に粉砕した。

パリーンッ

うわぁあっ

キキキキキッ

第一コーナーで先頭車がスピンしたＦ１レースみたいに、団子《だんご》になってクラッシュする四台のパトカー。

「ごめんよ、神奈川《かながわ》県警」

美月は急上昇すると、今度は別方向から来るパトカーの群れに超低空で襲いかかっていく。

五〇ノット。

忍は前方の交差点を見て目を剝《む》いた。

「！」

「忍！」

赤信号の向こうを、京浜急行の路線バスが横切ってゆく。

（くっ――）

どうする、止まるか？

（いや）

忍は速度計を見た。

（フラップ一〇度の失速速度は六五ノット――六六ノットあれば、浮くはずだ！）

忍は一瞬で計算した。マニュアルには、通常の離陸なら八〇ノット、フラップを下ろした短距離離陸でも七五ノットで引き起こしをせよ、と書いてある。しかしそれは、失速速度に一〇ノットの余裕《マージン》を乗せた速度だった。

「里緒菜、行くわっ」

「えぇっ」

実際はもっと早く、T3は宙に浮ける。ただし失速速度の六五ノットを一ノットでも切ったら、おしまいである。

（五五ノット、六〇ノット――）

ブァアアアアンッ

「忍っ、バスだよ」

「六五――六七！　今だ」

まるで薔薇《ばら》の枝を手折《たお》るように優しくなめらかに、忍の長い指が操縦桿を引いた。

「ローテーション！　浮けっ」

銀色のT3は、白線を引いたアスファルトの舗装路《ほそうろ》を蹴った。

ふわっ
「ギア・アップ！」

浮くと同時に、忍は素早く着陸脚《ランディング・ギア》を上げる。

ヴァアアアアアンッ
うわぁーっ！

バスの乗客が悲鳴を上げる。

ブォオンッ！

引き込みかけたランディング・ギアが三〇センチの間隔を空《あ》けてバスの屋根を飛び越えた。だが目の前に電話線が！

「くっ」

忍は操縦桿を前に押す。

ギュインッ

軽くお辞儀するように電話線をくぐり抜けるT３。垂直尾翼の先端が間隔わずか五センチで黒い電話線の下をすり抜ける。

●川崎駅前　上空

「忍のやつ……いつあんなこと憶えたんだ――」

忍のT３がバスを飛び越え電話線をくぐって失速寸前で上昇するのを、美月は上空で旋回しながら目撃した。

「失速の二ノット手前で離陸してみせるなんて――富士重工《ふじじゅうこう》のテストパイロットだってできないぞあんなこと！」

もしわずかでも機首を上げすぎて、六五ノットを一ノットでも切ったら、石ころのように落下してばらばらになっただろう。

美月は忍が、バスの手前で急停止して一八〇度向きを変えて離陸滑走するものだと思って、またパトカーの制圧に急降下しようとしていたのである。だが、あっけに取られて眺めている美月の足の下を、まるでミラノ市街の運河から離水するサボイア戦闘飛行艇みたいに忍のT３は悠々と上昇してきた。

『教官！』

ヘルメットに、忍の弾《はず》んだ声が入った。

『教官、里緒菜は回収しました』

何が〈回収〉だ。

「忍っ」

美月は怒鳴った。

「忍、なんてことするんだ！」

『えっ、はい、でも』

うまくやった、と思っているはずの忍を、美月は怒った。

「いいか忍、戦闘機パイロットは、命を投げ出すのが仕事じゃない。生き残るのが仕事なんだ。今のような真似《まね》は、二度とするな！」

『は、はい……』

一本クギをさしてから、美月は心の中で「よくやった」とつぶやいた。

(しかし忍は……)

水無月忍の技量の伸びは、美月の想像を超えるものがあった。

(――忍は、ひょっとしたら、あたし以上になるかもしれない……途中で死ななければ――)

自分は忍に厳《きび》しくしなければいけない、と美月は思った。技量に自信を持ちすぎて、天狗《てんぐ》になった戦闘機パイロットは、必ずすぐに死んでしまうのだ。

忍は、ほめてもらえると思ったからちょっと残念だったけど、里緒菜が後席に乗っているので怒鳴られたことなんか気にならないくらい、嬉しかった。

教官機と編隊を組み直すと、二機はただちに川崎上空を離脱した。

「忍」

後席から、里緒菜が声をかけた。

「忍、単独飛行《ソロ》に出たんだね。すごいなぁ」

「あなたもすぐよ。里緒菜」

「忍――」

「ん」

「ごめんね、忍」

忍は、笑った。

「里緒菜、ＯＬ生活、どうだった？」

「訊かないで」

「ねぇ里緒菜」

「何」

「わたし、決めたの」

「え」

「あなたと二人で護《まも》ろうって」

「何を？」

「地球よ」

「えっ」

「わたしたち二人にしか、できない仕事があるの。ねぇ里緒菜、リース会社のＯＬと、地球を護る仕事と、どっちがいい？」

「うーん……」

後席で里緒菜は、考え込んだ。

「ＯＬのほうが、楽だけど……でも二十代の青春をお茶くみして会社に切り売りするよりは、地球護ったほうがいいかなぁ――」

「帰ったら、またがんばろうよ。里緒菜」

西の空が夕焼けになりかける中を、二機は浜松へと飛んだ。

「ところで忍、大丈夫なの？　あんな大騒ぎ起こして」

「うーん、教官が『大丈夫だ心配するな』って言うから、ついてきちゃったんだけど――」

忍は、首を傾《かし》げた。

「教官」

忍は、ヘルメットのマイクで美月を呼んだ。

『あのう教官、本当に、大丈夫なんですか？　あんな派手にやっちゃって』

今頃になって、忍が心細そうに訊いてきた。

「心配するなと言っただろう」

美月はマイクに答えると、№２のＶＨＦ無線機を国防総省緊急周波数にセットした。

●六本木《ろっぽんぎ》　国防総省　統幕議長執務室

「峰《みね》議長、至急の用事で直談判《じかだんぱん》にまいりました」

西陽《にしび》の射し込むオーバルオフィスに入るなり、波頭《はとう》中佐がさっと敬礼して言った。

「ああ」

峰は、デスクでため息をついた。

「おまえの単刀直入には、慣れてきたよ。今度はなんだ？」

峰は、気をつけしている波頭に「座れ」とうながす。

「はっ」

波頭は革のソファにかけながら、

「議長、実は昨夜も、シベリア奥地で核プラズマの閃光が観測されました。五回、光りました。しかもアムール川源流地帯は北極圏に近いのに異常な暖冬、さらにネオ・ソビエトの〈アイアンホエール〉がその源流地帯へ向け、現在、急行しております」

「何」

峰は波頭を見た。

「〈アイアンホエール〉がか？」

「議長、やつらの鉄クジラはプラズマ砲が不調でしたが、源流地帯のフィヨルドには星間飛翔体の残骸《ざんがい》があり、フィヨルドへ行けばパーツを調達することが可能です。源流地帯の異変のために調査船が遭難したので、〈ホエール〉が直接出かけて向こうで修理を行うつもりなのです」

「ううむ――」

「現在、原潜〈さつましらなみⅡ〉を張りつけていますが、事態はどう進展するか予断を許しません」

「ううむ」

「シベリアの奥地には、何かがいます。それに加えてプラズマ砲を復旧しようとする

〈アイアンホエール〉……われわれ国防総省も、緊急事態に備えていなくては。水無月忍の訓練が、いつ仕上がるかは未定にしても、われわれは〈究極戦機〉がいつでも出撃できるようにしておかなくてはなりません」

「うむ。それはそうだ」

「じゃ、峰議長。〈大和《やまと》〉をください」

　波頭は、「くださいな」と言うように、手を差し出した。

　なんだと？　と腕組みしていた峰は顔を上げた。

「波頭、〈大和〉をよこせと言うのか？」

「はいそうです議長。連合艦隊のあらゆる艦艇について検討しましたが、〈翔鶴〉が修復されるまで臨時の〈究極戦機〉母艦として働けるのは、戦艦〈大和〉だけです」

「ほかの空母は？」

「〈飛龍《ひりゅう》〉や〈蒼龍《そうりゅう》〉にUFCを載せると、それだけでほかの艦載機は一機も運用できなくなります。艦が小さいですから。〈大和〉なら最後部飛行甲板を潰すだけですみます。ハリアーが運用できなくなりますが、全体から見れば小さなことです。〈大和〉には〈蒼龍〉を一緒に組ませましょう。主砲着弾観測機は、〈蒼龍〉に間借りさせる。〈大和〉広い甲板を使えるからハリアーのパイロットはむしろ喜びますよ」

「しかしなぁ――」

「議長、迷っている暇はありません。すぐに艦政本部へ電話してください」

「おまえ電話しろよ」

「私が昼にかけたら、断られたんですよ」

「しょうがないなあ」

峰は、海ツバメ色のシーハリアーの模型がスタンドに立てて飾ってあるデスクの上に手を伸ばし、電話を取ろうとした。

が、
プルルルル
取る前に電話が鳴った。

ガチャ
「峰だ」

『統幕議長、浜松基地の練習機から、緊急呼び出しです』

「何事だ」

『おつなぎしてよろしいですか』

「つなげ」

峰はため息をついた。

何かまた面倒事だろうか。

『お父様』

受話器から飛び出してきたのは、女の声だった。

『お父様、美月です』

「──え」

峰剛之介《ごうのすけ》は、自分の耳を疑った。声の主は確かにあの森高美月のようだが──

『お父様、聞こえますか』

「あ、ああ。聞いてる。聞いてるよ」

『お父様、実はちょっと、お願いがあるの』

「な、なんだね」

お父様──？

峰は、思わずじ〜んとして、シベリアの緊急事態も一瞬忘れてしまった。

母方の姓を名乗っている美月に、そう呼んでもらったのは初めてだった。

（お、『お父様』か……うぅ、いいなぁ）

『お父様、美月こんなことお願いしちゃっていいかなぁ──』

飛行中のコクピットからかけてきたのか、美月の声には、バルルルルというプロペラの音がバックグラウンドノイズに入っている。

「なんでも言いなさい。実の父親に、遠慮することはない」

峰剛之介は、娘に何かをねだられるなんて、初めてだった。

「お父さんは美月の頼みならなんでも聞いてやるぞ」

波頭が「あぶねえなぁ」という顔で立ち上がって見ているのにも気づかず、峰は「うんうん」とうなずきながら言った。

「どうした、〈ファルコン〉にフェニックスミサイルでもつけてほしいのか」

『そんなことじゃ、ないの。あのね』

無線電話の向こうで、森高美月は言った。

『さっき川崎の駅前で、一騒ぎ起こしちゃったの。ほんのちょっと超低空飛行して強行着陸一発かまして、パトカー五～六台引っ繰り返しただけなんだけど――お父様お願い、揉《も》み消しといてくれないかしら』

「な――何?」

『じゃあね。用はそれだけ』

無線電話は、向こうから切れた。

「統幕議長――」

波頭が心配そうに、切れた受話器を持って呆然《ぼうぜん》としている峰に話しかけた。

「議長、大丈夫ですか?」

峰剛之介は、艦政本部へ命令する前に、首相官邸へ電話しなくてはならなくなってしまった。

●アムール川源流　ネオ・ソビエト発掘中継キャンプ

ひゅぅうううう――

焼き払われたタイガに、灰色の雲から風が吹き下ろしてくる。

ひゅぅううう

「こ、これは――」

原生林から黒焦げの野原のような場所に一歩踏み出して、川西は言葉を呑み込んだ。

「――ここが、発掘中継キャンプだって⁉」

ひゅぅうううう

目の前は、直径一キロにわたる広大な黒い焼け野原だった。

「川西くん」

「博士」

「いったい何が起きたんだ――」

川西とカモフ博士に続いて森から出てきたひかると涼子が、「きゃあっ」と悲鳴を上げた。

「キャンプが、ない！」

〈episode 12につづく〉

episode 12
愛を胸に

●帝国海軍舞鶴《まいづる》軍港　戦艦〈大和〉　十一月七日　20：00

「この〈大和〉が〈究極戦機〉の母艦にですって？」

中央情報作戦室《CIC》の主任管制席でイージスシステムの作動チェックをしていた川村万《かわむらま》梨子《りこ》は、黒いサングラスの顔を上げた。

「はいそうです、主任」

コンソールの前に立った、オペレーターの林原《はやしばら》るみが言った。

「夕方、国防総省で決まって、艦長も承諾《しょうだく》されたそうです。日本海での対潜訓練への参加は、中止になるみたいですよ」

「ふう——」

川村万梨子は、マニュアルをコンソールの上に放り出して、ため息をついた。

「じゃあこのＣＩＣに、〈究極戦機〉を管制するための、あの葉狩真一《はかりしんいち》が作った妙ちきりんなシステムが引っ越してくるっていうわけ？」

「はい」

るみはうなずいた。ショートカットのるみの頭の向こうに、暗がりを通して〈大和〉ＣＩＣの戦闘情報スクリーンが見えている。艦の現在位置を示すシンボルが、若狭湾《わかさわん》の一角でピンク色に明滅している。

「大破した〈翔鶴〉から、とりあえず無事だったインターフェイスシステムを取り外して、空軍のＣＨ53で空輸してくるそうです。到着予定時刻は――」

「ああ、いいわ」

万梨子は頭を振った。

「林原、ここやっといて」

「どこへ行かれるんです大尉？」

「ちょっと風にあたってくる」

すらりとした長身の川村万梨子大尉は、ロングヘアをひるがえして〈大和〉のＣＩＣを出ていった。

●若狭湾〈大和〉上空

キィイイイイン
帝国空軍のＣＨ53Ｊ大型ヘリコプターは、カーゴベイの中に電子機器を満載して、舞鶴軍港に停泊中の戦艦〈大和〉へ降下を開始した。
「魚住《うおずみ》博士、五分で到着します」

カーゴローダーの軍曹がロープに摑まってやってきて、貨物室の中で補助席に収まっている魚住渚佐《なぎさ》の耳元で叫んだ。

「荷を降ろす時に、また指揮をお願いします」

「わかったわ」

渚佐も爆音に負けないように大声で答える。

日高紀江《ひだかのりえ》が凍傷にかかって入院したので、渚佐は一人で飛んでこなければならなかった。

（〈大和〉か……）

渚佐は、小さな円い窓から、日の暮れた夜の若狭湾を見下ろした。

●戦艦〈大和〉

キィイイイン――
飛行機にぶつけられないよう、最小限の灯火を艦橋とマストに点けた黒い城のような超弩級《ちょうどきゅう》戦艦の最後部飛行甲板に、ＣＨ53は位置を合わせながらゆっくりと着艦した。
ドシュンッ
ヒュンヒュンヒュンヒュン――

ただちにローターが停止して、甲板要員が大型ヘリの貨物扉に走り寄る。

「渚佐」

白衣姿で荷下ろしを指揮している渚佐に、黒いサングラスの女が近づく。

「渚佐。久しぶりね」

「――万梨子……」

渚佐は振り向いて、息を呑んだ。

●〈大和〉艦内

カツカツ、カツ
半舷《はんげん》上陸で人の少ない〈大和〉の艦内通路を、二人の長身の女が歩いていく。

「またあなたと一緒になるとはね……」

サングラスの女がため息をついた。

「おいやかしら？」

「渚佐。この艦に乗るのはいいけど、あたしのこと口説《くど》かないって約束してくれる？」

フフフ、と渚佐は含み笑いをした。

「渚佐」

万梨子は、黒いサングラスを少しだけずらして、切れ長の目を見せた。

「あたしは、真剣に言っているの。仕事にならないからよ」

「わかった」

渚佐は笑った。

〈究極戦機《UFC》〉管制用の機材を搬入していたら、夕食の時間を過ぎてしまった。

二人は、士官食堂のカフェテリアに入った。北側の窓際に席を取ると、日本海は暗くて何も見えなかった。

「もう冬の日本海ね」

「あれから二年か——」

「相変わらず、艦内でもサングラス？」

「あたしはこの戦艦の主任迎撃《げいげき》管制士官よ。あなたと違って男の部下もたくさん使うの。戦闘中に部下があたしの目を見て眩惑《げんわく》されたら、士気が下がってしまうでしょ」

「よく言うわ」

二人は笑った。

川村万梨子は、新しく引っ越してくる異星の超兵器について質問した。

「それで、〈究極戦機〉の本体は、どうやって運んでくるの？」

「自力で飛んでこられれば、それに越したことはないんだけど――今のところ、ヘリ四機で吊《つ》るしてくるか、〈翔鶴〉の艦体ごと曳航《えいこう》してくるか、どっちかになるわね。あんまり人目につくのはよくないんだけど、仕方がないわ」

「渚佐。噂で聞いたんだけど――もう有理砂も美月もＵＦＣを動かせないって、本当？」

渚佐は、うなずいた。

「機密だから大きい声では言えないわ。今、新しいパイロットを養成中。使えるようになるのはいつのことか……」

「ふうん」

「とりあえずインターフェイスシステムだけでも〈大和〉に移植して、管制支援ができるようにしておくわ。後部飛行甲板の改造工事は、明日《あす》の朝スタッフが到着して始める予定よ。ハリアーは周辺装備と一緒に空母〈蒼龍〉へ移動してもらうことになるわ」

「なんだか――」

万梨子はテーブルに頬杖をついて、暗い日本海を見た。

「――なんだか、予感がするわ。いやな」

「予感？」

「胃のあたりが、むかつくの。また宇宙から来た怪獣と、46センチ砲で戦うようなことにならなければいいけど――」

●アムール川源流　ネオ・ソビエト発掘中継キャンプ

ひゅぅうううう

「はぁ、はぁ――」

星の光すらない夜の暗闇の中、川西たちは、真っ黒く熔《と》けて固まった熔岩の湖みたいな場所を徒歩で横断していた。

「焦土は意外と広い。直径二キロはあるかもしれん」

「吹きっさらしの場所にぽつんといるのは、落ち着きませんよ博士」

川西はリュックを背負って、星間飛翔体のエネルギー伝導チューブを杖《つえ》のように使いながら黒い焦土の上を急いだ。

「ここが元は原生林だったなんて――本当ですか博士？」

「本当だ。この黒い熔岩は、想像を絶する高熱で熔かされた膨大な量の樹木だよ」

「ひぇ――」

――『誰か、いませんかっ！』

川西は、つい二時間ほど前にこの場所へたどり着いた時の衝撃を、思い出していた。

「ここが中継キャンプ？　本当に？」

川西は初め、原生林の向こうが湖になっているのかと思った。森の木々の間に、シベリアの弱い夕方の陽《ひ》を反射する水面のようなものがちらちらと見えていたからだ。「やっと中継キャンプにたどり着いたのか」と胸を弾ませながらざっざっと下生えを掻き分けて進むと、唐突にシベリア杉の森は切れて、目の前に黒い熔岩の湖が姿を現したのだ。

「う、嘘だろう……？」

黒い水面のように見えたのは、冷えて固まった熔岩のガラス質だった。

川西は、原生林が切れたところに立ち止まって、まるですべてが熔けてから固まったような木も草も一本もない真っ黒い平原を見渡した。

「川西くん」

「博士」

「応答がないわけだ――」

カモフ博士はつぶやいた。

「きゃあっ」

「きゃあっ」

あとから森を出てきたひかると涼子が、揃って悲鳴を上げた。

「キャンプが、ない！」

川西たちは、カモフ博士の地図を頼りに、ネオ・ソビエト軍の発掘中継キャンプがあったと見られる地点を目指した。

ひゅううう

灰色の雲が弱々しい夕陽を覆い隠し、北極圏に近いシベリアのタイガに急速に夜が近づいていた。

「ここだ――」

そこは、ただ一キロ四方にわたって原生林が焼き払われ、というか高熱で熔かされて、黒いどろどろのコールタールのようになって固まった沼地の、ちょうど真ん中だった。立って見回すと地平線はすべて森だった。北の方角には、切り立った山が見えた。山の向こうは急激に地の底へ落ち込む谷になっており、深く暗い谷の奥の奥が、〈北のフィヨルド〉だ。

「なんだろう?」

小さな黒点のようなものが、無数に山の頂上の上空に群れて動いている。双眼鏡で見ると、大型の鳥の群れだとわかった。

「川西くん、来てみろ」

博士が呼んだ。

熔けて固まったコールタールの中に、かろうじてカマボコ形の耐寒建築物が傾いてうずまっているのが見えた。

「これは中継キャンプの、中央隊舎だ。補給部隊の指揮所だよ」

隊舎の壁は黒焦げになっていた。入り口は、半分コールタールに埋《う》まっていたが、なんとか人が入れるだけの空間があった。

薄暗く、急速に夜になりかかる中で、博士と川西は入り口から中をライトで照らして、大声で呼んだ。

「おおい、誰かいないかっ!」

「誰か、いませんかっ!」

カマボコ隊舎の暗がりの中で、オイル式ランプが天井からかすかに揺れていた。

「いったいどうして、こんなことが――」

「入ってみよう」

念のため放射能測定装置《ガイガーカウンター》を向けると、ジジジジジと激しく反応する。

「長くはいられない。生存者がいなければ、急いでここから退避しよう」

ひかると涼子を外に待たせて、川西と博士は真っ暗な中央隊舎に入った。

二十名近い補給部隊の隊員たちが暮らしていた建物だ。しかし、どの部屋にも人影はない。

中央の司令室に踏み込んでみると、このあたりの地図を広げたテーブルの上は乱暴に荒らされ、武器庫から出してきたと見られるRPG7ランチャーが、放り出されるようにして置かれていた。

「ロケット砲――？」

川西は黒光りする筒状の武器を、両手で持ち上げた。

「こんなものを、部屋の中で……？」

ずっしりと重いロケット砲《RPG7》には弾体がセットされ、安全装置《セーフティ》が外されていた。

「誰かが撃とうとして、撃つ寸前に放り出したのだろう」

博士が言った。

「こっちにはAK47もあるぞ。弾倉は空《から》だ。撃ちまくったな、硝煙《しょうえん》がぷんぷんする」

「いったい何が起きたんでしょう？」

「わからん」

ロケット砲をテーブルに置こうとすると、手がぬるっとした。

ひゅうっ、と風が吹いてテーブルの大地図がめくれ上がった。

「ん？」

川西が思わず見上げると、

「――は、博士！」

「どうした」

「て、天井が――ありません！」

あたりは、真っ黒い闇だった。コールタールのような大地と、雲に厚く覆われた夜空に川西たちは挟まれてしまっていた。

「はぁ、はぁ」

びゅぉぉぉぉ

中継キャンプに、生存者は一人も見つからなかった。中央隊舎はもぬけの殻《から》だった。司令室の天井は何かにえぐられたように、大きく裂けていた。何者かが中継キャンプを襲い、補給部隊の十数名の隊員たちをこの世から消してしまったのだ。

「はぁ、はぁ」

とにかく、恐ろしい異変の中心みたいなところで夜を明かすわけにはいかなかった。

そんな度胸は、さすがに博士もひかるたちも持ち合わせていなかった。中継キャンプから四キロほど北の山の麓《ふもと》まで行けば、現地の人々が暮らすタルコサーレ村がある。

「おじさま、村はまだなんですか？」

後ろから息を切らせて、ひかるが訊いた。

「あたし、しんどいわ」

「わたしも」

でもひかると涼子は、手ぶらだった。本当に「しんどい」と悲鳴を上げたいのは、川西のほうだ。

「がんばれ」

博士が振り向いて励ます。

「もうすぐ森に入る。村へ道はついているはずだから、あと一時間も歩かずに着くぞ」

原生林を切り開かなくてすむのが、川西にはありがたかった。川西は、六日間にわたる荷物持ちとテント張りと飯炊《めした》き当番と藪漕ぎ係で、もうへとへとになっていた。

（まったくもう、僕はそろそろ限界だよ！）

川西のリュックには、中央隊舎の誰もいない司令室で見つけた地図と、分厚いノートが一冊入れられている。補給部隊の隊長の日誌らしいそのノートだけが、焼けずに残っていた遺留品だった。

「わっ！」

暗闇の中で川西はつまずき、黒いコールタールの大きなへこみのような穴に転がり落ちた。

ずだだっ
「大丈夫か、川西くん」

「いててっ」

川西は、長さ一〇メートル、深さ三メートルくらいの小判形のへこみの底で、腰をさすりながら起き上がった。

「暗がりで、いきなりこんな穴が空《あ》いてるんだもんなぁ」

「気をつけろ川西くん。同じような穴が、先のほうにもいくつも空いているようだ」

がさがさっ
やっとのことで焦土を渡りきり、針葉樹林の中に駆け込むと、何か隠れ場所を得たみたいにほっとした。

「少し休もう」

四人は、博士のかけ声で下生え草の中に倒れ込んだ。

はぁはぁ

はぁはぁ
「川西くん、お水」

「わたしも」

川西はリュックを下ろし、腰の水筒を外すと、ひかると涼子に渡した。

「僕のぶんも、残しといてくださいね」

ひかるは返事もせずに、口をつけてごくごくと飲み始めた。

「川西くん、これを見ろ」

カモフ博士が川西のリュックから取り出したノートを広げて、防水ライトで照らしている。

「これはやはり、補給部隊の隊長の日誌だ。三カ月前から記録してあるぞ」

博士は、分厚いノートをぱらぱらとめくった。

「ちょっとライトを、持っていてくれんか」

ぴゅぉおおおぉ――

四人の背後から風が吹いてきて、博士の手のノートのページを吹き飛ばそうとする。

「三カ月前の、初めのほうは、日常の業務記録だ」

博士は、飛ばされようとするページをめくる。

川西も、覗き込む。

ひかると涼子は、はあはあ息を切らして草に仰向けになりながら、「ねぇなんか、生臭《なまぐさ》くない？」と話している。

「最後のほうを、見てみよう」

「はい」

びゅぉぉおおお

まるで台風の前触れのような、生暖かい風が、四人の背後から吹きつけてくる。

1

●アムール川源流

「最後のページだ。『深夜二時。二度聞いた』なんだこの記述は？」

「えっ」

川西は、博士の手元のノートのページを覗き込んだ。

「最後のページ。ここに殴り書きしてある——『深夜二時。二度聞いた。なんの声だ、野獣でも霧笛《むてき》でもない。あれはなんだ？　木立の上から黒い——』」

「木立の上から黒い——で、おしまいですか」

「そうだ」

ざわざわざわざわ
川西たちの頭上で、巨大なシベリア杉がこすれ合ってざわめいた。

びゅぉぉおおお

生暖かい風が、またも背後の森から吹きつけてきた。

「そういえば――」

博士と川西の会話を聞いていた涼子が、思い出したように言った。

「――調査船で中継キャンプに着いた夜、指揮所の建物で寝ていたら、何かの音を聞いたわ。遠くから……密林の奥のほうから、見たこともない大きな獣の悲鳴のような――そうでなければ古い蒸気船の霧笛のような」

「霧笛のような？」

ひかるが訊く。

「空耳じゃないの。何度か聞いたわ。そのたびに、密林が静かになるの」

涼子は自分の肩を抱き締めるようにした。

「怖いわ」

ノートには、ここ一カ月間に起きた異変が、順を追って記載されていた。

「異変の兆候《ちょうこう》らしいものは、一カ月前に起きている」

博士はページをさかのぼって、異常な出来事の発端《ほったん》を見つけた。

「一カ月前。『中継キャンプの船着き場に、上流から一角獣の死骸《しがい》が流れ着いた』

「一角獣？」

「長い槍《やり》のような角を持った、クジラの一種だよ。〈北のフィヨルド〉に棲《す》んでいる」

博士はノートを読んだ。

「大型のシャチくらいある一角獣の死骸は、腹を大きく喰い破られていた。しかも一頭だけではない。次から次から、何百頭もの一角獣の死骸が流れてきて、緑色だった川は一時期、真っ赤に染まってしまった。『それらの死骸はどれも例外なく、何かにかじり取られたかのように身がなくなっていた』と、このページには書かれている」

「何かが、〈北のフィヨルド〉で一角獣を喰ったというのですか？」

「わからん」

博士は頭を振った。

「しまいには、流れてくる死骸は原形をとどめぬものばかりになり、骨さえも抜き取られたかのようになくなっていた」

「ひどいわ」

涼子がつぶやいた。

「続いて、源流の沼沢《しょうたく》地帯から無数の鳥の群れが飛び立って、南へ飛んでいくのを目撃した。北極ペリカンだ。一時期は、源流から南へと逃げていく北極ペリカンで空がピンク色に染まったと書いてある。だが夜中に蒼白《あおじろ》い閃光を目撃した日から、南へ逃げていく鳥や動物も目にしなくなった。ほどなくして、タルコサーレ村の猟師たちから『獲物が獲《と》れなくなった』と苦情を言われている――」

「博士、いったい〈北のフィヨルド〉で何が起きたのでしょう？」

「これだけでは何もわからんが――ひとつだけ言えるのは、われわれネオ・ソビエトが〈北のフィヨルド〉から星間飛翔体の核融合エンジンを発掘して持ち去ってからすべてが始まっている。これだけは、はっきりしているようだな」

「僕たちが昨夜目撃したあの閃光と、この黒い焦土は、何か関係があるのですか？」

「いい質問だ」

博士はうなずいた。

「実はあまり思い出したくなかったんだがね……この黒いコールタールの湖みたいな焦土は、私がソ連時代にさんざん見た、核実験の爆心地にそっくりなんだよ」

ユールォオーン――

その時、森の奥から、獣の吠える声が聞こえてきた。

「なんだ？」

川西は振り向いて、暗闇の中にそびえる山と、シベリア杉の密林を見た。

「オオカミの声よ！」

涼子が叫んだ。

すると密林の奥から、
ドドドドド――

多数の獣が猛烈な勢いで走ってくる響きが迫ってきた。

ドドドドドド！

「みんな、茂みの中に伏せるんだ！」

博士が言い終わらないうちに、
ドドドドドッ！

数十頭の北極オオカミが、森の暗闇から姿を現したかと思うと、

「きゃあ！」

ビュンッ
ビュンッ
茂みに伏せた四人の頭上を飛び越えて、次々に黒いコールタールの湖のほうへ突っ走っていく。伏せた四人には目もくれない。

「な、なんだっ？」

ビュンッ

ビュンッ

森の中から飛び出してきては、ハッハッと息を切らして頭上を飛び越えていく銀色の毛皮の群れを見上げ、川西は叫んだ。

「何をパニクってるんだこいつら？」

「しっ、静かに」

博士が制する。

ズン——

ズン——

「何——？」

森を揺るがす地響きに、ひかるが思わず顔を上げた。

「しっ、駄目だひかる。伏せているんだ！」

ズン

ズズン

ボォォオオ――

川西は、茂みに伏せたまま目を頭上に上げた。

〈――！〉

尾根の向こうに、何かが姿を現していた。

〈――な、なんだ。あれは……？〉

黒い夜空を背景に、黒い巨大なものが動いていた。

●アムール川源流域　水中

ゴォンゴォンゴォン

〈アイアンホエール〉は一時期、浮上航行を余儀なくされたが、アムール川の源流に近づくにつれ再び水深が深くなり始めたので、潜望鏡深度まで船体を水没させることができるようになった。

「氷河の削った源流地帯か――」

加藤田要はブリッジの艦長席に座って、正面ビジュアルモニターを見やった。艦の前方の水中を映し出すモニターには、深夜の水中の暗黒が映るばかりだ。

――『星間飛翔体は乗っ取られたんだよ』

「なあ江口大尉」

要は最前方の操縦席に座るパイロットに声をかけた。

「君は信じるか？　押川博士の話を」

「一世紀前の星間飛翔体の不時着は、飛翔体が宇宙空間で何者かに乗っ取られた結果だ、という説ですか？」

「ああ」

「信じますよ」

「そうか」

「私は飛行士として宇宙ステーション〈平等の星《びょうどうのほし》〉に乗っていた。二年前にも、地球のそばを通りかかった星間飛翔体を核ではたき落とすミッションに参加しています。あの銀色の〈針〉と黒い球体をじかに目にすると、『宇宙には何がいても不思議ではない』という気がしてきますよ」

江口は、珍しく長くしゃべった。

「そうか……」

要は、昨日、押川博士と交わした会話を思い出した。


「星間飛翔体は、乗っ取られたんだよ」

「乗っ取られた？　宇宙空間で、ですか？」

押川博士の言葉に、思わず要は訊き返した。

「そうだ」

博士はうなずく。

「しかし、何に？」

「一種の〈宇宙航行生命体〉だよ」

「〈宇宙航行生命体〉？」

「大航海時代の帆船《はんせん》が、大西洋でプレシオサウルスの生き残りにばったり出合って、襲われてしまったようなものだろう」

博士は椅子を回して、船室の壁にかけた〈シーサーペントに襲われるイギリス帆船〉の油絵をあごで指した。

「そんなことが、ありうるのですか？」

「この〈アイアンホエール〉にエンジンをくれた飛翔体は、二年前にわれわれが静止軌道外から核ではたき落とした飛翔体と、基本的に同じ任務で太陽系内を航行していたものと推測される。わしの想像だが、星間文明では木星のエウロパあたりを開発しとるんじゃないのか？　そこで使われて、不良品となって凶暴化した生体核融合ユニットを太陽に捨てておるんだ。飛翔体がいつものように不良品のユニット――つまり〈レヴァイアサン〉みたいなやつを、例えばエウロパあたりの環境改造工事現場からピックアップして太陽へ捨てに行く途中、偶然そういった〈宇宙航行生命体〉と出合って、捕《つか》まってしまった」

「その〈宇宙航行生命体〉は、なんのために飛翔体を乗っ取ったのです？」

「そりゃあ、自分で漕《こ》がなくてもどこかの星へ連れてってもらえるんだから、生命体にしてみればこんなに楽なことはないよ。繁殖に使える星を探しにゆける。言ってみれば、〈宇宙航行生命体〉は種を拡大するために何万年もかかって恒星間宇宙を渡っていく、『銀河の渡り鳥』だな。地球上にだって、太平洋を渡っちまうようなとんでもない鳥がおるだろう？」

「『銀河の渡り鳥』……イルミネーションつけて菅原文太《すがわらぶんた》が運転しているのですか？」

「君は西側の映画なんか観ているのか？」

押川博士はため息をついた。

「まあいい。わしがデータを入れて推測させてみたところ、一世紀前に飛翔体は〈レヴァイアサン〉と同様の不良品生体核融合ユニットを黒い球体に押し込んで曳航しながら飛んでいるところを、その〈宇宙航行生命体〉に出合って襲われ、取りつかれてしまった。飛翔体は地球に不時着を余儀なくされた。曳航していた黒い球体はツングース上空で切り離されて爆発、有名な〈ツングース隕石《いんせき》大爆発〉となった。飛翔体の本体は怪物とともに〈北のフィヨルド〉へ落下したが、そこで飛翔体の人工知性体は、最後の力を振りしぼって怪物をフィヨルド中州《なかす》の地中へ封じ込め、重力フィールドをかけて閉じ込めてしまった」

「飛翔体の残骸が一世紀の間、その怪物を〈北のフィヨルド〉の中の島に封じ込めていたというのですか？」

「そうじゃよ。核融合エンジンは、アイドリングで回っておったのじゃろ？　重力フィールドのエネルギーをずっと供給し続けておったんだ」

「しかし、どうして人工知性体は怪物を封じ込めたのです？」

「そりゃあ君」

博士は肩をすくめた。

「海を渡って島にたどりついた渡り鳥が、その島で何を始めるか、考えてみればわかるだろう。飛翔体の人工知性体は、われわれ先住民族の安全を守ろうとしてくれたんだよ」

「加藤田第一書記」

「ん」

要は顔を上げた。

元宇宙飛行士の江口大尉は、操縦席から振り向いて言った。

「第一書記、例えば、人間が宇宙服を着て真空の宇宙空間を漂っていることだって、考えてみれば相当に奇異ですよ。生き物というものは、自分の生存圏を拡大するためならば、どんな信じがたいこともやってしまうものだ、と私は感じています」

「宇宙を何万年もかかって渡るような生命体の存在もか？」

「いてもおかしくありませんよ」

江口は肩をすくめた。

「われわれ人類だって、本《もと》を正《ただ》せば大昔にどこかほかの星から来たんです。その証拠にこの地球の環境に調和していない。ぶち壊すばかりじゃないですか。地球の生態系にしてみれば、われわれ人類こそ『宇宙から来た怪獣』ですよ」

●アムール川源流域　森の中

グロロロロ

恐ろしく大きな呼吸器が、シベリアの大気を吸って唸るのが、頭のはるか上から聞こえた。

グロロロロロロッ

川西たちは、森の下生えの草むらに身を伏せながら、頭上を見上げた。

黒い巨大な〈怪物〉が、小高い山の尾根の稜線に〈肩〉から上を出していた。

（あれは、あれは――）

川西は、黒い闇に溶け込んで姿のわからない怪物が、一瞬、空気を吸い込んで蒼白く燐光《りんこう》を放つのを見た。

（――そんな馬鹿な！）

ボォオオオオッ

怪物は吠えた。

「うわあっ」

「きゃあっ」

「しっ、声を出すな！」

まるでマンモスタンカーに耳元で汽笛を鳴らされたようだった。怪物の声で身体がびりびりと痺《しび》れ、川西は草の上に跳ね上がった。

怪物の呼気なのか、白い水蒸気が陸地に押し寄せる海霧のように山の斜面を下って、川西たちをたちまち覆い隠してしまった。

と、次の瞬間――

ズヴォーンッ！

半径一キロ以内の大気を圧力波で吹き飛ばしながら、蒼白い閃光の球が小型の流星のように頭上を通過した。

「うわぁーっ」

ドカーンッ！

「きゃあーっ」

爆発は黒いコールタールの湖の中央部で起きたが、猛烈な衝撃波が森を襲い川西は吹き飛ばされた。

ずばばーっ

「うわっ」

「みんなはぐれるな！　何かに摑まれ」

「きゃあーっ」

「助けて」

「うわーっ」

突風に吹き飛ばされて、川西は涼子と折り重なって草むらに転げ込んだ。

「きゃっ」

「だ、大丈夫ですか涼子さん」

「怖い」

涼子は、草むらに折り重なったまま川西に抱きついてきた。

「涼子さん」

ズン

ズズン

森の大地が地震のように上下した。

「か、怪物が歩きだしたんです」

「川西くん、怖い」

「しっ、声を出さないで。草の中にこのまま隠れるんです」
ズズンッ
ズーンッ

小高い山の斜面を下って、黒い怪物がやってくる。山の稜線を越える時に、一足歩行らしいシルエットがちらりと見えてすぐに闇に溶け込んだ。

(あの姿は――――!)

「川西くん!」

「頭を出さないで!」

川西は、森の下生えの草の中に涼子のロングヘアの頭を押し込むようにした。

(幸い、この霧だ。草の中にいれば見つからない)

ズーンッ
ズシーンッ
まるで最大級の直下型地震が近づいてくるかのようだ。数万トンの大怪獣が地を踏み締める振動を、わずか数十メートルのところで感じているのだ。

ズシーンッ
ズシシーンッ

めきめきめきっ
ばりばり
どすーん
ズシーンッ
森をなぎ倒しながら、怪物は近づいてきて、川西と涼子の頭上をまたぎ越した。シベリア杉のてっぺんに上半身を出しながら、怪物は歩く。
ドドーンッ
見たこともない、真っ黒いぬめぬめとした大木のような脚部が、森の腐葉土《ふようど》の中に三メートルも沈み込む。ちらっとしか見えなかったが、足には反《そ》り返った鉤爪《かぎづめ》がついていた。
ズドドーンッ
怪物の肢《あし》が一〇メートルもないところを踏み締めた時、川西と涼子はビル工場の杭打ちをすぐ耳元でやられたように、衝撃でふわっと浮いて跳ね飛ばされた。
「きゃっ――――!」
「しっ」
川西は悲鳴を上げかけた涼子の口を手で塞ぐ。
ズ――

怪物の肢が止まった。
グロロロロ
今度は川西が悲鳴を上げそうになる。
「ひっ」
グロロロロロ
伏せた川西と涼子の頭の上五〇メートルで、巨大な呼吸器が息をしている。
グォロロロ
黒い怪物は、鱗《うろこ》の生えた黒い胸部の前にティラノサウルスのように前肢《まえあし》を構え、ゆっくりと上半身を回転させて自分の足元を見回した。
(見つかる——!)
ネオ・ソビエト中継キャンプを全滅させたのはこいつなのか。この怪獣にキャンプは——
だが怪物は自分の呼気が白い霧になって森の下生えを覆っていたため、草むらにうずくまって隠れた川西と涼子を見つけられなかった。
グロロロロッ
怪物は黒いトカゲのような鎌首《かまくび》を夜空に上げた。鳥類のようなクチバシを持っているのが見えた。

ボォオオオッ

ズシン

ズシシン

「行ったか——」

怪物の歩行する震動が黒い湖の中央へ消えていってから、初めて川西は息を吐いた。

「はー……」

「——行ったの？　川西くん」

「——コールタールの湖の真ん中で、オオカミを喰らってます」

「え」

黒い焦土の中心では、数十頭の北極オオカミが核プラズマの直撃を受けてローストチキンのように黒焦げになって転がっていた。

がつがつ、がつ

ぺきっ

ばきっ

じゅるるるっ

暗闇の霧の中に、怪獣の背中のシルエットが見え隠れする。

「背中に——翼がある……」

涼子がつぶやいた。

「本当だ――」

川西はうなずいた。

「コウモリか……いや翼竜《よくりゅう》みたいな翼だ」

「いったい、どこから来たのかしら」

「わかりません。北極の氷の下にいたのかもしれない――」

「フィヨルドの一角獣や、森の獣を食べたのもあの怪物かしら」

「たぶん、そうです」

川西は、音を立てないようにゆっくりと立ち上がった。

「行きましょう。あいつがオオカミを食べているうちに、博士とひかるさんを捜すんです」

2

●帝国海軍浜松基地　十一月八日　08：45

　ブァアアアーン

「タッチアンゴーは忍か？」

　あくびしながら管制塔に上がってきた郷大佐は、またまた井出少尉から双眼鏡を取り上げると、パノラミックウインドーから滑走路上のT3を見た。ランディング・ギアから白い煙を立てて着地《タッチダウン》したT3は、すぐに離陸態勢に入っていく。

「いえ、あれは睦月候補生です」

「何、里緒菜？」

　双眼鏡で見ると、滑走路上の銀色のT3は多少はふらつくものの、接地後のフラップアップやトリムセットの操作を素早くやって、再びフルパワーを入れて離陸していく。


「——ちゃんとやっとるじゃないか」

「森高中尉の教え方がいいんでしょう」

●Ｔ３コクピット

「遅い遅い遅いっ！　フルパワー入れるまで何秒かかってるんだ！　ママチャリで街ん中走ってるんじゃないんだぞっ」

「は、はいっ」

「ほらＶ１！　ローテーション！　さっさと操縦桿引け！　滑走路がなくなっちまう」

「はいっ！」

ブァアアアアーン

朝陽を浴びて、里緒菜のＴ３は上昇する。

●帝国海軍浜松基地　管制塔

「忍はどうした」

「あそこです」

井出少尉が指さすほうを見下ろすと、司令部前の列線《エプロン》に一機のT4が停《と》まっていて、フライトスーツの水無月忍がその周囲《まわり》を外部点検しながら歩いている。

「T4だと？」

「はい大佐。今日の午後から、水無月候補生はジェット課程に進みます」

●帝国海軍浜松基地　エプロン

「これが全圧検出管《ピトーチユーブ》で、これが全温度《TAT》センサーで……こっちが静圧《スタティック》センサーか」

忍は、T4の分厚いマニュアルを手にしながら、垂直尾翼にハチドリのマークをつけた中等ジェット練習機の機体を解説書と見比べていた。

「へえ──機体はT3よりひと回り大きいのに、コクピットの位置はT4のほうが低いんだ」

忍は、ハチドリのくちばしのようなＴ４の機首を手袋の手で撫《な》でた。

「可愛いなあ」

機首に向かって立ってみると、コクピットの後ろ両側にＩＨＩ・Ｆ３—30エンジンの空気取り入れ口《エア・インテーク》があり、後退角のある主翼は高翼で、下反角を伴って機体の背中から生えている。

「うーん」

忍はマニュアルを足元に置いて、腕組みをして自分の新しい機体を見た。

「速いんだろうなあ、これ……」

●帝国海軍浜松基地　管制塔

「おい井出少尉。訓練が早く進むのは結構だが、Ｔ４はジェットだぞ。森高は忍に高速飛行の航空力学とか、教えたのか？」

「さあ」

井出は首を傾げる。

「〈究極戦機〉の暴走騒ぎがあって、休暇を取らせて、昨日が川崎駅前の強行着陸騒ぎでしたから、おそらくそんな暇はなかったものと——」

「いくらなんでも、T4は亜音速で6Gまでかけて機動するんだぞ。わかってるのか森高は？」

●六本木　国防総省　統幕議長執務室

峰剛之介の執務室には、また「緊急です」と波頭が押しかけてきていた。

「羽生《はにゅう》中佐にも来ていただいたのは、ほかでもありません」

波頭中佐は、オーバルオフィスの中央のテーブルの上に、黒いアタッシェケースの中身を広げながら言った。

「UFCチームを、再び出動させる事態が、迫っているからです」

「UFCチームを？　でも〈究極戦機〉は、パイロットがまだ――」

そう言いかける羽生恵《めぐみ》を制して、波頭は白黒の拡大写真を並べる。

「議長、羽生中佐。これを見てください」

波頭は並べた大判の写真の一枚を示した。

「例の黒いやつが、また出ました」

「何？」

「昨日の夜、アムール川の源流でまた核プラズマの閃光が観測されました。これはその時、偶然に雲が切れて、撮影に成功した一枚です」

　粒子の粗《あら》い、衛星からの撮影だ。

「ううむ――」

　峰は唸った。

「これも、可視光線写真か」

「はい議長。閃光がストロボの役をして、可視光線での撮影に成功しています。これは源流地帯の、フィヨルドに近い山の山腹です」

　雲が一カ所裂けて、その下に白熱する閃光を吐く黒い怪物の姿が見える。

「――これ」

　恵が口を開いた。

「これ、大きくなってない？　この間より」

「そのとおりです」

　波頭はうなずいた。

「この黒い怪物は、最初に撮影された時よりも、概算で約五倍の大きさに〈成長〉しています。かなり大きくなっているので、今度は形がはっきりわかります」

「しかしこれは――〈レヴァイアサン〉ではないし、なんなのだ？」

「わたし、どこかで見たような気がするわ……」

恵はつぶやいたが、

「どこだったかしら」

思い出せないようだった。

「議長、羽生中佐。さらにこれを」

波頭は、フルカラーに色分けされたサーモグラフのような写真を出す。

「これはアムール川源流一帯の、放射線写真です。ここをご覧ください。自然のバックグラウンドよりもはるかに強い放射線が、源流のフィヨルドから上空へ放射されています。赤く凝縮した点のように見えるところです」

波頭は写真の一点を指さした。

「フィヨルドから、放射線が出ているのか?」

「そうです議長。フィヨルドの真ん中から、宇宙空間へ向けて収束された放射線が出ているのです。これが何を意味するのかはまだわかりません。しかし、シベリアと北極圏全域に広がる電波障害の原因は、ほぼこのせいだと断定できます。しかも今朝方《けさがた》から、この放射線は急激に強くなっているのです」

「強くなっている?」

「そうです」

波頭は衛星が記録したグラフを出しながら説明した。

「ご覧ください。この規則的な脈動。まるで、信号を打っているようだ」

●日本海洋上　戦艦〈大和〉

舞鶴から緊急出発し、沖合で空母〈蒼龍〉と合流した〈大和〉は、主砲着弾観測用の艦載機シーハリアーを〈蒼龍〉へ移動させ、ただちに最後部飛行甲板の改造工事に取りかかった。〈究極戦機〉が暴走しかけたために最新鋭空母〈翔鶴〉が大破した事件は、おおやけには秘密となっていたので、改造工事や〈究極戦機〉の受け入れは人目につかない海上で行わなければならなかった。

ダダダダダ

カンカンカン

「ＵＦＣは、寝かせる格好になるわね――」

超特急で引かれた図面を見ながら、魚住渚佐は３番主砲塔射撃指揮所から工事の様子を眺めていた。

「――格納容器に収めるのは、無理か……」

「渚佐」

強化ガラス張りの射撃指揮所に、川村万梨子が入ってくる。

「渚佐、インターフェイスシステムの取りつけは順調よ。すんだらCICでシステムチェックしてくれる?」

「ありがとう」

渚佐は礼を言った。

「あなたがいてくれて、助かるわ万梨子」

「〈究極戦機〉は?」

「本体は空軍のスタリオンを四機貸してもらって、空輸してくるわ。ほら来た」

渚佐が言い終える前に、水平線に四機のヘリコプターが点となって現れた。〈蒼龍〉からF18Jが二機発艦して、護衛のために飛んでいく。

「いくらUFCでも潮水に浸《つ》けるのはよくないから、〈大和〉の工事がすむまで一週間ほど、〈蒼龍〉の甲板を借りるわ」

近づいてくる四機のCH53大型ヘリコプターは、銀色に輝く防水布をかけた巨大な物体を、十二本のワイヤーで吊るしている。防水布をかぶった〈究極戦機〉本体は、シーツをかけた古代エジプトの棺《ひつぎ》のような形に見えた。

「元恒星間宇宙艇なのに、潮水、駄目なの?」

「オリジナルの星間飛翔体の部分はなんともないけれど、手足の一部に使っている地球製の部品が駄目なの。あの〈究極戦機〉は、機動のすべてを地球製部品の耐用限界でリミットされてしまっているわ。人型に改造して手足なんかつけなければ、月まで十分で飛んでいけるのにね」

「ねえ渚佐。UFCを人型の戦闘マシンに改造する時、あの愛月有理砂をモデルにしたっていう話、本当？」

「さあ——設計は、人工知性体と真一くんが二人でやってたみたいだから……」

渚佐は、四機のヘリによって空母〈蒼龍〉の飛行甲板へ降ろされる〈究極戦機〉のボディを見つめた。

パリパリパリパリ

ヘリはワイヤーを切り離し、上昇してゆく。UFCを載せたことで〈蒼龍〉はヘリコプターとハリアー以外、運用できなくなってしまう。二機のF18は最後に残っていた艦載機で、上空を警戒したあと小松《こまつ》基地へ一時、移動することになっていた。

「そういえば——似てるかしら……」

渚佐はつぶやいた。

「兵器も持ち主に似るかもしれないわね——もっともあれのメインパイロットは、もう有理砂じゃないけれど」

「渚佐。UFCの新しいパイロットって、どんな子なの？」

万梨子に訊かれると、渚佐はふうっとため息をついた。

「愛月有理砂とは似ても似つかない、純真無垢《じゅんしんむく》なお嬢さんよ」

●帝国海軍浜松基地

　里緒菜が〈千本タッチアンドゴー〉でへろへろになって帰ってくると、午後からは忍のT4による初飛行だった。

「忍、手順は憶えたか」

　打ち合わせ《ブリーフィング》ルームからエプロンで待つ機体へと歩きながら、美月が訊いた。

「はい教官、離陸までですけど」

「それでいい。あんたはT4のプロになるわけじゃない。この機体では、ジェットの高速高G機動が体得できればいいんだ」

「高Gって、T3よりずっとすごいんですか?」

「T3はプロペラだったたから、どんなにかけたって3Gだった。T4では倍の6Gかかる」

「――6G……?」

　地球重力の六倍――?

　忍は想像できなくて、首を傾げた。

「口で言ってもわからないよ、忍。よし上がろう。耐Gスーツはちゃんと着たか？」

「はい、教官」

忍は真新しいオレンジのGスーツに着替えていた。美月が言ったとおり、T4はプロペラのT3とは比較にならない高Gで機動する。マニューバーの最中に血液が下半身に下がらないよう、圧縮空気をチャージしてお腹《なか》や脚を締めつけるGスーツを着て、コクピットにいる間は専用ホースで機の高圧空気システムにつないでおかなくてはいけない。

「パラシュートを背負わなくていいから、楽です」

「そう言っていられるのは、今のうちだけだ。よし搭乗しろ」

「はい」

忍は機首にかけられた梯子《はしご》をのぼり、ぴかぴかのT4の前部操縦席に乗り込んだ。忍が乗るというので、昨夜、浜松基地の若い整備員たちが総出でこの機体を磨《みが》いたのである。

「水無月候補生、酸素マスクです」

「はい」

ショルダーハーネスを肩にかけて、機付き整備員から機能テスト済みの酸素マスクを受け取る。

「合わせてみてください。少しきついくらいがちょうどいいです。空戦をしていると、どんどん締めたくなりますから」

「ありがとう」

その様子をエプロンの脇から里緒菜が眺めている。

「ジェットかぁ――すごいなあ」

「里緒菜」

後席から美月が声をかけた。

「里緒菜、〈千本タッチアンドゴー〉のあとでちゃんと立っているなんて、スタミナが残っているじゃないか。忍のフライトがすんだらキリモミに行くか?」

里緒菜は「ひっ」と飛び上がった。今日はタッチアンドゴーを習ったけど、まだきり揉みを克服したわけではなかった。

「い、いいです」

「ハハハ」

美月は笑った。

「T3のキリモミくらいできなくてどうする。忍はこれから、この機体で〈千本キリモミ〉以上のことをしにいくんだよ」

美月はヘルメットをかぶり、「よし、エンジンをかけろ」と指示した。

忍は昨夜《ゆうべ》、一夜漬けで暗記してきた手順に従って、T4のコクピットパネルをエンジンスタートのためにセットした。マニュアルをもらって驚いたのだが、T4はジェット機で上位機種なのに、プロペラのT3よりも手順が少ないのだ。

（電源は——そうか、外部電源車が初めからついているんだ）

ピトー管《チユーブ》のヒーティングシステム、風防ガラスの予熱システム、酸素の供給システムなどを手順に従ってONにしていく。T3よりもはるかに高い成層圏を飛ぶので、外気温度は摂氏《せっし》マイナス五六度まで下がる。想像もできない空間へこれから出かけるのだ。

「燃料ポンプON」

プロペラ機と大きく違っていたのは、T3ではエンジンを制御するために混合比《ミクスチャー》、回転数《プロップ》、空気および燃料流量《スロットル》の三本のレバーを操作しなくてはならなかったのに、ジェットのT4では推力《スラスト》レバー一本でいいことだった。

「教官、エンジンスタートの準備、完了です」

「よし、エンジンをかけろ」

忍は両手をキャノピーから出して、整備員に『高圧空気を送れ』と合図した。

ヒュウウウウウウンッ

左エンジンの回転計が、上がる。忍は回転計が二五パーセントに達したところで、左のスラストレバーをオフポジションからアイドルへ進めた。

ドンッ
エンジン内で燃料が噴射され、着火した。

キィイイイン！

（わぁすごい音！）

ヘルメットをしていても耳をろうするようなジェットの排気音だ。

コクピットパネルで回転計が六五パーセントに達し、排気温度計が四六〇度で安定した。油圧システムが自動的に作動し始め、マスター・コーションパネルの〈HYDR PRESS〉というアンバーの警告灯が消灯した。

（ジェネレーター、電圧よし。アビオニクスの電源――あ、もう入ってる。すごいな、みんな自動でやってくれるんだ）

目の前の風防投影式計器《ヘッドアップ・ディスプレイ》に飛行データと姿勢指示が投影され始めた。高度0、速度0、加速度は1Gとなっている。

「教官、エンジンスタートできました」

『忍、何か忘れていないか？』

「え」

忍はパネルを見回すが、全システムは漏れなく正常に見えた。

『わからないのか？　この飛行機は双発だぞ。エンジン片方だけかけて喜んでいてどうする』

「あっ、そうでした」

忍はまた合図をして、右エンジンにも高圧空気を注入してもらった。

キィイイイイン

出発準備ができた。

手で『電源車外せ』と合図して電源車と車輪止め《チョーク》を外してもらい、管制塔をコールする。

「〈ハミングバード1《ワン》〉、リクエスト・タクシー」

だが返ってきた声は、

『森高！　大丈夫なんだろうな？　射出訓練も低圧チャンバー訓練もしないでいきなりT4になど乗せおって！』

『郷大佐。大丈夫ですよ、6Gにも耐えられないようじゃ、どのみち〈究極戦機〉で使いものにはなりません』

後席の美月が無線に答えた。

『さあ行こう、忍』

「は、はいっ」

3

●アムール川源流 発掘中継キャンプ(跡)

ひゅうううう

〈アイアンホエール〉の捜索隊が発掘中継キャンプの跡に到達したのは、同じ午後のことだった。

「これは、いったいどうなっているんだ……?」

捜索隊の指揮を執《と》って上陸した加藤田要は、黒焦げの廃墟を見回した。

「第一書記、生存者はいません」

「見ればだいたいわかるよ」

要は隊員たちに建物の内部を捜索させたが、補給部隊の兵士たちを見つけることはできなかった。廃墟の周囲は前に来た時は森だったのに、まるで凝固した黒い湖のようになっていた。地平線に近い森林と北側にそびえる山は、白い霧に包まれていた。

「第一書記、見てください」

江口大尉が双眼鏡を差し出した。

「何が見えるんだ？」

要は言われたとおり、双眼鏡で黒いコールタールの湖のような焦土地帯を見回した。

「見てください。この中継キャンプの廃墟から〈湖〉の真ん中へ向かって、黒い大きなくぼみが規則的についていています」

江口は「ほら」と指さした。

「ううむ。確かにそうだ――いったいなんだろう」

長さ一〇メートル、深さは三メートルありそうな小判形のくぼみが地面に列をなしている。

「これと似たようなものを、見たことがありますよ。西側のビデオクリップでね」

「これと似たようなもの？」

西側の特撮映画の収集が趣味だという江口大尉は、ネオ・ソビエトの中でこっそりモンスター・ムービーのサークルを作って評論まで書いていた。昔の東日本共和国なら、見つかり次第死刑になるような趣味である。

「あれは、巨大な生物の足跡です」

「足跡？」

「よく見てください。二足歩行の巨大生物が一匹、向こうから来て、また戻ったんです。足跡が二列ある」

「ううむ――」

要は唸った。霧の中から出てきて、また戻っていくくぼみの列は、確かにそう見える。

「――押川博士の言った、例の〈宇宙航行生命体〉か……」

「そう考えるのが、妥当《だとう》でしょう。中継キャンプは、怪獣に襲われたんです」

「第一書記」

横で双眼鏡を見ていた別の隊員が言った。

「あれはなんでしょう？　何か黒いものが、大量に散らばっています」

隊員は黒いコールタールの湖の中心付近を指さした。

「行ってみよう」

要は双眼鏡を下ろした。

「ついでだ。キャンプが〈怪獣〉に襲われたのなら、そのデータをなるべく集めて対策を立てなければならん」

水陸両用ホバークラフトで〈湖〉の中心まで行ってみると、黒焦げになった動物の肉片があたり一面に散らばっていた。

「こ、これはなんだ」

「オオカミのようですよ、第一書記」

江口大尉が、口調を変えずに言った。

「どうやら〈怪獣〉は、昨夜《ゆうべ》ここで食事をしたらしい」

「食事？　その化け物は、宇宙航行生命体なのだろう？」

要は、押川博士の言葉を思い出しながら言った。

「そいつは〈レヴァイアサン〉と同様の、生体核融合炉を持っているのではないのか」

すると江口大尉は、「ちっちっ」と人差し指を振った。

「加藤田第一書記、確かに宇宙航行生命体は、押川博士が推論されたように〈レヴァイアサン〉と同等の核生命体でしょう。水素核融合をエネルギー源としていなければ、恒星間宇宙を飛んで渡るのは不可能です。しかし、生き物というのはエネルギーだけでは生きていけない」

「エネルギーだけでは生きていけない？」

「そうです。例えば人間も、イモを食べれば体内で化学的に燃焼して活力になりますが、イモは血や肉にはならないんですよ。血や肉をつくるには、やはりタンパク質を摂《と》らなくては」

「タンパク質？」

「そうです。しかも大量にね」

要がぞっとした時、
ピー
ホバークラフトの無線機が鳴った。

「加藤田だ」

『加藤田くん、押川だ。〈北のフィヨルド〉から強い電磁波が発信されている。すぐに〈ホエール〉に戻ってくれ』

「フィヨルドから電磁波が？」

川の中央部に停泊している〈アイアンホエール〉からの送信だというのに、無線にはザザーッというノイズが混じっていた。

『例の電波障害の元凶《げんきょう》だ。急に脈打つように強くなっている。このままでは君たちとの無線連絡もできなくなる。急いで〈ホエール〉に戻るのだ』

「了解しました」

要は無線を切ると

「とにかく〈ホエール〉に戻ろう。俺たちまで餌にされてはかなわない」

「第一書記、カモフ博士たちの捜索はどうします？」

「〈ホエール〉からヘリを飛ばそう。そこいら中で無線で呼びかければ、返事をするだろう。まだ生きていればな」

●アムール川水中　原潜〈さつましらなみⅡ〉

「〈ホエール〉は川の真ん中に停止したままです」

福岡大尉が潜望鏡を覗いて言った。

「さっきから何をしているんだ？」

「わかりません。高速ホバークラフトを一台、上陸させた模様ですが――」

〈さつましらなみⅡ〉は〈アイアンホエール〉を追尾してここまでやってきた。青黒い鉄クジラの五〇〇メートル後方にぴったりとついて、潜望鏡深度で無音潜航していた。今や八枚プロペラのスクリューも止まり、〈ホエール〉が後ろへ向けてアクティブソナーでも打たない限り、発見されることはないだろう。

「よし」

山津波はあくびして、煙草をつけた。

「どうせやつらは、このアムール川で潜水艦に追尾されるなんて想像もしていないだろう。このままここで監視を続けよう」

「は」

「吉原《よしはら》少尉」

山津波は航海士を呼んだ。

「今のうちに、六本木から送ってきた〈北のフィヨルド〉の資料を検討したい。持ってきてくれ」

「はい艦長」

昨夜遅くに超長波無線で『アンテナを出せ』との指示があり、〈さつましらなみⅡ〉は音を立てないように水面近くへ浮上して衛星通信のアンテナを露出した。高速デジタル通信で国防総省が送ってきたのは、衛星写真画像を含む、〈北のフィヨルド〉の詳しい資料だった。

ばさばさ
海図台にフィヨルドの平面図が広げられる。

「北極圏の氷河がアムール川に流れ込む氷河谷、か……」

「艦長、谷は入り口が一番狭くて幅三〇〇メートル。内部は細長く、瓶《びん》の内部のように膨《ふく》らんでいて一番広いところで幅六〇〇メートルです」

「谷の長さは？」

「奥まで約二〇キロ。両側は九〇度近く切り立った崖で、高さは二〇〇メートルもあります」

「水深は？」

「推定で、最深部は一〇〇〇メートル」

「一〇〇〇メートルか。深いな――」

「昔このあたりは、北極海の一部だったようです。地殻の変動で、大陸の中に閉じ込められたのです。非常に深いところで北極海とトンネルで続いているという説もあるそうです」

吉原少尉が資料を読み上げた。

「そうかもしれんな。昨日すれ違った、ほら角の生えたクジラみたいなやつらの群れ」

「ああ、一角獣ですか」

「あれは本来、海に棲《す》む哺乳類だろう？　きっと海底トンネルで、北の海から移り住んだのに違いない」

「しかし変でしたね。五十頭もの一角獣が、潜水艦にぶつかるのもかまわないで必死で下流へ逃げていくなんて」

「俺も逃げ出したいよ」

二十四時間、神経を張り詰める追尾行がもう三日も続いている山津波は、ため息をついた。

「海軍から給料をもらっていなければな」

その時、潜望鏡を見ていた副長が叫んだ。

「艦長、ホバークラフトが帰ってきました」

「〈ホエール〉の機関音、上昇します」

ソナー員が報告した。

「ようし。その〈北のフィヨルド〉とやらまで、付き合ってやるとするか」

「は」

「モーター回せ。〈ホエール〉に続いて微速前進」

山津波は海図台から顔を上げて命令した。

「了解。微速前進」

黒い涙滴《ティアドロップ》型の原子力潜水艦は、再びスクリューを回し始めた。

ウィンウィンウィン
動き始めた〈アイアンホエール〉を追尾して、〈さつましらなみⅡ〉は再び源流へと向かう。この先は、もう〈北のフィヨルド〉だ。

「〈ホエール〉がヘリを飛ばしました。ミル24です」

「〈ホエール〉は再び潜航します」

「六本木へ報告。デジタル回線を短く使え」

「艦長。変です」

「どうした?」

「衛星デジタル回線が、つながりません。ひどい電波障害です」

●タルコサーレ村（跡）

「ああ、これは……！」

やっとのことでタルコサーレ村のあるべき場所にたどり着いた川西たちは、森が切れたところに立ち尽くして呆然とした。

「村がない！」

川西は、荷物の入ったリュックを背負ったまま、へなへなとその場に座り込んだ。

「なぁにこれー」

「廃墟じゃなーい」

ひかると涼子が、「ああもういや」という顔で座り込む。

「川西くん、あの〈怪獣〉に襲われたらしいぞ」

「博士、これじゃこの源流地帯で生き残っているのは僕たちだけかもしれませんよ」

川西はぜぇぜぇ息を切らしながら言った。

目の前に広がるのは、巨大な足跡に踏み荒らされ、家々の屋根が喰い破られた、人《ひと》気《け》のまったくない廃墟だった。しんと静まり返って犬一匹、生き残っている気配がない。

「そうかもしれんな。村人も家畜たちも、全部喰われたのだ。あの〈怪獣〉に」

「山の動物も村人も、すばしっこいオオカミまで喰われてしまって、これから僕たちの運命はどうなるのです?」

「わからん」

博士は頭を振った。

「見つかれば喰われるだろう。あの怪物は大変な大きさだ。あの巨体を維持するためには、毎日、大量のタンパク質を摂取しなくてはならないはずだ……」

「やーん、そんなの」

ひかるが悲鳴を上げた。

「早く逃げましょうよ」

「そうだな。確かに〈怪獣〉のテリトリーから一刻も早く脱出しなくては、われわれも昨夜のオオカミたちと同じ運命だろう。確実に喰われてしまう」

しかし逃げるといっても、四人はすでにへとへとに疲れきっていた。考えてみれば、ひかるの操縦するヘリコプターが不時着してから、もう六日間も密林をさまよってきたのだ。

「でもへとへとよ、ひかる。わたしもう歩けないわ」

「そうねぇ。お腹《なか》も、ぺこぺこ」

ひかるは草の上に座りながら川西を振り向いて、

「ねえ川西くん、ごはんの用意して」

川西は、先頭で荷物を持って山道を四キロ歩いた直後だったので、とても立ち上がる気になれなかった。

「ちょっと、休ませてください」

「いやよ。あたしはお腹が空いたわ」

「わたしもー」

ひかると涼子は、廃墟を見下ろす草むらの上に仰向けに引っ繰り返った。

「あー、お腹が空いた」

「じゃあ、僕のリュックから、何か食べられるものを探してください」

だがすっかり軽くなった川西のリュックには、食べられるものが何も残っていなかった。

「何これー、なんにもないじゃない」

ひかるはリュックを開けるなり、膨《ふく》れた。

「ひどいわ。ぶー」

「もう六日間もタイガをさまよっているんです。非常食糧だって、なくなりますよ」

「どうするのよ川西くん。どうするつもりなのよ」

「どうするって」

「責任、取ってよ。食事係はあなたでしょ」

「えっ」

勝手に食事係にされてしまった川西は、ムッとした。自分たちで好きなだけ食べておいて、『責任取れ』はないものだ。

「ちゃんと食糧が続くように、配慮するべきだわ。そんなこともできないなんて、ださいわ」

「そうよ。ださいわ」

お腹が空いたのと疲れたのとで、上品なはずの涼子まで口を尖《とが》らせた。

「そんなこと言って、好きなだけ食べたのはひかるさんたちじゃないですか。水筒の水だって全部飲んじゃうし。僕だって飲みたいのに」

「何言うのよ。あたしに水も飲むなっていうの？　ひどいわ」

「そういうんじゃなくて、少しは他人《ひと》のことも――」

「じゃあ川西くん、あなたはあたしが干からびて死んでもいいっていうのね？　ひどいわっ、こんなひどい人だとは思わなかったわっ」

ひかるは美しい目を吊り上げて怒鳴った。

世界が自分を中心に回っているO型の可愛い女の子を前にして、正論や理屈が通用するはずはないのだが、川西は女の子と接した経験があまりないのでカッとしてしまった。

「なんてことを言うんですかひかるさんっ」

「うるさいわねっ、あたしのような女の子を前にして、ださい男が口答えするなんて十年早いわっ！　ださい男はださい男なりに、さっさと村の廃墟へ行って缶詰でも探してきてよ！　怪獣も缶詰までは食べなかったでしょっ？」

「ううっ」

川西は歯を喰いしばって悔しがった。

あ、あんなにサ、ー、ビ、ス、してやったのに……！

しかし川西は、ちやほやされるのに慣れきった女の子は、サービスされてそれが当然だと思っていることを知らなかった。これは、ひかるのように可愛くても、そうでなくても、育ちがいいとそうなってしまうのだが、特に可愛いとその『自分は男から奉仕されて当然である』という信念は岩のように固くなるのだった。

「ううぅっ」

ひかるの隣で、涼子が「あふぁふぁ」とあくびしながら、

「ねえ川西くん、いつまでもいきりたってるなんてださいわよ。早く缶詰探してきて」

川西は廃墟の家々を回って中をあさりながら、情けなくてううぅっと涙をこらえていた。

「なさけないよう。くやしいよう」

怪獣が踏み荒らした村の地面は、まるで大きな水害に遭《あ》ったようにぐちゃぐちゃのでこぼこになり、廃墟の家は例外なく屋根に大きな穴を開けられていた。あの怪獣がクチバシで屋根を喰い破り、中にいた〈獲物〉を引きずり出して呑み込んだのだ。

「川西くん」

缶詰を探している川西の肩を、カモフ博士がポンと叩いた。

「博士――」

「ははは。川西くん、女は強いか?」

川西は、しゃがんだままぶすっとした。

「まあそう、怒るな」

カモフ博士は、天井から空が見える廃屋《はいおく》の中で、腕組みをしてうなずいた。

「なあ川西くん。私も君くらいの年の頃には、同い年の女の子にかなわなかったよ。だがな、この年になってみると、それがどうしてだったかわかる。女の子はな、〈売りどき〉というものがものすごく短いんじゃよ」

「〈売りどき〉?」

川西は手を止めて、白髪のカモフ博士を見上げた。

「さよう。いいかね川西くん、女の子がきれいでいられる時間は、限られている。花の命は短いんだ。母親になり、おばさんになってしまったら、もう誰も見向きはしない。だから女の子たちは、自分たちがきれいなうちに、短い春を謳歌《おうか》するように精いっぱい鼻高々に高飛車にふるまうんだ。私も若い頃はきれいな子が尊大にふるまうのを見て、ずいぶん頭にきたものだよ」

博士は懐かしそうな目で、怪獣が開けた天井の破口から空を上げた。

「だがな川西くん。私はこの年になってみて、やはり男でよかったと思うぞ。これでも私はネオ・ソビエトの将校の女の子たちから、『素敵なおじさま』とか言われたりするんだ。でも年を取った女の人を指して、『素敵なおばさま』とか言う若い男はいないだろう？」

「そ、それはそうですが」

「川西くん。今は耐え忍んで、もてなくてもがんばって、人生経験を積むのだ。十年もすれば、そのうちきっと君の時代が来る」

博士は「うんうん」とうなずきながら、しゃべった。

「十年もたてば、ですか……」

でも川西は、とりあえず今日もてたかった。でも、ひかるや涼子に自分がとてもかなわないのは、事実だった。

（あ〜あ……）

心の中でため息をつきながらまた缶詰を探そうと瓦礫《がれき》をどけた時、

（ん――？）

ふいに陽《ひ》が陰《かげ》ったような気がした。

グロロロロ――

「うっ」

思わず天井を見上げた川西は、息を詰まらせた。

「は、博士」

「どうしたね？　まず初歩的なデートの誘い方から、私が順を追って伝授してやるぞ。これでも昔は――」

「そ、そうじゃなくて」

「『僕と付き合ってください』なんて、面と向かって言うのが一番ださいぞ。男女の仲というものは、契約じゃない。そうだろう？『付き合ってください』『はいそうですか』で男女関係が始まるものか。そうじゃなくて、『あらこの人とお話ししてたら楽しくて、いつの間にかステディになっちゃったわ』――こう思わせるのが達人というものだ」

「は、博士、そんなんじゃなくて」

「なんだね？　異論があるのかね」

「か、怪獣です」

きゃーっ！

廃屋の外から、ひかると涼子の叫び声が聞こえた。

「しまった！」

川西は瓦礫を放り出すと、廃屋の外へ走った。

黒い怪獣が、廃墟の屋根の上に上半身を見せていた。

グロロロロ
呼吸器の音が、まるで雷のようだ。頭部の高さ六〇メートル。西日本帝国の帝都西東京でたとえて言えば、怪獣の大きさは高さが有楽町《ゆうらくちょう》のマリオンと同じくらい、頭部から尻尾までの長さは数寄屋橋交差点《すきやばしこうさてん》のロッテリアから有楽町駅の改札口くらいはあるだろう。

それが、餌場の見回りにでもやってきたのか、村の廃墟を上から見下ろしているのだ。

「川西くん、あれはガーゴイルだ」

「ガーゴイル？」

川西は、全身真っ黒の鱗に覆われ、肩から骨ばった二枚の翼を生やした巨大な怪獣を見上げた。頭から二本の角。目はふたつ。クチバシを持っているが鳥ではない。

「古代の神殿には必ずといっていいほど彫り込まれている、悪魔の化身《けしん》だ。あれは前にも地球へ来たことがあるんだ。古代の人々はあれを見たんだよ」

グゴゴゴゴ
怪獣は喉《のど》を鳴らした。

きゃあーっ！

ひかると涼子を見つけたのだ。

ズシン
ズシン
カモフ博士は、その怪物のレリーフを世界各地の遺跡の資料で何度も目にしていた。しかし歴史に残っていない先史文明の人々が、かつて偶然地球に流れ着いたその怪物の同類を、大陸ひとつと引き換えにして倒したことがあるという事実は知らなかった。各地に残っている悪魔の怪物の装飾は、大昔の人類存亡をかけた戦いの名残《なごり》なのだった。

「ひかるさんたちが危ない！」

川西は村の外れへ走った。しかし怪獣の歩幅のほうが、ずっと広かった（当たり前だ）。

ズシーン
「うわっ」

ものすごい地響きで、川西はもんどり打って転んだ。ずだだっ、と地面に転がった時、川西の腰のベルトに挟んだ携帯ＶＨＦ無線機がビー！　と鳴った。

『――カモフ博士。聞こえますか――』

携帯無線機のスピーカーから、雑音に混じって声がした。

『ザー。カモフ博士。カモフ博士。こちらは〈アイアンホエール〉の捜索ヘリ。聞こえたら応答してください。聞こえますか』
捜索ヘリ？
「きゅ、救援だ！」
川西は腰からトランシーバーを抜き取ると、送話スイッチを押して叫んだ。
「救援隊！　救援隊！　こちら川西。カモフ博士その他《た》二名とともにタルコサーレ村の廃墟で怪獣に襲われている！　助けてくれ、早く！」
『了解した川西少尉。二マイル東にいる。一分で行く』
「早く来てくれ、ひかるさんと涼子さんが喰われちまう」
グロロロロロ
ズシン
ズシン
きゃあーっ
「ひかるさんっ、早く森の中へ隠れるんだっ」
だが、ひかると涼子はすくみ上がって動けないようだった。マリオンよりでかい黒い化け物が自分たちを喰おうと迫ってくるのだ。怖くないわけがない。
パリパリパリパリパリ

森の切れ目の上空から、昆虫のようなタンデムキャノピーを光らせてミル24が現れた。

グルルル——

怪獣は立ち止まると、鎌首を迫ってくるヘリコプターに向けた。地球の航空機というものを初めて見たのである。

「怪獣をやっつけてくれ!」

『こ、これはなんだ?』

「村やキャンプを全滅させた怪獣だ。早くやっつけてくれ!」

『ちょっと待て』

攻撃ヘリは怪獣の周囲を高速で旋回した。

『〈アイアンホエール〉。こちら捜索ヘリ。巨大な怪物と遭遇した。発砲してもよいか』

「そんなこと訊いてる暇に、やられるぞっ」

ボォオーッ

怪獣——ガーゴイルが天を向いて吠えた。ヘリコプターを睨みつけると、全身を蒼白く発光させた。

ヴォンッ

「危ないっ」

だが、ヘリコプターは森のオオカミや北極グマよりもはるかに速かったので、怪獣は目測を誤った。怪獣の吐いた蒼白いプラズマ閃光球は大気を押し曲げながら突進したが、ヘリに直撃はしなかった。

『うわぁっ』

「早く攻撃しろ！」

『ガトリング砲《ガン》を使う。伏せていろ』

ミル24は一度、怪獣から離れて態勢を立て直すと、黒い巨体へ一直線に突っ込みながら機首の二砲身ＧＳｈ23Ｌ・23ミリ機関砲を発射した。

ドドドドドッ
「駄目だ、まっすぐに突っ込んじゃ！」

ヴォンッ
怪獣がプラズマ閃光球を放った。

『うわーっ』

ヘリは機体をひねってかわす。今度も直撃はしなかった。しかし三重水素プラズマが核融合反応を起こしている小型の水爆のような閃光球がそばを通っただけで、ヘリはあおられて操縦不能におちいった。

ヒュンヒュンヒュンヒュンヒュン

「捜索ヘリ、大丈夫か？　捜索ヘリ！」

『――』

パイロットは返事をしなくなった。

ゆっくりと回転翼を惰性《オートローテーション》で回したまま落ちてゆくヘリを、怪獣の目が追う。

グルルルル
川西は森の外れへ走った。

「ひかるさんっ」

「か、川西くん」

「川西くん、怖い」

「なんとかして」

「なんとかするのはひかるさんですよ。操縦できますね？」

「えっ？」

ヘリは、川西たちを隔《へだ》てて怪獣と反対側へ土煙を上げて着地した。川西はひかるの手を引き、片手には肌身離さず持っている星間飛翔体のエネルギー伝導チューブを握って、不時着した攻撃ヘリコプターへ走った。

ズシン
怪獣が、向きを変える。

「早く！」

キュン、キュンと惰性で回転翼を回しているミル24の機体に、必死で走ってたどり着く。

「思ったとおり、パイロットが閃光と衝撃で気絶しただけだ。ヘリは動きますよ！」

二基のタービンエンジンはアイドリングで回っていた。ヘリコプターはたとえエンジンが停止しても、巨大な回転翼が惰性で回り続けるので、実は滑空性能は固定翼機よりもずっとよいのである。地面に叩きつけられて多少フレームが歪んだかもしれないが、十分に飛行可能だ。

気絶しているパイロットと砲手を引きずり出して後部兵員輸送キャビンへ移し、後ろの操縦席にひかる、前の砲手席《ガンナーズ》に川西が搭乗する。

ズシン
ズシン
怪獣が近づいてくる。

『駄目よー川西くん、やり方忘れたわ』

「何言ってるんですか、死にたいんですかっ！」

川西はショルダーハーネスをガチャガチャ締めながら、迫ってくる怪獣を振り向いた。

『えーとピッチレバーがこれで――』

ズシン

ズシン

ボォオオーッ

『そうだ、これ回せば回転が上がるんだわ』

「は、早くっ」

ヒュィイイイインッ

ヘリの背中でイゾトフTV3―117ターピンエンジン二基が息を吹き返した。

『えーとチェックリスト――』

「そんなのいいから上がって！」

『順番どおりやらないと思い出さないのよっ』

ズシン

怪獣が巨大な黒い肢を止めた。全身が蒼白く発光する。

ボォオオオッ

『えーとピッチ角最大、出力最大、これで操縦桿引けば上がるわ』

「早く上がって！」

ヴォンッ

プラズマ閃光球が大気を押しのけて地面に激突し、大地に直径一〇〇メートルのクレーターをうがった時、ミル24はすんでのところで上空へ逃れていた。

ドドーンッ！

「うわーっ」

熱波と衝撃波が秒速数キロメートルの上昇気流となり、ヘリを押し上げる。

ぶわわわわっ
たちまち三〇〇〇フィートまで押し上げられるヘリ。

「ひ、ひかるさん、このまま川の方向へ！　博士と涼子さんから怪獣を引き離すんです」

『わかってるわよっ』

ひかるは一度上空に上がると、急に態度がでかくなった。

『川西くん！　一発喰らわすわよ。準備して』

「えっ」

『対戦車ミサイルとガトリング砲！　あいつを撃ちながら後退して逃げるっ』

今度は川西があわてた。

「ええと操作手順は――」

上空から見下ろす怪獣は、まるで真っ黒い古代魔神の彫像が、生を得て動きだしたかのようだった。

キィイイイン
ヘリコプターはバックしながら、怪獣に機首を向ける。

川西は前席の兵装コントロールパネルを見た。機首の下の23ミリガトリング砲は準作動《アーム》状態のままになっていて、川西の右手の操縦桿に似たハンドスティックで引き金《トリガー》を握れば作動することがわかった。さらにメニュー画面のスイッチを入れて、機体の脇の短い主翼に吊るしたAT6対戦車レーザー誘導ミサイルも使用可能にする。

ひかるが怪獣のプラズマ閃光球に狙われないように右に左に激しく機動をする中で操作をしたので、気持ち悪くて吐きそうになった。

「こ、攻撃できます！」

『撃てっ』

川西はまずガトリング砲の引き金をしぼった。足の下で強力なモーターが回転し、牛乳壜《びん》よりも大きい23ミリ機関砲弾が一秒間に五〇発の速度で撃ち出された。

ドドドドドッ
がががっと猛烈な反動がきた。ひかるも川西も、ヘリでガトリング砲を撃つのは初めてだった。前後に長いミル24は激しくお辞儀するように縦揺《ピッチング》れし、機関砲弾は怪獣のはるか手前の地面で派手に土煙を上げた。

『きゃあっ』

「何やってるんですかっ」

『反動のあるやつ嫌い！』

「好き嫌い言ってる場合じゃないでしょうっ」

『ミサイルにしてっ』

「はいはい」

川西は砲手席の足元に転がっていたヘルメットを取り上げてかぶると、ゴーグルを下ろしてレーザー照準器を作動させた。ヘルメットサイトの視野に怪獣が入る。

「ひかるさん、姿勢そのまま！」

だが照準用レーザービームの赤い光点を黒い怪獣に合わせようとした時、怪獣のクチバシがこちらを向いて開いた。

『いやっ』

ひかるが急速回避運動に入る。その瞬間に照準《エイミング》は外れてしまう。

「もうちょっとまっすぐ！」

『だって閃光球を吐かれるわ！　二十二のみそらで黒焦げはごめんよっ』

ひかると川西のミル24は怪獣に有効打を与えられないまま、それでも川の方向へ黒い怪物をゆっくりと誘導していった。

『〈アイアンホエール〉にプラズマ砲でやっつけてもらうわ！』

「駄目ですよ！」

川西は叫んだ。

「〈ホエール〉のプラズマ砲は、これがなきゃ動きません！」

川西は自分の足元のエネルギー電導チューブを見た。

いったいどうやって、これを〈アイアンホエール〉に届ければいいのだろう。

4

●帝国海軍浜松基地

「教官、ビフォーテイクオフ・チェックリスト完了しました」
キィイイイイン
滑走路《ランウェイ・ツーセブン》27の誘導路を走る間に、忍はT４の前部操縦席で離陸前チェックリストを完了させた。T４は離陸前に、滑走路の手前で離陸前試運転《エンジンランナップ》をする必要がない。ジェット機はプロペラ機よりも構造的に単純なので、細かい試運転もウォーミングアップも必要ないのだった。離陸前の手順といえば、走っている最中に操縦舵面《フライトコントロール》が操縦桿《スティック》と方向舵《ラダー》ペダルの動きにちゃんと追従するかどうかの確認と、主翼上面のスポイラーがちゃんと閉じていることの確認などを行い、飛行計器に故障フラッグが出ていなければ、あとは空を見て、離陸後すぐに着氷の可能性のある雲に入りそうであれば、エンジン空気取り入れ口《エア・インテーク》の防氷装置をＯＮにする。それでおしまいだった。

「忍、もうあたしにいちいち断る必要はない。準備ができたらさっさと離陸しろ」

「はい」

忍は管制塔をコールする。酸素マスクを着けているから、自分の声でないみたいだ。

「〈ハミングバード1《ワン》〉、レディ・フォー・テイクオフ」

『〈ハミングバード1《ワン》〉、離陸してよし《クリア・フォー・ノーマルテイクオフ》。風は二四〇度から八ノット《ウインド・240デイグリーズ・アット・8ノッツ》』

「了解《ラジャー》」

忍は誘導路を走るために少し前へ出していた二本のスラストレバーをアイドルにしぼった。十分に行き足がついていたので、惰性で滑走路へ入れるはずだ。Ｔ３よりもコクピットの位置が低く機首《ノーズ》が下がっているので、誘導路の黄色いセンターラインがよく見える。

（まるで地面を這っているみたいだわ）

それに何より昨日までと違うのは、目の前に回転するプロペラがないことだった。細かいブルブルという振動もない。忍のＴ４を走らせているのは、忍の背中よりもずっと後ろでアイドリングしている推力一七〇〇キログラムの二基のターボジェットエンジンだ。

「忍、離陸の引き起こしピッチ角は四〇度だ。Ｔ３の四倍のつもりで操縦桿を引け」

「は、はい」

忍はプロペラのT３での初離陸で加減がわからず操縦桿を引きすぎ、機首を上げすぎて失速《ストール》に入りかけていたから、そんなに操縦桿を引いて大丈夫なのだろうかと心配になった。

「ファイナルサイド、クリア」

進入してくる機がいないことを確認して、いつものように滑走路へ入ってゆく。ラダーペダルで機首を白いセンターラインにラインナップさせる。T３の時に感じた頭を左右に振るような感じがない。スーッと素直に脚のコントロールに従って機首が回る。

（ジェットだなあ。プロペラがないとこんなに取り回しやすいのか）

感心しながら、忍はいったんフットブレーキで機を滑走路上に止めて、マニュアルに定められているとおり短くエンジン全開のチェックをした。

（スラストレバーをMAXへ――）

いったいどれほどのパワーが出るのだろう、とおそるおそる二本のレバーを前へ出していくと、
キィイイイインッ
機体がびりびりと震えてフルブレーキで止めていられないくらいだ。

「よし忍、行こう」

「はい」

エンジン計器をざっと見渡して、針が全部グリーンに入っていることを確かめると、忍は爪先でブレーキをリリースした。

キュィイイイインッ
ぐんっ、と身体がシートに押しつけられた。

「きゃっ」

シュウウウッ、とＴ４は滑走を始める。まるで重さがないみたいに加速してゆく。忍はヘルメットが座席のヘッドレストに押しつけられ、あごが引けなくなった。

「うっ」

胸が圧迫される。それでも必死に風防投影式計器《ヘッドアップ・ディスプレイ》に目をやると、左側の速度のスケールが、あっという間に八〇ノットを超えていく。ジェットにはプロペラのジャイロ効果がないから、Ｔ３のようにフルパワーを出した時に右ラダーを踏む必要もない。まっすぐ素直にどんどん加速する。

一〇〇ノット。一一〇、あっという間に浮揚速度を超える。

「操縦桿を引け忍。いつまで地面にいるつもりだ」

「あ、はいっ」

忍は操縦桿を引く。

キィイイイン！

Ｔ４はふわっと浮き上がり、同時に滑走路の向こう側の末端を通過《パス》した。

あっという間に自分の足の下に滑走路が消えてなくなったのに驚いていると、二七センチ高くなっている後席で美月が怒鳴った。

「忍、上昇角が低い！　地面をこするつもりかっ」

「えっ」

忍はＴ３の時よりも多めに引き起こしたつもりだったが、ヘッドアップ・ディスプレイの速度表示はどんどん増えていく。三〇〇ノット。三五〇。

後席で操縦桿がテイクオーバーされ、美月の操作で機首が上がった。

「離陸のピッチ角はこうだっ」

ぐいっ
次の瞬間、忍は空しか見えなくなった。

「きゃあ」

まるで天に向かって垂直に上がるみたいだ。

「何が「きゃあ」だ忍。これで上昇角は四〇度。〈ファルコンJ〉の垂直上昇に比べたら、まだ幼稚園のお遊戯《ゆうぎ》だぞ」

ヘッドアップ・ディスプレイの向こうには、本当に空しか見えない。

「は、はい」

「離陸後の経路の維持は、機首方位《ヘディング》でやるんだ。前方の地点目標は見えないから」

「三〇〇フィートまでは二〇〇ノットを超えるな。ほかの機と接近した時に避《よ》けきれない」

「はい」

と言っている間に高度は一万フィートを超えた。

「よし忍、機首を下げて四〇〇ノットで三万フィートまで上昇するんだ」

「は、はい！」

操縦桿を返された時には、二万フィートに達していた。忍は機首を少し下げて、エンジンの上昇力を速度エネルギーに替えていく。あっと言う間に四〇〇ノット。T3の四倍だ。四〇〇ノットを保つように機首の角度を維持していると、上昇率は毎分八〇〇〇フィートを示した。T3の上昇力は、せいぜい毎分一〇〇〇フィートだった。

「あっ」

あっと言う間にT4は三万フィートを突き抜け、忍があわてて操縦桿を押して機首を下げた時には高度表示は３３０００を指していた。

「何をしているの。のろいぞ忍」

「す、すみません」

「よし、基本空戦機動だ。まずあたしがバレル・ロールをやってみせる。今日は操縦よりも、Ｇに慣れるんだ」

「は、はい」

キュィイイイイン

三万フィートの高空で、Ｔ４はさっそく機動に入った。美月の操縦で少し機首を下げたかと思うと、ハチドリに似たシルエットはいきなり横転する。

グィンッ

「きゃあっ」

忍は悲鳴を上げた。身体がシートに叩きつけられたみたいだ。ヘルメットががつんとぶつかる。同時に目の前の水平線が、クルッと一回転した。

「え――」

機体が元の姿勢に戻った時、忍は何が起きたのかわからなかった。

「今のがバレル・ロールだ。4Gかかっている」

「バ、バレル・ロール、だったんですか?」

「もう一度やる」

キュインッ
「きゃっ」

忍はまたシートに叩きつけられ、同時にGスーツに脚とお腹を締めつけられて息もできなくなった。腕も上がらない。なす術《すべ》がない。

ぴたっ
T4が水平飛行に戻り、嘘のようにGが抜ける。

忍は冷や汗をかき、ショルダーハーネスをきつく締めた肩で息をした。

「す、すごい……」

これが戦闘機の機動なのか。

「忍、初めてだから仕方ないけど、これが一番ゆるい空戦機動だ。実戦では6Gも7Gも連続してかけながら相手の後ろに回り込む。体力も精神力も限界まで必要だということが、よくわかるだろう」

「は、はい」

「よし、今度はループをやろう。宙返りの最後の引き起こしで、6Gかかる。体験するんだ。歯を喰いしばれ」

T4はいったん降下すると、速度をつけて上昇した。そのまま機首がどんどん上がる。

美月は操縦桿をフルトラベルの半分ほど引いて、血液が下がるのに耐えながら頭上と両側の翼端に神経を集中させてT4の機首をまっすぐ上げ続けた。水平線が頭の上から逆さになって見えてきたところで、操縦桿をリリースする。T4は円の頂点を通過して、背面降下に入っていく。

(ああやっぱり楽だわ、亜音速練習機は)

しかし前席の忍は、シートに押しつけられ、下半身をGスーツに締めつけられて、息もできなかった。唯一ひと呼吸だけできたのは、機がループの頂点を通過して、Gが抜けた一瞬だけだった。すぐに機体は真っ逆さまに降下し始める。頭の上に海がある。

(う、腕も上がらない！　教官はどうやって操縦してるんだろう？)

一口に宙返りといっても急上昇《プルアップ》と背面と急降下《ダイブ》の組み合わせでできており、機速は逐一《ちくいち》変化するから操縦桿の操舵量もそれに合わせて変えねばならず、きれいな円を描くのは難しい。

ビュオオオッ

風切り音とともに加速降下したT４の後席で、美月が引き起こしの操縦桿を引く。

「口を閉じていろ。舌を噛むぞ」

ぐいっ

垂直降下から、ぎしぎしっと構造材を軋《きし》ませて水平へ引き起こされるT４。ものすごいプラスGがかかる。ヘッドアップ・ディスプレイのG表示が跳ね上がる。5.8Gだ。

「忍、大丈夫か」

「だ」大丈夫ですと言おうとしたが、忍はあごが動かなくなってしまった。

はあ、はあ

「よし忍、少しキリモミでもやって休憩しよう」

美月はT４の機首を引き上げ、失速寸前まで上昇させてから右ラダーを踏み込んだ。

クルリとT４はスピンに入っていく。

ぐるんぐるんと回転する空と海を見ながら、忍は前席でひと息ついていた。

（ああ、これは楽だわ）

きり揉みは自由落下だから、1Gよりあまり大きくかからない。あとで里緒菜に「キリモミが一番楽だった」なんて言ったら、どんな顔をするだろう。でも水平に回復させる時、やはり4Gかかってお腹にグッときた。

「忍、〈ファルコンJ〉では最大8Gのマニューバーで空戦をするわけだけど、あんたが本当に乗って戦う〈究極戦機〉ではGの心配はあまりいらないよ」

「ど、どうしてですか？」

「UFCはGキャンセル駆動で飛ぶ。慣性そのものを消去してしまうから、どんなに激しい動きをしてもコクピットカプセルには1Gちょっとしかかからない。だからむしろ、UFCへ進んだら動きすぎないように注意するんだ。そうでないと気づかないうちに100Gを超えるようなマニューバーをして、地球引力圏脱出速度を超えて宇宙へ飛び出してしまう」

「ひゃ――――」

100G？

忍は気が遠くなった。

●アムール川源流〈北のフィヨルド〉

〈アイアンホエール〉は、ついに〈北のフィヨルド〉に到達した。

「ここが〈北のフィヨルド〉か……」

加藤田要は、潜望鏡深度で進む〈アイアンホエール〉のブリッジ艦長席で、正面ビジュアルモニターに乗り出した。

「深山幽谷《しんざんゆうこく》、という感じだな――」

潜望鏡カメラからの視界はまるで雲の中にいるかのように深い霧が立ち込め、緑色の水面がゆらゆらと揺れている。両側は切り立った崖で、空は見えない。

「――魔物が棲んでいるとかの言い伝えで、現地の漁師もここへは船を入れないそうだな」

「そうですね」

航法士が答える。

「星間飛翔体の最初の発掘の時は、案内人が怖がって大変だったそうですよ」

「ううむ。わかる気がする」

モニターに映る水面は深い緑色だった。

これでは水面の下に何かが潜んでいてもわからない。

「第一書記、フィヨルドの水深は一〇〇〇メートル、しかし水路の幅は六〇メートルです。〈ホエール〉がやっと一八〇度ターンできる幅しかありません」

江口大尉が操縦桿をマニュアルに切り替えながら言った。

「自動操縦を切りますよ。機械に任せてたら、横の崖にぶつけちまう」

「う、うむ」

「加藤田くん」

いつの間にかブリッジに入ってきていた押川博士が、空《あ》いていたシートに座った。

「加藤田くん。電磁波の発信源が目の前だ。気をつけて進め」

「はい」

「第一書記、水温が異常に高いです。まるで温泉です」

航法士が振り向いて告げる。

「熱源があるのだ」

要の代わりに押川博士が答えた。

「太陽系の外まで届くような、電磁波の発信源がすぐそこにある。膨大なエネルギーだ。お湯ぐらい沸くさ」

「第一書記、この先は〈北のフィヨルド〉中央部、中の島があるあたりです」

「フィヨルドの中の島か――星間飛翔体の不時着現場だな。よし、島が見えたら知らせろ」

霧に包まれた氷河谷は、せいぜい三〇〇メートルの視程しかない。〈ホエール〉は緑色の水面に潜望鏡とアンテナを出したまま進んだ。

「第一書記、カモフ博士の捜索に出したミル24が、何か呼んでいます」

通信士が言った。

「何か呼んでいる、とはどういうことだ」

「電波障害が強くて……通常のＶＨＦ無線もほとんど聞こえません」

通信士はヘッドセットを押さえながら顔をしかめる。

「雑音だらけです」

「加藤田くん、電磁波の発信源に近づいているせいだ。もう無線もレーダーも効《き》かないぞ」

「通信士。ヘリはなんと言っている？」

「はい――これからこちらへ戻るとか……あと〈怪物〉がどうしたとか……」

「ヘリが戻るんなら、飛行甲板を開けてやらねばならん。江口、浮上しろ」

「了解」

最前列の操縦席で江口大尉がタンクをブローさせ、〈ホエール〉をほんのわずか上昇姿勢にすると同時に、レーダーを見ていた航法士が叫んだ。

「第一書記、中の島が映りました。前方五〇〇メートル。しかし――」

ザーッとノイズだらけになりつつあるスクリーンを見ながら、航法士は首を傾《かし》げた。

「――第一書記、中の島の上に何かいます。何か――立っています。ひどく巨大なものです」

「第一書記、またヘリからです。何かしきりに叫んでいます」

「飛行甲板を開いてやれ」

「着艦要請では、ないようなのですが……」

「話が通じないなら仕方がない。報告なら降りてきてから聞く。飛行甲板の標識灯を点けて、あとはほうっておけ」

「は、はい」

「江口、中の島へゆっくり近づけろ。ゆっくりだ」

「わかってます」

江口大尉が核融合エンジンの四連スロットルをわずかにしぼると、核融合炉への水素流入量が減少して、はるか背後の主機関《メイン・エンジン》の唸りが一段と低くなった。

「大石《おおいし》中尉」

要は攻撃管制士官を呼んだ。

「〈サイレン〉をスタンバッておけ。いつでも撃てるようにな」

「は」

操縦席の後ろで横を向いている眼鏡の攻撃管制士官が、〈ホエール〉艦首両舷に装備されたSSN9〈サイレン〉対艦ミサイルの発射システムを設定《アーミング》した。

「第一書記、島が見えますよ」

ビジュアルモニターを見上げて江口が言った。

「しかしなんだ、あれは……」

「なんだ?」

要もモニターに乗り出した。

ざざざざ――

緑色のフィヨルドの水面を掻き分けて、全長一五〇メートルの〈アイアンホエール〉は進む。その前方に、霧の中からぼうっと何かの影が見えてきた。

「第一書記、島に塔が建っています!」

航法士が叫んだ。

「――塔だと？」

要は正面ビジュアルモニターに目を凝らした。霧の中を北極アホウドリが激しく群れ飛んでいる。その向こうに、ひどく細長く尖った塔が立っているのが見えてきた。

「細長くて、ひどく高い塔です――高さは推定二〇〇メートル！」

「拡大映像」

「はっ、拡大します」

ビジュアルモニターがズームインする。細長い塔の、ぬらぬらとした灰白色の表面が画面に拡大された。

「こ、これは――」

要はぬらぬらと光る灰白色の表面を見て、息を呑んだ。

「なんだ？　まるで鍾乳《しょうにゅう》洞《どう》の床面にできる石筍《せきじゅん》みたいだが……」

こんなものが、いつできたのだ？　ネオ・ソビエトが星間飛翔体を発掘した時には中の島にこんな塔はなかった。もちろん最近の調査報告にもない。

「第一書記、強い電磁波はあの塔からまっすぐ上空へ向かって放射されています」

「あの塔が電波障害の元凶だと？」

〈ホエール〉が接近するにつれ、拡大された〈塔〉の表面は細かいところまではっきりと見えてくる。

「加藤田くん……あれは鍾乳石ではないぞ」

押川博士が言った。

「あの表面を見ろ。あの塔を造っているのは——骨だ」

骨——？

〈アイアンホエール〉は、なおも塔の立つ中の島へ接近した。

押川博士の指摘したとおり、島に立つ尖塔《せんとう》は自然にできたものではなく、おびただしい数の生き物の骨によって構成されていた。生白い骸骨《がいこつ》がまるで古代文明の祭壇のように複雑に絡み合い、ねじり上げられて天を針のように指していた。

「骨——本当だ……」

無数の獣の骸骨が、塔の構成部品となってぬらぬらと濡れていた。その中には水棲哺乳類の骨もあったがクマのような陸上動物の骨もあり、人間のものもあった。タルコサーレ村や発掘中継キャンプの人々、そして調査船の乗組員たちだ。こちらを向いているうつろな髑髏《どくろ》が、〈アイアンホエール〉の外部監視カメラを見返した。

うっ——

ブリッジの全員がのけ反った。

「大した美的感覚だぜ……この塔を造ったやつは――」

操縦席で江口がつぶやいた。

「第一書記、〈骨の塔〉からは規則的な電磁波が上空へ放射され続けています」

「どうします？」

江口が振り向いて訊いた。

「加藤田くん、あれは宇宙航行生命体の造ったものだ。わしの推測では――たぶん当たっていると思うが、あれは宇宙に散らばった仲間を呼び集める〈信号塔〉だろう」

「信号塔？」

「繁殖に適した島を見つけた渡り鳥は、子孫繁栄のために仲間を呼び集める。それが自然界の常識じゃ」

「そんな。とんでもない」

「この星には天敵もいない。やつらにとって絶好の繁殖地だ」

「冗談じゃないですよ、中継キャンプをコールタールの湖に変えてしまったやつが、何万匹も宇宙からやってくるというのですかっ」

「繁殖させたら何億匹にもなるぞ。〈レヴァイアサン〉一体を倒すのにあんなに苦労した人類は、やつらの天敵にはなりえない。むしろ絶好の餌だ」

「餌？」

全員が、廃墟と化した中継キャンプの屋根の大穴を思い出した。最後に中央隊舎の司令室に立てこもってロケット砲で対抗しようとした補給部隊の隊員たちは、結局、全員——

「ミ、ミサイルをぶち込め！」

要は叫んだ。

「あの塔を爆破するんだ。冗談じゃない、俺たち人類は宇宙渡り鳥の餌になるために、今まで百万年も苦労してきたんじゃないぞ！」

「はっ」

「いや待て加藤田くん」

押川博士は止めた。

「今あの島にミサイルをぶち込んだら、塔は破壊できるかもしれんが、星間飛翔体の残骸も一緒に吹き飛ばしてしまうぞ」

「そ、それはそうですが——」

「わしが急いで、あの島に上陸する。エネルギー伝導チューブを探してプラズマ砲を修理するほうが先だ。宇宙航行生命体を通常兵器で倒せる保証はない。〈骨の塔〉もプラズマ砲で破壊すればいい」

「博士が行かれるなんて危険です！　無茶を言わないでください」

●〈北のフィヨルド〉入り口付近

その頃、ひかるの操縦するミル24は、〈北のフィヨルド〉の入り口の狭い谷間を、水面上すれすれに飛んでいた。

パリパリパリパリ

『ええい無線が通じないわ、怪獣はどこっ？』

「わかりません！」

前部砲手席で水面を見ながら川西は叫んだ。

「川に入るところまで見えてたけど、もぐっちまった！」

水温がお湯のように高いので、赤外線スキャナーで水面下の怪獣を捉えることはできなかった。対潜装備はついていない。あったとしても川西には使えない。

川西は後席を振り向いて、

「ひかるさん、〈アイアンホエール〉に追いつけますかっ？」

『中の島までは五マイルもないけど』

ひかるは怒鳴り返す。

『スピードが出せないわっ。崖にぶつかりそうよ！』

●〈北のフィヨルド〉中央部

「よし、急げ」

〈アイアンホエール〉の司令塔真下の上甲板《じょうかんぱん》では、ウェットスーツを着た押川博士が護衛の隊員二名を連れてゾディアック・ボートに乗り込み、エンジンをかけていた。

バルルルルッ
「ここはやつの巣だ。伝導チューブを早く見つけなくては、生きて帰れる保証もないぞ」

「はっ」


〈ホエール〉のブリッジでは、攻撃管制士官が〈骨の塔〉にSSN9対艦ミサイルを照準させ、上陸隊のゴムボートが上甲板を離れていくのをみんながビジュアルモニターで見守っていた。

「まったく、無茶をしてくれる」

押川博士は、プラズマ砲に適合するエネルギー伝導チューブを一番早く見つけられるのは自分だと言い張って、出ていってしまったのである。

「第一書記、機関部では伝導チューブを取りつける用意をして待機しています」

機関士がインターフォンで報告を受け、言った。

「チューブさえ手に入れれば、プラズマ砲はすぐにでも撃てます」

〈アイアンホエール〉の一五〇メートルの船体を背骨のように貫いている三重水素プラズマ砲の砲身シャフト内部では、技術班のエンジニアたちが機関ブロックから手すりに掴まってのぼってくると、ただちにエネルギー伝導ライン欠損部分の修復準備にかかった。

「班長、ジョイントはゆるめました」

「よし。あとは〈部品〉がきて、この欠損を埋めてくれればいい」


その時、原潜〈さつましらなみⅡ〉は、〈アイアンホエール〉から五〇〇メートル後方の水中で、潜望鏡を出して〈ホエール〉の様子を監視していた。

「やつらは中の島に上陸するらしい」

山津波は潜望鏡から目を離して、『まずいな』という顔をした。

「どうします艦長？　純正部品を調達させてしまったら、〈ホエール〉はプラズマ砲を復活させてしまいますよ」

「ううむ」

山津波は唸った。

「われわれは、偵察任務だ。『部品調達を阻止せよ』とまでは命じられていない」

「六本木に訊きますか？」

「そうしたいんだが、この電波障害ではな――」

山津波がそうつぶやいた時、
ズグォオオッ――

足の下を、轟音が通り抜けた。

「な、なんだ、今の音は？」

山津波と副長は、思わず床を見た。

「足の下を、何か通り抜けたぞ」

「艦長、巨大な潜行物体です！」

ソナー員が振り向いた。

「本艦の真下を、五〇ノットで擦り抜けました！」

「五〇ノット――？　うわ」

発令所の士官たちが驚くと同時に、〈さつましらなみII〉の艦体はぐらっと揺れた。

真下の水中を非常識な高速で通過した巨大物体の、あおりを喰らったのだ。

「いったいなんだ！」
バルルルル
博士を乗せたボートは、霧の中に見え隠れしながら中の島へ近づいていく。停止した〈ホエール〉の鼻先から島まで一〇〇メートルだ。
ブリッジの全員がモニターを見守っていると、ふいに攻撃管制システムのパッシブ水中警戒システムが赤ランプを点灯した。
ビーッ
「第一書記、〈ホエール〉の真下から何か上がってきます。機関音なし。巨大です。なんだこれは」
「後退しろ。船腹に衝突させるな」
要は後進を命じた。〈アイアンホエール〉は、腹部のタンクに国連軍に攻撃されないための保険として核燃料廃棄物五〇〇〇トンを呑み込んでいる。アムール川を汚染させたら、ネオ・ソビエト基地が明日から生活できなくなってしまう。
ざばざばざばっ
〈ホエール〉の後退して空いた水面が、激しく泡立った。

「何か浮上してくる！」

「上陸隊のボートを呼び戻せ！」

「もう遅いです。博士はあの水面隆起の向こう側です」

「くそっ」

ざばざばっ、と水面を割り、激しい泡の中から蒼黒い鎌首が、鞭のように空中へ振り上げられた。

クエーッ
ざばざばざば

ビジュアルモニターに巨大な生物が姿を表した。

「中継キャンプをやった〈怪獣〉かっ」

要は『攻撃用意』と叫ぼうとしたが、

「待て。待ってくれ、これは〈怪獣〉じゃない！」

江口大尉がモニターを見て叫んだ。

「これは、プレシオサウルスだ！」

「何？」

「よく見てください、由緒《ゆいしょ》正しい地球原産の恐竜です。〈北のフィヨルド〉の主《ぬし》、おそらく昔から棲《す》んでいた、この谷の正統な領主ですよ！」

「なんだとっ」

要をはじめ、全員がモニターを注視した。

ざざざざぁっ
クェエーッ
確かに水面へ上がって鎌首をもだえさせているのは、みんなになじみの水棲生物だ。首の長さは一〇メートル以上、水中の胴体を入れたら三〇メートルはあるだろう。ところどころ黒ずんだ皮膚にはしわがたくさん寄り、長年の荒波に耐えてきた風格は、ビジュアルモニターを通してもうかがえた。
しかし、
ク、クェエーッ

「傷ついているぞ、あの恐竜……」

「何かと戦ったんだ」

蒼黒い恐竜は、ぱっくり割れた腹部から赤い血を流しながらフィヨルドの水面でもがき苦しんだ。

「見ろ、断末魔だ」

「なんということを――魚しか食べないおとなしい恐竜に……」

操縦席で江口が革手袋の手を握り締めた。

その時、
ズズズズズ――

〈ホエール〉の船体が、細かく震動し始めた。

ピーッ
水中警戒システムが再び警報を発した。

「水中から、もうひとつ別の何かが上がってくる！　大きいぞ」

ズズズズズ
〈ホエール〉を包む水が海鳴りのように鳴った。巨大な潜行物体が、水深一〇〇〇メートルのフィヨルドの底から猛烈な速度で上がってくるのだ。

「大石！」

江口は叫んだ。

「ミサイルをぶち込む相手が上がってくるぞ！〈アイアンホエール〉戦闘用意だ！」

江口は、艦長席の要を無視して攻撃管制士官に命じると、振動推進システムの推力レバーを〈逆進〉にぶち込んだ。

ズゴォオオッ
急逆進がかかり、ブリッジの全員が「うわーっ」と悲鳴を上げながらシートでつんのめる。

「摑まれっ」

江口はコンソールにしがみつきながら、〈ホエール〉を全力で後退させる。真下から上がってくる〈目標〉に対して、SSN9の最低安全発射距離を取らなくてはならない。

「アクティブソナー！　浮上してくる〈怪獣〉をロックオンしろ」

「やっている。本当だ、何か上がってくるぞ。プレシオサウルスよりずっとでかい。この反応は――」

攻撃管制士官は汗で眼鏡を曇らせながら、SSN9〈サイレン〉対艦ミサイルの弾頭コンピュータにアクティブソナーからの目標データを入れ続けた。

「誘導は赤外線画像認識に切り替える。やつが水面に出たと同時に発射だ」

「来るぞ」

「全員、何かに摑まれっ！」

ザバーッ

全速で後退する〈アイアンホエール〉の鼻先一〇〇メートルに、水中爆発のような蒼黒い水柱が噴き上がった。
ザババーンッ
ズザザザッ
「うわあっ」
〈アイアンホエール〉は嵐の北海の漁船みたいに揺れた。
黒い怪獣が、ついに水面に上半身をさらけ出した。
ボォオオオッ
黒い魔神像のような怪獣は、骨張った翼の生えた肩を回し、地球人の鉄クジラを睨んだ。
「大石！　弾頭の近距離セイフティを外せ！　零距離射撃だ！」
「は、外した！」
「撃てぇっ！」
バシュッ
バシユウッ
二発の対艦ミサイルが、〈ホエール〉艦首の発射管から固体ロケットブースターで撃ち出され、白煙を曳《ひ》いて黒い怪物に襲いかかった。初速は遅いが命中まで二分の一秒もかからない。安全距離の設定をキャンセルされた二発の弾頭は黒い〈怪獣〉の胸部に着弾すると同時に作動し、二〇〇キログラムの高性能炸薬に点火した。

「摑まれーっ！」

江口の叫び声と同時に、大爆発。

ドドーンッ！

大津波をもろに喰らったように〈アイアンホエール〉は引っくり返りながらフィヨルドの出口方向へ押し流される。

「いかんっ、どこか尖った岩にでもぶつけたら、船腹のタンクが――！」

江口は額から汗を飛ばしながら〈ホエール〉の操縦桿を保持し、船体の姿勢を回復させようと努めた。ブラウン管《CRT》の姿勢指示グラフィックが信じられないような傾斜角を表示して激しく揺れた。

「くそっ、このメカになんで核燃料廃棄物なんか積んだんだ！」

〈ホエール〉がようやく姿勢を回復した時、荒れ狂う水面には何も見えなかった。

「やつはどうした？」

「わかりません、水中へ潜りました！」

「博士は無事かっ？」

「中の島の様子はよく見えません」

「やつが対艦ミサイルで死ぬとは思えん。油断するな」
「水中から何か上がってくる」
「怪獣か？」
「いや。ずっと小さなものだ」
クエーッ
すると、もう一頭のプレシオサウルスが激しい波濤《はとう》の下から姿を現し、長い鎌首をくねらせながら中の島へ向かう。さっきやられた個体よりもひと回り小さい、若いプレシオサウルスだ。
クエックエッ
若いプレシオサウルスは、菱形のひれで中の島へ上陸すると、びたんびたんと〈骨の塔〉の基部へ這っていき、『親の仇《かたき》』とばかりにぬらぬらした巨大な塔に頭突きを喰らわせ始めた。
クエッ
がつん
がつん
「なっ、なんて健気《けなげ》なんだ」
〈ホエール〉の操縦席で、江口は感動した。

「まだ子供なのに、地球のために戦うなんて！」

「江口、あのプレシオサウルスは、〈骨の塔〉が怪獣の仲間を呼び寄せる〈信号塔〉だと本能的に知っているのだ」

　要がシートに座り直しながら叫んだ。

「もう一度、島に〈ホエール〉をつけろ。博士と部品を回収して、あの信号塔を爆破するのだ！」

「言われなくても、そうしますよ」

　操縦席の江口は推力レバーを〈前進〉に入れ、核融合炉のパワーで〈ホエール〉の巨体を中の島へと前進させた。

5

●横浜みなとみらい21　ドックヤードガーデン

「美帆《みほ》さん」

水無月美帆の〈コンサートツアー2015〉追加公演の第一夜は夕方六時の開場だったが、すでに二時間前からエントランスにはファンが列を作り始めていた。ドックヤードガーデンの空に向けて放たれたような観客席には照明が設営されて、間もなく夕暮れになれば星空の下に光のステージが浮かび上がるはずだった。

「美帆さん、バンドの音合わせ間もなく始まります」

「はい」

歌手にとって、楽屋でのメイクはステージに向けて気持ちを高めていく、大切な時間だ。

だがバックステージの楽屋で鏡に向かっていた水無月美帆は、髪を結い上げていたヘアメイクの女性の手を、「ちょっと待って」と止めた。

「メイクさん、ごめん。ちょっと電話をかけてもいいかしら」

メイクアップ・アーティストの女性は、ヘアピンをたくさん指に挟んだ手首を返して、

「五分だけですよ」

「ありがとう。ごめんね」

美帆はやりかけの頭で鏡の前を立つと、携帯電話を取り上げ、舞台衣装の裾《すそ》をつまんで廊下へ出た。

「ええと――」

メモリーから番号を呼び出してコールする。短い呼び出しのあとで、乾いた声の女性オペレーターが出た。

『帝国海軍浜松基地です』

「あ、あのう――水無月候補生と話せますでしょうか。家族の者ですが」

『お待ちください』

美帆の背中を、バンドのミュージシャンたちが舞台へ向かっていく。美帆は左手で『はい、よろしくね』と会釈《えしゃく》する。

『お待たせしました』

「はい」

『水無月候補生は、飛行訓練に出ています。訓練終了は、十八時の予定です』

「そうですか――」

美帆はステージのほうを見た。楽器のチューニングの始まる音が聞こえてくる。

「――いえ、伝言はいいんです。すみません、ありがとうございました」

携帯電話を閉じ、楽屋へとスカートをひるがえした。

(ああいけない、お客さんを待たせちゃう)

走りながら、美帆はどうして妹に電話したくなったのだろう、と不思議に思った。

●シベリア　アムール川源流〈北のフィヨルド〉

ずざざざざっ
〈アイアンホエール〉は緑色の水を掻き分けると、浅瀬に乗り上げるのも構わずにフィヨルドの中の島に接岸した。
「急げ！」
加藤田要は先頭に立ち、〈ホエール〉の艦首から浅瀬に飛び込んだ。あとからRP

Ｇ７対戦車ロケット砲を担いだ上陸隊員が続く。

「くそっ、こんなことになるのなら、水陸両用装甲車《BRT70》を積んでくればよかった！」

「第一書記、〈ホエール〉を乗り上げさせて大丈夫ですか？」

「逆進で水中へ戻れる。多少、艦首をこするだけだ。それより博士を捜せ！」

周囲五〇〇メートルの小さな中の島は白い霧に覆われ、中央にそびえ立つ〈骨の塔〉はウォンウォンと共鳴するような低い唸りを発していた。無数の骸骨で組み上げられた巨大な塔は、空気中の水分を凝結させてしまうらしく、骨の表面をとめどなく水が流れ落ちていた。

ざばざばざば
「いったいどんなエネルギーで動いているんだ――？」

「感心している暇はないぞ。爆破班は〈塔〉の基部に爆薬を設置！　ほかの者は全員で博士を捜せ！」

「はっ」

「はっ」

だが星間飛翔体の残骸が散らばる穴にも、島のほかの地面にも、押川博士と護衛の隊員たちの影は見えなかった。

「第一書記、残骸の脇に、巨大な穴が――」

「やつの出ていった跡だ」
縁《ふち》に立って見下ろすと、深い縦穴はまっすぐ地底へ続いていて、底は見えなかった。
「第一書記、博士は見つかりません」
「やむをえん、〈骨の塔〉〈ホエール〉へ戻ろう」
巨大な〈骨の塔〉の片側では、まださっきの若いプレシオサウルスが、塔の基部に頭突きを喰らわせていた。
クエーッ
クエッ
ずがん
ずがん
だが、あまり効果はなさそうだった。
「おい、プレちゃんよ」
要は体長二〇メートルの水棲恐竜を見上げて話しかけた。本当なら人類初の大発見なのだが、恐竜の生き残りと出会って感激していられる心の余裕はなかった。
「いいか、ここには俺たちが爆薬を仕掛けた。この塔を間もなく爆破する。危ないからおまえも早く逃げろ」
クエーッ

プレシオサウルスは、要を見下ろして鳴いた。

「第一書記、プラズマ砲の部品は、拾わなくていいのですか?」

「いい。一刻も早くこの塔を爆破しよう」

「しかし、爆発で飛翔体の残骸が飛び散ってフィヨルドの底に沈んだら、もうプラズマ砲は修理できなくなります」

「いいんだ。プラズマ砲が復旧できないとなれば、あの方《かた》も世界征服をあきらめるだろう」

「第一書記——今の台詞《セリフ》は、聞かなかったことにしますよ」

ベレー帽をかぶった陸戦隊長は言った。

「すまない。疲れて少し弱気になった。行こう」

だが上陸隊の作業をビジュアルモニターでウオッチしていた〈ホエール〉のブリッジでは、水中警戒システムが再び警告を発した。

ビーッ
「江口、また来るぞ!　やはりこたえていなかったんだ」

「くそっ」

江口はくちびるを噛んでモニターを見た。

「第一書記と上陸隊の収容を急げ！」

「駄目だ、急速に浮上してくる。十秒もかからんぞ」

ズズズズズ――

ズズズズズズ
島の浅瀬をばしゃばしゃと走る要たちの足を、水底からの不気味な震動がすくった。

「わっ」

「うわっ」

転ぶ隊員たち。

「ロ、ロケット砲が」

「そんなものいい！　どうせやつに効くもんか。〈ホエール〉へ走れ！」


「水中の巨大物体、急速に上昇。こちらへ来るぞ」

「くそっ、第一書記はまだか！」

「江口、間に合わない。いったん中の島を離れよう。船腹に穴を開けられたら大変だ」

〈ホエール〉の留守を預かっている江口大尉は、ビジュアルモニターの上陸隊が〈ホエール〉に乗り込むのにはどう考えてもあと一分以上かかると見て、決断した。

「仕方がない。第一書記たちには、戦闘がすむまで島にいてもらう！」
〈アイアンホエール〉は後進をかけ、中の島の浅瀬から艦首を引きはがした。
ウィイイイイン
がりがりがりっ
モニターの中の上陸隊がひざまで水に浸かりながら「こらーっ」と怒るのを無視して、江口はブリッジのスタッフたちに命じた。
「〈アイアンホエール〉総力戦闘準備！」
後進をかけるクジラ形巨大メカの艦内で、非常サイレンが鳴り始める。だが全乗員が戦闘配置につこうとした瞬間、
ズゴーンッ
下から突き上げる猛烈な衝撃で、〈ホエール〉の船体は大地震のように揺れた。
うわぁーっ
シェイカーのように揺さぶられ、シートに着いていなかった乗員は放り投げられて壁や天井にぶつかり、機関室やミサイルルームで早くも負傷者が出た。
ズゴゴーンッ
再び船底から衝撃。
「全員、何かに掴まれっ」

ズゴゴゴーンッ

「江口っ、船底が裂けてしまうぞ！」

「わかってるっ、後進全開！」

江口は四連スロットルレバーを〈フル逆進〉にぶち込んだ。ボトム粒子型核融合炉が暫定《ざんてい》最大出力の八パーセントまで出力を上げる。振動推進システムの水流ジェット噴射口が回転し、四つとも斜め前方へ開いてフル・リヴァースになる。

ドドドドッ

白煙を噴き上げるように水を蹴散《けち》らし、全力でフィヨルド中央へ後退しようとする〈アイアンホエール〉。

しかし——

「どうした？　なぜ後退しない」

「うわっ、江口見ろ！」

ザザザーンッ

水中爆発のような水柱を噴き上げ、黒い怪獣の巨体が再び水面に現れた。しかも怪獣は、黒い鱗のびっしり植わった両腕で〈アイアンホエール〉の艦首をがっしりと摑んでいた。

ボォオオオッ

「やつに摑まれた！」

「江口、これでは攻撃のしようがない！」

「くそっ！」

江口は、核融合炉の出力を亀裂が広がる暫定最大出力よりも上げる〈非常出力スイッチ〉を入れようとして、赤いガードへ手を伸ばしたが、
ぐわわっ
その瞬間、怪獣がものすごい力で〈ホエール〉の舳先《へさき》を持ち上げた。

「うわぁーっ！」

ブリッジの全員がシートに叩きつけられ、大石と航法士の松田《まつだ》が口から泡を吹いた。

「ぐわっ」

「ぐえぇっ」

「だ、大丈夫かっ」

ヴィイイイッ
ヴィイイイッ
操縦席のＣＲＴに〈艦内損傷表示〉画面が自動的に表れた。

「こちらブリッジ！　各部損害を知らせろっ」

〈アイアンホエール〉に置いていかれた要たち上陸隊十名は、急いで島の中央部へ戻った。

「塔の爆薬の時限装置をストップしろ。俺たちまで吹っ飛んでしまう！」

クエーッ
プレシオサウルスの子供が、〈アイアンホエール〉を摑んだ巨大怪獣を睨んで、吠えた。

「だ、第一書記！〈ホエール〉が！」

振り向くと、全長一五〇メートルの〈アイアンホエール〉は怪獣の両腕に舳先を摑まれ、ずざざざっとしぶきを上げて持ち上げられていた。巨大な船体の白い腹部までが完全に水面上にさらけ出された。

ボォオオオオッ
肩から骨張った翼を生やした黒い怪獣は吠えた。いったいなんでできているのかわからない象牙《ぞうげ》のような白い鉤爪が〈ホエール〉の艦首にがっしりと第二装甲まで突き破って喰い込み、艦首の魚雷発射管を握り潰していた。

「〈ホエール〉が、ぶん投げられるっ」

「冗談じゃない！」

要は叫んだ。

「〈ホエール〉がやられたら、俺たちは終わりだぞっ」

しかし怪獣は、上半身を回して〈ホエール〉をフィヨルド中央の水面へとぶん投げ飛ばした。振動推進システムのリヴァース噴射口から白煙を噴きながら、〈ホエール〉の巨体は後ろ向きのままスローモーションのように水面へ叩きつけられる。

ズババーンッ
「ぐわぁーっ」

まるで乗っていた車ごと崖下へ落下したような衝撃に、〈ホエール〉艦内の乗員たちはもんどり打って跳ね上がり、転がった。

ヴィイイイッ
照明が落ち、赤い非常電球に切り替わった。

「く、くそぉっ」

江口はくちびるから血を流しながら、歯を喰いしばって操縦席に身を起こした。振動推進システムが停止して、〈ホエール〉は止まってしまった。

ピピピピッ
▼ELEC. GENERATOR DOWN（発電機関出力低下）

▼HYDR SYS. DOWN（液体水素供給システム故障）
▼HIGH PRESS. AIR SYS. UNABLE CNTL.（高圧空気システム　コントロール不能）
損傷表示画面で、ブロックごとに分けられた艦内断面図がたちまち赤く染まっていく。

「大石！　ミ、ミサイルだ！」

だが返事はない。

「大石！　どうした、気絶している場合じゃないぞっ」

激しい水煙で視界ゼロに近い正面ビジュアルモニターに、巨大な黒いシルエットが見えてくる。

「やつが来るぞ！」

江口はシートベルトを外すと、「ううっ」と痛みに顔をしかめながら攻撃管制席に移動し、気絶している大石中尉を押しのけた。

「はあ、はあ。ＳＳＮ９〈サイレン〉、ＳＡＮ８〈グレムリン〉、ありったけ発射だ！ふざけるな怪獣め！」

江口はビジュアルモニターに迫ってくる黒い影を睨みながら、キイボードを操作した。

しかしSSN9対艦ミサイルは、怪獣が発射管を握り潰してしまったので使えなかった。黄色い発射不能ランプが点灯するだけだ。

「くそっ、あとは対空ミサイルだけか！」

カチャカチャッ
対空ミサイルシステムは、正常に作動した。〈ホエール〉の司令塔の両脇からランチャーがせり出すと、迫ってくる怪獣にまっすぐに向いた。

「安全発射距離設定、キャンセル。誘導方式、キャンセル。これだけ近けりゃ誘導なんていらねえや。手動《マニュアル》照準、操縦席へ」

設定を終えると、江口は傾いた床を這って自分のシートへ戻った。損傷表示システムが、すでに艦内の半分で浸水が始まっていることを告げている。船腹の核燃料廃棄物タンクで漏水《ろうすい》が起きていることを示すオレンジのランプも、点滅を始めていた。

「くそっ」

江口はビジュアルモニターの黒い影に手動で照準し、兵装発射ボタンをプッシュした。

「喰らえ！」

ずん、ずんと軽く船体が震え、天井の上から小型対空ミサイルが撃ち出されていく。

「連続発射モード」

ずん、ずん、ずずん
ビジュアルモニターの中を、蒼白い噴煙を曳きながら合計八発のミサイルが黒い怪獣へ吸い込まれる。

ズバババッ
爆煙に包まれる怪獣。

「ざまあみろ！」

だが〈グレムリン〉は対空ミサイルなので、弾頭炸薬はわずか二キログラムしかなかった。怪獣は軽くのけ反っただけで、首を振るとふたつの亀裂のような目をまばたきし、再びこちらへ近づいてくる。

「ちくしょう、プラズマ砲が使えれば――――！」

江口は司令塔のＡＤＧＭ630近接防御機関砲を作動させた。もうこれだけ接近されては、使える武器は近接防御武器《CIWS》しか残っていなかった。

ヴォオオオッ
23ミリ機関砲弾が赤く光る鞭《むち》のようにビジュアルモニターの怪獣へ襲いかかり、たちまち数百発が吸い込まれるように命中するが、怪獣の接近にはなんの変化もない。

「痛くねえのか、この野郎」

ボォオオッ

怪獣は天を向いて吠え、息を吸い込むように胸部を膨らませると全身を蒼白く発光させた。

「な、なんだ――？」

怪獣が、身動きのできなくなった〈アイアンホエール〉にプラズマ閃光球を放とうとした時、その黒い頭部に赤いレーザースポットが当たった。

ボォッ？

怪獣が『なんだ？』とでも言いたげに見上げたところへ、

シュルシュルッ

霧の中から白煙を曳いてAT6対戦車レーザー誘導ミサイルが一直線に飛来し、命中した。

グワッ！

どかーんっ、という爆発とともにのけ反る怪獣。小さなミサイルでも、眉間《みけん》に喰らったおかげで脳震盪《のうしんとう》くらいは起こしたかもしれない（怪獣の脳が頭部にあればの話だが）。一本の角の生えた頭部を振りながら、怪獣はミサイルを放った小さな攻撃ヘリコプターを睨みつけた。

バリバリバリバリ
ミル24は、狭い峡谷の水面上をすれすれに低空でやってきた。

「くそっ、口の中を狙ったのに！」

川西が叫んだ。

『閃光球を撃たれるわ！　摑まって』

ヴォンッ
ひかるの操縦で、ミル24は怪獣の放ったプラズマ閃光球をかわし、右側の崖すれすれに急旋回して背後へ回り込む。閃光球は向こう側の崖に命中し、核爆発のような閃光で峡谷の内部をストロボのように照らし出した。

ピカッ
猛烈な熱と上昇気流で、霧が蒸発する。ミル24は木の葉のように揉まれながら吹き上げられる。霧が蒸発してくれなかったら、崖にぶち当たっていただろう。

「〈アイアンホエール〉！〈アイアンホエール〉！　聞こえますかっ、こちら川西！」

前席で川西は無線に怒鳴る。これだけ近づけば、ＶＨＦ無線も有効だ。

『川西か！〈ホエール〉は動力が止まって身動きが取れない。やつを遠ざけてくれ！』

「核融合炉も止まってしまったのですかっ？」

『いや、融合炉は生きている。振動推進システムが停止してしまった。機関部を呼び出しても応答しない』

「わかりました、ではプラズマ砲は使えますね？」

『エネルギー伝導チューブがないんだ』

「伝導チューブなら、ありますよ！」

川西は、煙を噴いて停止している〈アイアンホエール〉を見下ろしながら叫んだ。

「僕が持っています！　飛行甲板へ下りますから、ハッチを開けてくださいっ」

●赤坂　国家安全保障局

「そうです、波頭中佐」

水無月是清はコンピュータのディスプレイを見ながら受話器に叫んだ。

「偵察衛星からのリアルタイム画像です。〈北のフィヨルド〉で核プラズマ閃光。それに前後して旧ソ連製ミサイルのものと思われる爆光を多数確認。フィヨルド内部で戦闘が起きています！」

『〈さつましらなみII〉と連絡は取れないのか？』

「電波障害により交信不能です！」

●日本海　戦艦〈大和〉第一艦橋

「是清。例の黒い影は観測できたか？」

『はい中佐。今、画像を送ります』

波頭は急いで自分のノートパソコンを艦の軍用通信回線につないだ。

「よし是清。送れ」

「波頭中佐。シベリアで何が起きているのだ？」

森《もり》艦長が訊いた。

「恐ろしいことですよ、艦長。私の推測が正しければね」

国防総省から急いで飛んできた波頭中佐は、日本海の洋上に浮かぶ戦艦〈大和〉の艦橋で、森艦長から〈究極戦機〉臨時母艦となるための改装工事の進捗《しんちょく》状況を聞いていた。異星の超兵器の本体は、まだ〈大和〉の後部格納庫へは搬入できず、並んで浮かぶ空母〈蒼龍〉の飛行甲板に防水布をかけたままで寝かせてあった。

「ＣＩＣの調整は進んでいますか？　ＵＦＣの管制はすぐにできますか？」

「テストはまだたくさんしなければいけませんが、インターフェイスシステムはＣＩＣにつなぎ終えました」

川村大尉が答えた。

「今、魚住博士にチェックしてもらっています」

「よし」

「波頭中佐。なぜそんなに急ぐのですか？」

「地球の運命がかかっているからですよ。私の推測が正しければね」

波頭が言い終える前に、ノートパソコンの液晶画面に鮮明な衛星写真が電送されてきた。今回は真っ昼間の撮影だ。しかもフィヨルドの霧が吹き飛ばされている。

「おう、これは――！」

「それは――？」

「なんだ――？」

川村万梨子と森艦長が覗き込んだ。

●アムール川源流〈北のフィヨルド〉

『思ったとおりだわ！〈骨の塔〉を背にしていれば、怪獣は閃光球を撃ってこない』
パリパリパリ
ひかるは高さ二〇〇メートルの〈骨の塔〉を背にして、ミル24を空中停止《ホバリング》させた。

『川西くん、ミサイル！』

「ミサイルはいいけど、どうやって〈ホエール〉に着艦するんです？」

〈アイアンホエール〉は怪獣の背後にいる。確かに〈骨の塔〉にひっついていればプラズマ閃光球に狙われることはないらしいが、これではいつまでたってもエネルギー伝導チューブを届けにいけない。

『いいから撃って』

「はいはい」

川西は水上に上半身を出している黒い怪獣にレーザースポットを照準する。赤いレーザーの反射光を目がけて、対戦車ミサイルは飛んでいくのだ。

「発射！」

バシュッ
『川西くん、レーザーを向け続けて！』

ひかるは怪獣に機首を向けたまま、ヘリを横移動させる。ミサイルはシュルッ！と怪獣の胸を目指すが、黒い怪獣は地球人のミサイルという兵器に慣れてしまったのか、腕（というか前肢《まえあし》）でばしっとはたき落としてしまった。

『続けて発射！』

バシュッ

バシュッ
ばしっ
ばしっ
はたき落とされたミサイルが、水面で爆発する。ざばざばっと激しい水しぶきが一瞬ヘリを隠してくれた。
「もう少しだ！」
怪獣を円の中心のようにして、ミル24は横移動で〈ホエール〉の飛行甲板に近づこうとする。
バシュッ
ばしっ
ドカーンッ
ざばざばざば
「ひかるさん、あと一発しかない」
『くそったれ！』
「女の子がそんなこと言っちゃ駄目ですよ」
『なんて言えばいいのよっ』
ボォオオオッ

怪獣はうざったい蝿《ハエ》を見るようにミル24を睨みつけた。これだけ怪獣の顔に近づいたのはひかると川西が人類で初めてかもしれない。水しぶきの向こうから睨みつけてくる両眼には知性が感じられた。本能とはいえ、あんなにすごい発信基地を造ってしまうのだ。巨大な〈骨の塔〉はウォンウォンと唸りながら、この瞬間にも宇宙空間へ脈動する電磁波を発し続けていた。

『いい？　あたしが合図したら、キャノピーを開けて飛行甲板へ飛び降りて！』

「えぇっ」

『着艦している余裕はないわ。ヘリから飛び降りるのはこの間、練習したでしょう？』

ガルルル

怪獣がクチバシを開いた。

「ひかるさんはどうするんです？」

『なんとかして上空へ離脱するわ——今だっ！』

「うわあ」

怪獣が息を吸い込む目の前で、川西は前部砲手席のキャノピーを跳ね上げ、エネルギー伝導チューブを片手にヘリから飛び降りた。

「わーっ！」

高度は一五メートルもあった。川西はまっさかさまにダイブした。ヘリが〈ホエール〉の飛行甲板からわずかにずれていたのが幸いし、川西は〈アイアンホエール〉の船体のすぐ脇の水中へ飛び込んだ。

ざばーんっ

「ぷはーっ」

伝導チューブを離さず、川西は必死で泳いだ。見上げると、ひかるのミル24が急速離脱しようと右へバンクを取っている。

「ひかるさんっ、逃げろ！　逃げろっ！」

ひかるは一発残ったAT6を怪獣のクチバシに照準しながらヘリをバックさせた。

「このおっ」

宇宙最強の生命体と地球有数のわがまま娘が九〇メートルの間合いを取ってしぶとさを競《きそ》い合った。

「これでも食べてろ！」

ひかるは操縦桿の発射ボタンで左翼のAT6を放つと、同時にヘリを急上昇させた。しかし怪獣は軽く頭を振って避《よ》けてしまった。ボォオオッと吠えると、全身を発光させる。

「ひかるさんっ、危ないっ」

至近距離だ。逃げようがない。

「やられる！」

だがその時、〈アイアンホエール〉のさらに後方の水面を突き破り、突然、一発の大型ミサイルが飛び出した。

ズバッ
赤い大型ミサイルは主翼を開き、ターボジェットの排気煙を曳きながら怪獣に襲いかかる。

ズバッ
さらにもう一発、水面を飛び出して怪獣の頭越しに中の島へ向かう。標的は〈骨の塔〉だ。

「あ、あれは……！」

川西はよじ登った飛行甲板へとっさに伏せた。

（――トマホーク？）

ピカッ
ドカーンッ！

プラズマ閃光球を吐こうとしていた怪獣は、脇腹に直撃を受けた。

ボヴァエーッ！

空母一隻を一発で撃沈させる〈トマホーク〉巡航ミサイルの大爆発が、黒い怪獣を押し倒して波間に沈めた。

ガボゴボゴボッ

同時に、〈骨の塔〉の基部でも大爆発が起こる。

ドカーンッ

猛烈な爆風が峡谷をなぎ払い、川西はせっかくよじ登った〈ホエール〉の飛行甲板からまた水中へ吹き飛ばされた。

「うわーっ」

ズズズズン、ズズン

〈ホエール〉は激しく揺れた。

「なっ、なんだと？」

江口は操縦席で苦痛に顔を歪めながら身を起こした。正面ビジュアルモニターで、巨大な〈骨の塔〉がズズズズッと傾いてゆく。

「今のは――トマホークじゃないか！　いったいどういうことだ？」

電磁波の放射が止まり、レーダー画面がクリアに戻った。

江口は振り返って怒鳴った。

「おい、大石、松田、起きろみんな！」

「艦長、命中です」

〈さつましらなみⅡ〉の発令所で、潜望鏡を見ながら副長が言った。

「怪獣は水中へ没しました。中の島の塔は傾斜して煙を噴いています」

「うん」

山津波はうなずいて、ずぶ濡れの老科学者に振り向いた。

「これで電波障害が消えるのですか、博士？」

「ふん」

ウェットスーツを脱いだ白衣姿で〈さつましらなみⅡ〉の発令所に立っていた押川博士は、福岡大尉と入れ替わりに潜望鏡を覗くと、鼻を鳴らした。

「ふふん。さすがは帝国主義の金持ち贅沢《ぜいたく》ミサイルだ。完全とはいえんが塔の機能を停止させたな。これで電波障害も消えるぞ」

「あれはなんなのです？」

山津波は、さっき漂流していたところを救助した老科学者に訊いた。押川博士と護衛の隊員二名を乗せたゴムボートは、〈サイレン〉対艦ミサイルの爆風で吹き飛ばされ、原潜〈さつましらなみⅡ〉の衛星通信アンテナに引っかかったのである。

「怪獣の同類を太陽系外から呼び集めるための〈信号塔〉だ。やつは自分の生体エネルギーをあの塔で収束して、宇宙空間へ打ち出しておったのじゃ」

「『仲間を呼ぶ』って――尋常《じんじょう》ではありませんな」

山津波は頭を振った。

「ところで、押川博士とおっしゃったか――あなた本当に押川准将ではないんですか？」

「ふん。わしはネオ・ソビエトの押川だ。あんなやつと一緒にするな。それより艦長、水中の怪獣へ魚雷をありったけぶち込むのだ」

「駄目です」

攻撃管制士官が頭を振った。

「水中の騒音がひどすぎます。標的を特定できません」

「博士、あの〈怪獣〉はトマホークの直撃でもまいらなかったと？」

「そのとおりだ」

押川博士は山津波を睨みつけた。

「それればかりか、われわれの危険は増してしまったのだ」

「どういうことです？」

「あの怪獣のポテンシャルは、あんなものではない。やつが今まで人間《ひと》の入ったぬいぐるみ怪獣みたいにもっさり動いておったのは、生体パワーの大部分を〈骨の塔〉に共鳴させて信号の発信に使っておったからだ。しかし信号塔は爆破された。やつは怒って、全力で向かってくるぞ」

「どうすればいいのです」

「どうするって、もう方法はひとつしかないよ。〈アイアンホエール〉のプラズマ砲なら倒せると思うが、やつが本気で飛び回ったら〈ホエール〉のプラズマ砲では照準できまい」

「飛ぶ？　あの怪獣は、飛ぶのですか？」

「当たり前だろう。あれは宇宙航行生命体だぞ。空を飛ぶのが商売だ。いいか、やつを倒すには、やつと空中で格闘戦をしながらプラズマ砲以上の破壊力で打撃するしか方法はない。ほうっておけば、やつはどこかでまた〈塔〉を造るぞ」

「そんな。怪獣と格闘戦をしてプラズマ砲を撃てるような兵器が、どこにあるのです」

「あるだろうが。君らにはほら、あの女性パイロットに似せて造ったという無節操な超兵器があるじゃろう？　この際、出し惜しみするな、早く呼べ」

「艦長」

通信士官が呼んだ。

「空電、クリアになりました。送信できます」

「よ、よし」

　山津波は振り向いて命じた。

「衛星アンテナを上げろ。六本木へ至急電だ！」

〈さつましらなみⅡ〉も押川博士も、要たちが島にいることを知らなかった。

「うわあーっ」

「がぼがぼ」

「がんばって掴まれ！」

　要たち十名は、プレシオサウルスの首に掴まって、爆発する中の島から命からがら脱出していた。

　クエーッ
「すまんなあプレちゃん」

「命の恩竜《おんりゅう》だ」

　クエッ
　プレシオサウルスは、ゴボゴボ泡立つ不気味な水面を睨んで、吠えた。

「ああそうだよな。あいつをやっつけなくちゃ。なんとしてでも」

「あっぷ、あっぷ」

川西はかろうじて伝導チューブを手から離すことなく、〈ホエール〉の船体へ必死に泳いでいた。トマホークの爆発で生じた波濤は収まっていなかった。フィヨルドは嵐の海のようだ。

「ぼ、僕が行くまで、動かないでくれ、〈ホエール〉！」


「え、江口」

ようやく息を吹き返した大石が、攻撃管制席で顔を上げる。

「やつが、ミサイルで倒せるとは思えない。手負いになって必ずまた襲ってくるぞ」

「大石、どうすればいい？　プラズマ砲の伝導チューブは川西少尉が運んでくるが、機関部が応答しないんだ」

「おそらく衝撃でみんな倒れているんだ。俺が行く」

あいたた、と腰を押さえながら大石中尉は立ち上がった。

「大丈夫か」

「お、俺が機関部へ行って、プラズマ砲の安全弁を開く。江口、おまえ一人でプラズマ砲を発射できるか？」

「やってみよう」

〈episode 13につづく〉

episode 13
わたしを宇宙《そら》へ届けたい

●帝国海軍浜松基地　上空

キィイイイインン
「忍、進入コースの修正は素早く細かくやるんだ。滑走路はあっという間に近づくぞ」

「はいっ」

忍が前席で操縦桿を握るＴ４は、午後の訓練を終えて浜松基地滑走路《ランウェイ》27《ツーセブン》の最終進入コースに入っていた。

「フル・フラップ。進入速度一二〇ノット。オート・スポイラーをアームに」

忍が操縦桿をホールドしながら片手でランディング・チェックリストをやろうとした時、

『森高、緊急事態だ！　着陸するな』

管制塔から突然、郷大佐が呼んできた。

「えっ？」

『〈ハミングバード1《ワン》〉、進入復行《ゴー・アラウンド》せよ』

「ラジャー。〈ハミングバード1《ワン》〉、復行します」

忍がマイクに答え、双発エンジンをＭＡＸパワーに入れると機首を引き起こして着陸脚《ランディング・ギア》を上げた。

キュイイイイインッ
軽々と上昇するT４の操縦席で、忍は滑走路でほかの機体が故障《エンコ》でもしたのかな？と思った。軍の航空基地では、時々起こるトラブルだ。

（燃料は——まだあるな。少し上空で待つことになるかしら……）

忍は、郷大佐の言う『緊急事態』を、それほど大変なことだとは思っていなかった。

それよりも、今日の訓練が終わったら姉の美帆に電話をしよう、と考えていた。生まれて初めて操縦したジェット機がどんなにすごかったか、自分がどんなに興奮したのか美帆に話して聞かせたかった。

（——お姉ちゃん、今日はコンサートの追加公演で横浜だったかしら）

T４をとりあえずタッチアンドゴーのトラフィックパターンに入れて、水平飛行させる。ほかのことを考えながら一五〇〇フィートへのレベルオフ操作ができるのだから、初日で基本的な操縦感覚は手に入れたといえる。やはり忍のT４での課題は、Gの克服だろう。

「郷大佐。いったいなんの騒ぎです？」

後席から美月が訊いた。

『森高、水無月候補生。緊急事態が発生した。これより海軍は〈究極戦機《UFC》〉出動態勢に入る。〈ハミングバード1《ワン》〉はただちに日本海へ飛べ』

「――」

「――？」

忍と美月は、前席と後席で思わず顔を見合わせた。

「あ、あのう大佐、いったいどういうことです？」

美月が尋ねる。

『〈究極戦機《UFC》〉を出動させる。水無月候補生を、連れていけ』

「――」

忍は前席で絶句してしまった。

え――？　今なんと言われたの……？

『緊急事態です！　森高中尉、水無月候補生』

井出少尉の声が割って入った。

『シベリアに〈怪獣〉が出現しました。悪性の宇宙航行生命体です。宇宙空間へ信号を送って仲間を呼び集めています。このままでは地球は蹂躙《じゅうりん》されます。海軍はたった今、〈究極戦機《UFC》〉の出動態勢に入りました』

「なっ、なんだって！」

美月は叫んだ。

「し、忍を〈究極戦機《UFC》〉に乗せようっていうんですかっ！」

『そのとおりだ。森高』

「しかし忍はまだ、今日初めてＴ４に乗ったばかりなんですよっ！」

『そんなことは、承知の上だ。仕方がないのだ』

「でも」

『言い合っている暇はない、森高』

郷は無線の向こうで言った。

『水無月候補生、聞いているか』

「――」

忍は思わず声がかすれて、言葉が出なかった。

『水無月候補生』

「――は、はい」

『君に十分な訓練をしてやりたかったが、地球に危機が迫ってしまった。これからシベリアへ行ってほしい』

忍は思わず後席の美月を振り向いた。

「教官――」

『水無月候補生。手遅れになれば地球は未知の宇宙航行生命体の大群に襲来され、人類は全滅するだろう。地球を危機から救えるのは、君の〈究極戦機〉だけなのだ』

――――！

わ、わたしの――――〈究極戦機《UFC》〉……！

忍は計器盤に向き直った。

「大佐、森高です。UFCはどこで待機していますか？」

『日本海洋上、空母〈蒼龍〉だ。燃料はあるか？』

美月はため息をついた。

「片道だけなら」

『よし、ただちに忍を連れていけ、森高』

「教官！」

忍は呼吸《いき》が荒くなってきた。

「教官、わたし、あの巨人に乗らなきゃいけないのですか？」

「どうやらそうらしい」

美月は感情を押し殺した声で答えた。

「忍、あんたが半人前なのを承知で海軍がUFCをひっぱり出すからには、本当に地球は危ないのかもしれないよ。でもね」

美月は酸素マスクのマイクが無線にもつながっていることを承知で言った。

「だからといって、地球のためだからといって、あんたが無理やりに死にに行かされることはない。みんなのためだとか、地球のためだとか、そんなのくだらないよ。人類なんてほうっておいたっていつかは滅びるんだ」

『森高、何を言っている！』

「忍、行きたくなければ断ればいい。中等練習機に一日だけ乗った訓練生をあんな化け物じみたマシンに押し込んで飛ばそうってほうが無茶なんだ」

『森高！』

「教官、わたし――わたし今〈究極戦機〉に乗ったら、死んでしまうんですか？」

「わからないよ。忍」

美月は後席でヘルメットの頭を振った。

「そんなことは、あたしにもわからない」

Ｔ４はトラフィックパターンを回り続けた。

●アムール川源流〈北のフィヨルド〉

トマホークの爆発で生じた嵐が収まると、峡谷は不気味に静まり返った。

「はあ、はあ」

息を切らしながら、川西は〈アイアンホエール〉の傾いた飛行甲板によじ登る。かすかに波打つ水面が、ぴちゃぴちゃと〈ホエール〉の舷側で音を立てている。

「〈ホエール〉が、傾いている——？　浸水しているのか」

川西は、一瞬ぞっとした。

（——まさか、核燃料廃棄物のタンクは無事だろうな……？）

川西は飛行甲板から艦内へ下りるハッチへと急いだ。手にはプラズマ砲用のエネルギー伝導チューブをしっかりと握っていた。


その〈アイアンホエール〉の様子を、五〇〇メートル後方から〈さつましらなみⅡ〉が潜望鏡で監視していた。

「艦長、〈ホエール〉は依然として航行不能の模様。傾き始めています」

「うむ」

「どうします？　近寄って、生存者を救助しますか」

「ソナー、怪獣は？」

山津波は振り向いてソナー員を呼んだ。

「発見できません」

ソナー員は頭を振った。

「フィヨルドの底に、沈んだのではないでしょうか」

「よし」

山津波はうなずいた。

「微速前進。ゆっくり近づけろ」

「了解」

「押川博士。とりあえずあの怪獣の生死を確認するまでは、われわれとネオ・ソビエトは一時休戦です。〈アイアンホエール〉に負傷者がいたら、本艦に収容しますよ」

「ふん。地球が人類のものでなくなったら、帝国主義も絶対平等主義もないからの」

通信士が〈ホエール〉を呼び始めた。

「〈アイアンホエール〉、こちら西日本帝国海軍〈さつましらなみⅡ〉。貴艦は航行可能なりや？　ただいまより貴艦に接舷し負傷者を収容したい。繰り返す」

ざざざざざ
〈さつましらなみⅡ〉はゆっくりと浮上し、傾いた巨大な鉄クジラへ近づいてゆく。

その時、

「艦長、未登録の音源を探知」

ソナー員が顔を上げた。

「水深一〇〇〇メートル、動きだしています。九八〇メートル。浮上中」

「怪獣か――?」

「そのようです。深度九〇〇メートル。接近します。八六〇。八〇〇。すごい上昇速度だ!」

「全艦、戦闘態勢」

山津波は命じた。

「〈アイアンホエール〉の救援は一時中止。急速潜航!」

「了解」

「急速潜航!」

ヴィイイイイッ
ヴィイイイイッ
「艦長」

福岡大尉がげっそりとした顔で言った。

「われわれは、また怪獣と戦うのですか?」

●日本海洋上　戦艦〈大和〉

キィイイン

「来ました。浜松基地所属のＴ４です」

〈大和〉第一艦橋で、双眼鏡を見ていた副長が叫んだ。

艦橋の後ろのＣＩＣ室《ルーム》では、レーダーを見ながら川村万梨子が無線のマイクを取った。

「〈ハミングバード１《ワン》〉、こちら戦艦〈大和〉要撃管制。空母〈蒼龍〉の飛行甲板はただいま使用不可能です。着水するか、パイロットを射出してください。どうぞ」

「艦長」

通信士官がメモを持って艦橋へ走ってきた。

「艦長、〈蒼龍〉の飛行甲板はＵＦＣが塞いでいるので、水無月候補生だけを落下傘《ベイルアウト》で飛び降りさせるそうです」

「ううむ」

森は艦橋を振り向いた。白衣姿の魚住渚佐が腕組みをして見上げている。

「魚住博士。ぶっつけ本番で、〈究極戦機〉の操縦はできるものなのですか？」

「意思命令《インテンション・コマンド》システムを音声入力モードにしてやれば、ある程度のコントロールは可能ですが――」

渚佐は、〈蒼龍〉上空を低空で旋回するT４中等練習機を眉間にしわを寄せて見つめた。

パッ！　とT４のキャノピーから白い煙が立ち、爆薬で弱められた風防を突き破って前部操縦席のパイロットが空に打ち出される。オレンジ色の飛行服の背中で、パラシュートが開く。

「でも――あの子で果たして、『戦闘』になるのかどうか……」

●日本海洋上　空母〈蒼龍〉

どたどたっ
「痛いっ！」

忍は空母〈蒼龍〉の飛行甲板へ着地した瞬間、右の足首をくじいてしまった。

（パラシュート降下なんか、初めてやったんだもの――）

空母の甲板にうまく降りられただけでも、めっけものだ。

「あなたが水無月さんね？」

呼ぶ声に顔を上げると、ショートカットの女性パイロットが立ち上がるのに手を貸してくれた。

「初めてお会いするわ。私は望月《もちづき》。一応あなたの先輩よ」

望月と名乗ったショートカットのパイロットは、忍の背中からパラシュートの装具を手早く外してくれた。

「あ、ありがとうございます。水無月忍です」

「よろしく、ＵＦＣに搭乗するのをアシストします。こちらへ」

「は、はい」

望月ひとみは忍をうながすと、まず艦橋《アイランド》のほうへ連れていった。

〈蒼龍〉飛行甲板の中央には巨大な防水布が寝かされていて、大勢のメカニックが走り回って固定装置を取り外していた。

「アクチュエーターのテストは全部いいかっ」

「バランシング・センサーのテストまですべてパスしましたっ」

「操作系のテストをもう一度やれ！　二年ぶりに飛ばすんだぞ」

パワーケーブルが何本ものたくって、防水布の下の銀色の機体の外部電源コネクターにつながれている。

「戦闘人工知能《FCAI》の調整も、いいようだわ」

ひとみが早足でその作業を見ながら言った。

「オリジナルの部分はメンテナンスフリーなんだけど、地球製の手足が問題なのよ」

「は、はあ」

忍は、まだ半分以上カバーをかぶった白銀の巨人を見た。

(こんなものが本当に飛ぶのか……)

しかも、わたしの操縦で――？

忍は、ひとみに続いてアイランド一階のパイロット・ブリーフィングルームに足を踏み入れながら、初対面の望月ひとみの横顔を見た。大人びているが、どことなく里緒菜に似ていた。そういえば里緒菜は、わたしがシベリアへ出撃することを知らされているのだろうか――？

「水無月さん、専用のパイロットスーツに着替えてもらうのだけれど、あなたのはまだでき上がっていないの。私のは合いそうにないから有理砂のを借りてきたわ」

「あのう、望月――さん」

「何」

「あなたも、〈究極戦機《UFC》〉のパイロットなのですか？」

「だった、と言うべきかしら。さあ、着ているものを全部脱いでこれに着替えなさい」

〈究極戦機《UFC》〉の本体と同じような、白銀の薄い強靭《きょうじん》な繊維で編まれたボディスーツの胸には、紅《あか》い女王蜂《じょおうばち》のワンポイントがついていた。

「似合うわよ」

ひとみは言いながら、自分の耳にインカムをつける。

「あなたの体調と声は、スーツの微小端子《マイクロ・ピン》を通して〈大和〉のＣＩＣでモニターされます。私とも話せます」

着替え終えるとすぐ、忍は外の機体へ連れていかれた。

「あのう望月さん、わたしには何をどうすればいいのか、さっぱりわかりません」

「ＵＦＣを起動して発艦させるまでは私がそばについてアシストします。飛び上がってからは随行支援戦闘機《サポート・ファイター》があなたをエスコートするわ。何も心配はいりません」

防水布をめくり上げるひとみに続いて、忍は山のような銀色の機体にかけられたタラップをのぼる。

ブゥン
ブゥゥン
足の下から低い唸りが聞こえる。

「核融合炉がアイドリングしているのです」

「もうエンジンがかかっているのですか？」

「この二年間、一度も止まっていないわ」

タラップをのぼりきると、ひとみは言った。

「水無月さん、コマンドモジュールのシェルを開いて」

「――え？」

「あなたの声で命じるのよ。『オープン・コマンドモジュール』」

「オ、オープン・コマンドモジュール？」

プシューッ
そこは布をかけられて飛行甲板に横たわる巨人の、胸の上だった。忍が言われたとおりの指示を口にすると、左胸の上側にあたる部分がハッチのように跳ね上がった。

バクンッ
格闘形態の〈究極戦機〉左胸のコマンドモジュールが、操縦者を迎え入れるためにシェルを開いたのだ。

「中は球形のコクピットカプセルです」

「――こ、これがコクピット……？」

忍は、〈究極戦機〉ＵＦＣ１００１のコマンドモジュールを見下ろした。内部は単座のコクピットで、身体を支えるシートの両脇には操縦装置らしいスティックが二本見えたが、忍にはどう操作するものなのかわからない。

「ＵＦＣは、左胸が操縦席のコマンドモジュール、右胸には人工知性体が格納されています。胸の谷間にあたるところに逆三角形のアクセス・パネルが見えるわね？　あそこにはあなたと人工知性体が意思疎通するためのインターフェイスが組み込まれています。あそこにだけは、被弾しないように。では搭乗しなさい」

「は、はい……」

おそるおそる片足から踏み入れると、フットホルダーが忍の白銀のブーツをプシュッ！　とホールドした。

「ラダーペダルではないわ。脚は姿勢を変えるのに使います」

「は、はい」

もう片足も、フットホルダーにしっかりホールドされてしまう。バケットシートに収まると、腰と両肩が自動的にシュッと柔らかいベルトで固定された。シートは初期のアポロ宇宙船のように斜め上方へリクラインしている。

（練習機に比べると、楽な姿勢だわ――）

ひじかけに両腕を乗せると、ちょうど手のひらに二本のスティックが収まった。左側のはスティックというよりも球の中に手を差し入れる感じだ。

「操縦法は、随行支援機《サポート》のパイロットから上空で教わりなさい。ジェット戦闘機を操縦した経験があれば、すぐに慣れます」

「は、はい」

「ヘルメットと酸素マスクは使いません。緊急時はこのコマンドモジュールごと機体から射出されるシステムです。飛行中は強いGもかかりません。せいぜい2Gね。〈Gリヴァース〉をかける時を除いて」

「〈Gリヴァース〉？」

「宇宙空間を航行する時の急ブレーキよ。大気中で使うことはまずないから、忘れていいわ」

「は、はい」

「じゃ、システムを覚醒させて」

「――え？」

「『アクティベイト・オールシステム』」

「ア、アクティベイト・オールシステム」

ピーッ
言うと同時に、何もないように見えた忍の正面に紅い光点が現れた。

バヒュゥウンッ
フュィイイイッ
（えっ？）

忍の頭の上に開いていた貝のようなハッチが、自動的に下がってクローズする。
「水無月さん、行ってらっしゃい」
「あ、あの――」
望月ひとみが軽く敬礼してコマンドモジュールの開口部を離れる。同時にハッチは完全にクローズしてしまう。
プシュッ
きゃあ真っ暗、と叫ぼうとした瞬間に全周モニターが作動して、ぱっと視界が開けた。忍はまるで、空中に置いたリクライニングシートに座っているようだった。
「わっ、全部見える――！　足の下も――？」
インインインイン
インインインインインイン
モニター視界の左側の一部が長方形に切り取られ、核融合炉の状態を示すカラーの棒グラフが何本もぐぐぐっと伸びてグリーンに輝き始めた。
ウォンウォンウォンウォン
「でも、いったい何をどうすればいいんだろう――？」
望月ひとみがタラップを飛び下りると、メカニックたちがすべての地上支援機材を

〈究極戦機〉の機体から取り外した。

「水無月さん、聞こえる？」

ひとみは走ってUFCの機体から離れながら、インカムのマイクに言った。

「ひとつ、大事な設定をしておくわ」


「大事なって、なんですか？」

忍は左右を見回しながら訊く。忍の両脇では、〈究極戦機〉の機体各システムが稼働状態にセットアップされていく様子が何面ものグラフィックで表示され、両手両足、インパルス推進システム、それにGキャンセル駆動システムに各種兵装と、離陸準備の整ったものから自動的にグリーンのサインを出すとモニターから消えていく。システムがいったん正常に稼働し始めたら、パイロットを操縦に専念させるためよけいなシステム表示はしない設計になっているのだが、そんなことを忍は知る由《よし》もない。

『操縦系を〈インテンション・コマンド〉モードにするのよ』

〈究極戦機〉の通信系統はどうなっているのか、球形のカプセルのどこから声がしてくるのか忍にはわからない。

「インテンション・コマンド、ですか？」

ピピッ

コマンドモジュールがただちに反応して、忍の面前に、

▼INTENTION CMND. ENGAGED

と地球の紅い文字で表示した。

『そう。そうしておけば、ＵＦＣはあなたが強くイメージしたとおりに動きます。思考誘導ではなく〈意思の命令〉だから、雑念のような細《こま》かいノイズは拾いません。安心して』

「わたしのイメージのとおりに動くのですか？」

『そうよ。イメージと、声で。全身の感覚を総動員しなさい。操縦スティックの使い方は上空で習うと思うけれど、インテンション・コマンドを手動操縦で無効化《オーバーライド》することはいつでもできます。では発艦しなさい』

●日本海洋上　戦艦〈大和〉

〈大和〉のＣＩＣには、〈究極戦機〉の全システムと、コマンドモジュールに座る水無月忍のバイオニック・データがすべて送信されて、支援管制システムのディスプレ

イに表示されていた。急造りの支援管制システムは〈大和〉ＣＩＣ室《ルーム》の戦術状況表示スクリーンを借り切ってしまったので、〈大和〉は艦隊運用が一時的にやりにくくなったが、今回は空母〈蒼龍〉との二隻だけの艦隊行動なので支障は出そうになかった。

「全システム、異常なし。水無月忍が右足首を軽く捻挫《ねんざ》しているだけだわ」

日高紀江が入院してしまったので、魚住渚佐は全システムのモニターを一人でやらなければならなかった。

「手伝うわ渚佐。何をすればいい？」

「助かるわ万梨子。機体のサブシステムで何か異常シグナルが出たら知らせて。わたしはしばらく核融合炉のモニターでかかりきりになるから」

パイロットが操縦に専念する代わりに、〈究極戦機〉の機体各システムのモニターはコントロールセンターの地上オペレーターがやらなくてはならない。不具合や異常が発見されたら、パイロットに連絡して必要な修復処置を取るのだ。

「核融合炉、出力上昇——〇・一パーセント。いいわ異常なし」

渚佐は、空調の効いたＣＩＣで額に汗を浮かべ始めた。

〈大和〉艦橋では、ＵＦＣ発艦準備完了の報告を受けて、森艦長が命じた。

「よし。本艦隊は、〈究極戦機〉の作戦支援のため北上する。針路アムール河口。全速前進」

「はっ、全速前進」

〈大和〉と〈蒼龍〉は、揃って北へ艦首を向け、白波を蹴立《けた》て始めた。

ざざざざざざっ
その上空では、森高美月がＴ４を旋回させながら〈蒼龍〉の甲板を見下ろしていた。

（大丈夫かなぁ、忍――）

美月には、Ｔ４に一度だけ乗った程度の忍が、〈究極戦機〉をいきなり操縦して宇宙怪物と戦って勝てるなんて、とても思えなかった。いくらなんでも、忍は戦闘機パイロットとしてもまだまだ素人《しろうと》だ。

（教官として、あたしはまだあの子を戦闘に出したくはない……それに第一、随行支援《サポート》は誰がやるというんだ――？）

美月の〈ファルコンＪ〉は、浜松基地に置いてきてしまった。

するとキィイイイイン！

滞空するT４を追い越すように、一機のF18ホーネットが後ろから現れた。機首に真紅《しんく》の女王蜂を描き込んだF18EJだ。

『わたしが行くわ。美月』

「有理砂！」

黒いヘルメットをこちらに向けた女性パイロットを、美月は睨みつけた。

『大丈夫よ、ちゃんと手取り足取り教えてくるわ――〈究極戦機〉、これより〈紅《くれない》の女王蜂〉がエスコートする。われに続け』

「このおっ、また横から出てきていいところだけ！」

『あら、あなたそのT４で超音速が出せて？　燃料も、もうないでしょ』

「くうーっ！」

●空母〈蒼龍〉飛行甲板上　〈究極戦機〉コマンドモジュール

「望月さん、どうやって飛び上がるのですか？」

『細かい操作は人工知性体がやってくれるわ。あなたはただ命じればいいの。「飛べ」って』

ふう――

忍は大きく息をついた。周囲を見回すと、全周モニターに映る飛行甲板には、〈究極戦機〉の機体から全甲板要員が離れ、多少機体を振り回しても支障はないように見えた。何しろ、二日前に空母〈翔鶴〉の装甲甲板をいともたやすく突き破って大破させた超兵器なのだ。身動きには気を遣《つか》う。

（ようし――）

この先に何が待っているのか、忍には考えて心配する余裕もなかった。

『〈究極戦機〉、こちら〈紅の女王蜂〉。発艦してわれに続け。どうぞ』

「愛月さん、水無月忍です。わたし何もわかりません。教えてください」

『任せなさい。あなたを死なせたりしないわ』

「〈究極戦機〉、了解。行きます」

忍は息を吸い込んだ。

すうっ

そして、T４で離陸した時のように自分の身体が宙に浮くところをイメージした。

「――飛べっ！」

フュィイイイッ！

忍の音声コマンドは、胸の谷間のインターフェイスを通じて右胸の人工知性体へ伝えられ、人工知性体は正当な操縦者《パイロット》の意思のとおりに核融合炉の出力を上げると、出力〇・一パーセントでGキャンセラを作動した。
ふわっ
忍はいきなり足の下から空母が消えたので、びっくりした。
「――えっ？」

●日本海洋上　空母〈蒼龍〉

ドカーンッ、という衝撃波とともにUFCの白銀の機体が消え去ると、そのあとに一拍遅れて、UFCの機体があったところへ空気が押し寄せてきた。
ズドーンッ
うわぁーっ、と甲板要員たちが悲鳴を上げ、伏せた。望月ひとみはゴーッという突風を背中に受けながらインカムに叫んでいた。
「イメージが強すぎるわ、忍さん！」

●戦艦〈大和〉

「気象レーダーが吹っ飛びました！」

〈大和〉では衝撃波のあおりを喰らって、マストの電子戦用アンテナや気象レーダーが根こそぎ吹っ飛んでしまった。

「位相配列《フェーズドアレイ》レーダーは無事だわ。追跡を続けます」

渚佐は、これくらいで驚いていられるか、という表情で三次元レーダー上の〈究極戦機〉を追った。

「いきなり25Gの機動で一万フィートへ上昇――？　素人は力加減を知らないから！」

● 〈究極戦機〉コマンドモジュール

「こ、ここはどこ？」

瞬時に音速を超えて垂直上昇したUFCは、手足の地球製部品を超高Gから保護するためのリミッターが働いて、加速を中断し空中に停止した。

「ええと高度は――」

左右をきょろきょろ見回す。

「どこかに高度計はないのかしら？」

すると初めて、地球人の航空機パイロットに操縦しやすいようオプションとしてついている飛行パラメーター表示機能が働いた。忍の目の前に、T４のものと大して変わらない形式のヘッドアップ・ディスプレイが現れる。

パッ

「高度一万フィート?」

忍は真下を見た。空母が針のように小さく、海面で白波を曳いている。

「わたし、そんなにのぼっちゃったのか! いけない愛月さんとはぐれちゃう」

『水無月候補生、こちら〈紅の女王蜂〉。そちらと編隊を組みます。ゆっくり降下しなさい』

「ラジャー」

忍はまた息を吸って、T4でダイブする時の感覚を思い出しながら、

「——降下!」

『駄目だ、ゆっくりだ水無月候補生!』

ヒュンッ

次の瞬間、UFCは頭から海面へ突っ込んでいた。

ドバーンッ!

海面を突き破る時の衝撃は大部分Gキャンセラが吸収したが、コマンドモジュールにも2G以上のショックがきた。

ズズズンッ
『忍、海底に突き刺さると面倒だわ。引き起こして。ゆっくり』

「は、はい！」

『操縦桿を使いましょう。右のスティック。握ってゆっくり手前へ。姿勢が変わるから注意して』

「はい！」

白銀の女神像のような〈究極戦機〉は、再び海面上へ飛び出す。

ザバーッ
戦艦〈大和〉の艦橋をかすめて艦隊の上空へ出る。忍はスティックを中立へ押す。スロットマシンのように増加していた高度表示が止まる。三〇〇〇フィート。

「ふう――なんて運動速度なの……」

まるで重さがないような機動（実際そのとおり）だ、と忍は思った。全周モニターの右の肩のところに窓《ウインドー》が開き、何か表示した。それは地球製の肩の関節が一カ所、さっきの海面激突のせいで不具合を起こしつつあるという警告《アラート》メッセージなのだが、忍には意味がわからない。

『いいわ忍。今わたしが右に並んだ。速度はマッハ一・六。針路をわずかに右へ』

「は、はい」

海面から出るだけのつもりだったのに、いつの間にか高速で前進していた。

（下が海だから、速度感が掴めないわ――――！）

　気がつくと真横にホーネットがいる。

『それでいいわ。わたしたちは今、北へ向かっている』

「北へ――――？」

　振り向くと、全周モニターの六時方向に、戦艦と空母は遠ざかっていく。みるみる水平線に隠れ、見えなくなる。

『水無月候補生、こちら魚住』

〈大和〉のＣＩＣから渚佐が呼んできた。早くもデリケートな肩の関節がいかれつつあるので、声はとんがっていた。

『インテンション・コマンドは解除して！　あなたの声と意思はあまりにもダイレクトに人工知性体に届きすぎるわ！　美月やひとみの時の一〇倍の出力比《ゲイン》よ。危険すぎるから手動《マニュアル》で操縦してちょうだい！』

「は、はい」

　イメージ力の強い女優が操縦した結果であった。忍は自分でも、想像を絶した〈究極戦機〉の機動性能《マニューバビリティ》を持て余していた。頭上へ飛んだり海面へ飛び込むのはいいとしても、山に突っ込んでもＧキャンセラのおかげで平気、というわけにはいくはずがない。

「〈究極戦機〉、これからは手動《マニュアル》にします。わかりましたか？」

忍は右手にスティックを持ったまま、そのへんに話しかけた。

ピッ

コマンドモジュールはすぐに反応し、

▼MANUAL CNTL. ENGAGED

という文字が表れ、飛行データのディスプレイの左脇に、核融合エンジンの出力グラフが自動的にパッと表れた。パイロットの手動操縦をやりやすくするため、マニュアル・コントロール中は常時表示されるようだ。

『〈究極戦機〉、目的地・〈北のフィヨルド〉の位置データを送ります。マップ上にオレンジの点で表れますから確認するように』

渚佐は続ける。

「は、はい」

『右の肩が、あんまりよくないわ。振り回さないでね』

「わかりました。すみません」

『〈大和〉ＣＩＣ、間もなくＶＨＦ通信圏を離れる。以後は衛星通信に切り替え。ロシア領内の飛行許可は取れたか？』

『有理砂、そんなもの五分や十分で取れるわけないでしょう？』

川村万梨子が割って入った。

『地球の危機よ。かまわないから行っちまいなさい！』

『了解』

ロシアへ行くのか、と忍は思った。シベリアの怪物——？　わたしはいったいなんと戦うのだろう——悪魔のような化け物だろうか……？

（お姉ちゃん——）

忍は、白銀のボディスーツの肩を回して、六時方向を振り返った。すでにＵＦＣと有理砂のＦ18は日本海を半分以上渡り、日本は島影も見えなかった。

●再び日本海洋上　戦艦〈大和〉

森高美月は〈究極戦機〉が飛び去ったあとの〈蒼龍〉飛行甲板へ着艦すると、ヘリコプターを頼んで〈大和〉へ連れていってもらい、艦橋最上階のＣＩＣに押しかけた。

「ちょっとっ、あんまりじゃないですかっ！」

「おう、森高中尉」

波頭中佐が作戦テーブルから振り向いた。

「久しぶりだな。相変わらずくだ巻いとるのか」

「波頭中佐っ！」

美月は波頭の公家《くげ》のような八の字髭《ひげ》を睨みつけた。

「忍を、殺す気ですか！」

「森高中尉。これを見ろ」

波頭は、衛星からの鮮明な拡大写真を差し出した。

「ガーゴイルだ。ほうっておくとこいつが太陽系外から仲間を呼ぶ。へたをすると何万匹も来るだろう。そうなっては地球はおしまいだ」

「〈究極戦機〉でなければ、倒せないというんですか？」

「こいつは生体核融合炉だぞ。通常兵器なんか通用するものか。おまけにこいつは、天然のGキャンセラを腹の中に持っていて、飛ぶんだ。〈究極戦機〉と同じようにな」

うっ、と美月は唸った。

〈究極戦機〉と同じような飛び方ができる宇宙航行生命体《モンスター》――？

「こいつだって不死身ではないから、格闘戦で後ろを取って、ヘッジホグをぶち込めば倒せるだろう。水無月忍はT４ジェットに乗れるそうだが、基礎の空戦くらいできるのだろう?」

「忍のセンスは悪くはないけれど、経験がなさすぎます。無茶です」

「〈究極戦機〉はパイロットにGがかからない。むしろ戦闘機より楽だろう」

「そりゃ、〈Gリヴァース〉さえかけなきゃコマンドモジュールに荷重はかからないけれど、超音速戦闘機の経験もなくて、Gキャンセルで飛び回る宇宙怪獣と格闘戦やるんですよっ」

美月は、パイロットでない波頭が机の上で考えたようなことを言うので、むかついてしまった。

「もういい!」

美月はくるっと回れ右すると、つかつかとCIC室《ルーム》を出てゆく。

「どこへ行くんだ? ここで忍を応援しないか」

「〈蒼龍〉の甲板のハリアーを借ります! 間に合わないかもしれないけど、忍を追いかけますよ」

「森高」

「森高さん」

呼び止める波頭や万梨子に、美月は振り向いて言った。

「あたし教官だもん! 責任、あるもん!」

1

●シベリア北極圏〈北のフィヨルド〉

〈さつましらなみⅡ〉は、フィヨルドの底から信じられないような上昇速度で浮上してくる巨大物体に向け、Mk《マーク》48魚雷を八本同時に発射した。

ズバババッ

反動と、軽くなった艦首のために〈さつましらなみⅡ〉は上昇角を取る。八本の魚雷は弾頭のコンピュータに〈怪獣〉の水中を進む時の音をインプットされていたが、本来は艦船のスクリュー音を追いかけるためのものなので、うまく追尾してくれるかどうか、賭《か》けであった。

「――〈レヴァイアサン〉の時も、魚雷が追尾しなくてひどい目に遭っているんです。今度帰ったら技術本部に〈対怪獣用魚雷〉というのを開発してもらいましょう」

「生きて帰れたらな」

山津波は副長にうなずく。

「やつが浮上するのに備え、発射管にミサイルを装填《そうてん》しろ」

攻撃管制士官がすぐに残弾の画面を出す。

「艦長、トマホークは残弾がありません。あとはハープーンが八本です」

「よし、全弾装填しろ」

八本の魚雷は一斉に頭を下げると白い高速スクリューの泡を曳き、水底《みなそこ》の暗黒から上昇してくる黒い怪獣の巨体へ雨のように降り注いだ。
ザァアアーッ
ズグォオオオッ！
浮上してくる怪獣はあまりに上昇速度が速いため、空中の超音速機が前方の空気を押しのけて衝撃波を発生させるように、猛烈な水中衝撃波を円錐状《えんすいじょう》にひっぱっていた。
ぷわっ
魚雷は八本のうち五本が弾き飛ばされたが、三本が前面衝撃波を貫通して怪獣のすぐ鼻先で爆発した。
ドンッ

ドドンッ

怪獣は軽く頭を振っただけで、浮上速度にはなんの影響もなかった。

「江口、怪獣だ！　上がってくるぞ」

〈アイアンホエール〉のブリッジでは、失神から覚めた航法士の松田が攻撃管制席に着いて、水中警戒システムのディスプレイを見ていた。

「ものすごいスピードで浮上してくる。さっきまでとまるで動きが違うぞ！」

「くそっ」

江口は操縦席で、振動推進システムをなんとか再始動させて〈アイアンホエール〉を動かそうと緊急チェックリストの手順を繰り返していた。機関部の様子を見に行った攻撃管制士官の大石からは、まだなんの連絡もなかった。

「大石のやつ何やってるんだ！」

ピーッ

艦内インターフォンが鳴った。

ガチャ

「ブリッジだ！」

『ブリッジですかっ、こちら川西少尉です！』

〈アイアンホエール〉の飛行甲板から一層下の機械通路に立って、川西は傾いた壁から艦内電話を取っていた。

「今、A26ブロックというところにいるんですが――エネルギー伝導チューブはどこへ持っていけばよいのですかっ」

頭の上から、浸水した水がバケツを引っ繰り返したようにざあざあと降り注ぐ。すでに泳いでずぶ濡れだからそれは構わないが、非常電源の赤いランプだけでは通路をどう進めばいいのかわからない。

『よく来てくれた川西少尉！　プラズマ砲の砲身シャフトは、そこからさらに二層下だ。整備アクセス用の梯子《はしご》を使え、それが一番早い』

「わかりました。二層下ですね」

『攻撃管制士官が機関室で出力を上げる。怪獣が近づいているんだ。一刻も早くチューブをつないでくれ！』

「了解」

川西はひざまで水に浸かりながら、傾いた通路をバシャバシャと走った。

ズズズズズズ――

「な、なんだ――雷鳴か？」

足の下から、夏の雷のような轟《とどろ》きが伝わってくる。

「西日本の潜水艦が魚雷を撃ったらしい。しかしまったく効果はない。やつは上がってくる。深度四〇〇、三二〇、一〇〇——来るぞ！」

ぐらっ

〈ホエール〉の艦体は揺れた。水中を伝わってくるズズズズズッ、という震動に、そこらへんの固定していないものが引っ繰り返った。

ズゴゴゴゴッ

「前方五〇〇メートルだ。水面へ飛び出すぞ！」

「くっ」

江口は正面モニターを睨んだ。

ザッパーンッ！

水中で火山が噴火したような水柱とともに、黒い怪獣が再び浮上してこちらを睨んだ。

ボォオオオオッ

「来るぞ」

「くそっ」

その時、江口の十回目くらいの操作でようやく振動推進システムが再始動に成功した。

ウィイイイイ――

ピーッ

『こちら機関部、大石。振動推進システムはなんとか動くようだ。プラズマ砲はこちらで発射シークエンスに入れられる。この海鳴りみたいなのは怪獣か？』

「そうだ！　すぐにプラズマ砲を撃てるかっ？」

モニターの怪獣は、〈アイアンホエール〉を見つけるとザバザバッと尻尾を振り回して向きを変え、こちらへ近づいてくる。

『安全弁を手動で開ける操作を入れても三十秒あれば撃てるが――砲身の伝導チューブは？』

「川西少尉が今パーツを持って向かっている。かまわんからおまえは発射シークエンスをスタートさせろ」

「おい、いいのか江口？」

「構わん」

江口は振り向いて怒鳴った。

「どのみちプラズマ砲を撃てなければ、俺たちはあいつに潰されて終わりだ！」

江口は艦内放送用のマイクをばしっと取った。

「川西少尉、川西少尉、聞こえるか。今から三十秒後にプラズマ砲を発射する。三十秒以内に伝導チューブをセットするんだ。いいか、場所は――」

「そっ、そんなこと言われたって――！」

『――場所はプラズマ砲シャフト、Z1139パート。すでに機関部員がジョイントを開放して手ではめればいいようにしてあるはずだ。倒れてる連中がいたらついでに助け出してくれ。頼むぞ』

「三十秒なんて、そんなぁ！」

川西は天井のスピーカーに抗議する余裕もなかった。足を滑らせながら急いでアクセスシャフトの梯子を下りる。

「まだもう一層下だ、くそっ」

ブリッジでは江口が四連スロットルを〈逆進〉に入れて〈ホエール〉をバックさせようと試みるが、まだ微速しか出ない。

モニターの怪獣は、水しぶきを蹴立てながら近づく。

「目をそらしやがらねえ……この怪獣」

江口はモニターを睨んだ。怪獣の接近は、水中を驀進《ばくしん》していた速度に比べるとずいぶんゆっくりだが、それは立ち泳ぎだからである。

「ふん、自信満々だな。腕で引っ繰り返して、足で踏んづけてミサイルの腹いせでもする気だろうが、そうはいくものか！」

江口は操縦席の右手のパネルを開けて、赤いスイッチをいくつか押した。正面モニターに照準サイトが表れて、怪獣の頭をターゲット・サークルで囲んだ。

ウォンウォン――

ブリッジの背中から、核融合炉の出力を開放する唸りが伝わってくる。

『江口、大石だ。安全弁を開いた。十八秒で発射する。最終トリガーはおまえに任せる』

モニターの右上に、『18』という数字が出て、すぐ『17』に減った。

「了解した。折れ」

ウォンウォンウォン――

江口は操縦桿の握り柄《グリップ》についているカバーを、親指ではね上げた。

パチッ
赤い発射ボタンに、親指をかける。

「来い、怪獣――！」

〈さつましらなみⅡ〉は、その〈ホエール〉のさらに五〇〇メートル後方で、潜望鏡深度で静止しながら様子をうかがっていた。

「鉄クジラに襲いかかっていくぞ」

山津波は、黒い魔神像のような怪獣が〈アイアンホエール〉に襲いかかっていくのを、潜望鏡で眺めていた。

「よし、絶好のタイミングだ。怪獣が〈ホエール〉に手をかけて動きを止めた瞬間に、ハープーンを全弾叩《たた》き込むぞ」

「少しせこくないか？」

押川博士が山津波の背中に言った。

「今すぐ浮上して堂々と撃ったらどうじゃ」

「押川博士。われわれは初代〈さつましらなみ〉を怪獣にやられて失っているのです」

副長の福岡が弁護するように言った。

「今度も怪獣に負けて艦を失ったら、掃海艇に回されてしまいます。多少、戦法がせこくても、仕方がありません」

「うるさいな『せこいせこい』と！　ハープーン発射用意だ、発射管開け」

「はっ」

と、攻撃管制士官が水中データ表示画面を見て、声を上げた。

「か、艦長！　水中に多量の放射能です」

「何っ？」

山津波よりも先に、押川博士が管制席に駆け寄った。

「測定データを見せろ」

「は、はい」

画面を一瞥《いちべつ》した押川は、「まずい」とつぶやいた。

「どうしたのです、博士」

「艦長、〈アイアンホエール〉の腹が、裂け始めているようじゃ。核燃料廃棄物が流出し始めた」

「なんですと？」

押川の顔は、コンピュータの画面を覗いているせいか、蒼《あお》く見えた。

「艦長。〈ホエール〉のそばで爆発など起こしてはならん。これ以上あの鉄クジラを揺さぶりでもしたら、艦隊が裂けて五〇〇〇トンの核燃料廃棄物がアムール川に流れ出すぞ！」

『三重水素プラズマ砲、発射十秒前、全乗組員は耐ショック・耐閃光防御を行ってください』

　コンピュータの合成音声が、艦内放送スピーカーから自動警告《オート・アラート》アナウンスを始めた。

『九』

「う、うわっ。待ってくれ！」

　川西は足を滑らせて最後の二〜三段を転げ落ちると、ウォンウォンと反響するプラズマ砲の砲身シャフトの整備用作業通路に尻餅《しりもち》をついた。

　どたんっ
「あ、あいたたっ」

『八』

「うわっ、ちょっ、ちょっと待って！」

　あわてて立ち上がると、青白く発光し始めた巨大な砲身に沿って坂道になっている通路を駆け上がった。

「Zの1139、ここが1138だからもうひとつ先――！」

『七』

　全長一五〇メートルの〈アイアンホエール〉を背骨のように貫いているプラズマ砲の砲身は、核融合炉から三重水素のプラズマの塊《かたまり》を吸い出してきて前方へ打ち出す電磁誘導レールガンだ。だが川西が途切れているエネルギー伝導チューブをつながなくては、そこより先の超伝導導管《ソレノイド》が機能せず、吸い出されてきたプラズマは砲身の内部で滞留して行き場を失い、最悪の場合、大爆発を引き起こすだろう。

『六』

「わあっ、待って待って！」

『五』

ウォンウォンウォン

モニターの怪獣は、立ち止まった。

ズザザッ

怪獣は、発光し始めた〈ホエール〉艦首のプラズマ砲口を「なんだ？」とでも言いたげに、見た。

グロロロロ——

「くそっ、こいつ——！」

感づいたか！

『四』

怪獣は、自分と同じ仕組みの武器が己に向けられていることが、わかるらしい。

ボォオオッ

いきなり吠えると、こちらに向けてクチバシを開け、背中を青白く発光させ始めた。

「しまったっ！」

『三』

川西は全力で走った。だがつまずいて全力で転んだ。

「わあっ」

どたどたっ！

『二』

「うぐぐっ」

だがチューブは手から離していない。

Z1139

目を上げると、ちょうど川西の頭の上が超電導ソレノイドのエネルギーライン欠損部分だった。

「こっ、ここか」

『一』

川西は渾身《こんしん》の力で立ち上がろうとした。だが、

「こ、腰が――！」


『三重水素プラズマ砲、発射』

攻撃管制コンピュータの音声とともに、モニター右上の表示がゼロになった。

モニターいっぱいに黒い魔神像がクチバシを開けて迫る。

「喰らえっ！　感情表現に乏しい二流の怪獣め！」

江口の親指は発射ボタンを押し込んだ。


腰が痛くて川西は立ち上がれなかった。その川西の手から誰かの手がチューブを取り上げ、頭上の超電導ソレノイドにはめ込むのと蒼白い稲妻のようなエネルギー流がチューブを通り抜けたのとはほとんど同時だった。

ズビュウーンッ！

続いて閃光の奔流《ほんりゅう》が、滝のように頭上を通過していった。

ブワワッ！

「うわあーっ！」

「きゃあっ！」

川西の背中に倒れ込んだ人影も、悲鳴を上げた。

「ひ、ひかるさん！」

「間に合ってよかったわ！」

だがよかったのも束の間、次の瞬間、ドカーンッ！　という今までに経験したことのないような大衝撃が〈ホエール〉を襲い、巨大な艦体を縦に引っ繰り返した。

「うわぁーっ！」

ブリッジの江口たちも、シートから放り出され、操縦システムのＣＲＴもモニターもすべてブラックアウトした。

潜水艦〈さつましらなみⅡ〉も、水面下にいたというのに大爆発の余波を喰らって横転し、九〇度以上も傾いて押し流され、もう少しで峡谷の横の崖に叩きつけられるところだった。

「姿勢を回復しろっ！」

「かっ、艦長！　何が起きたんですっ？」

「〈アイアンホエール〉のプラズマ砲と怪獣の吐いたプラズマが空中で衝突したんだ！　くそっ、まるで水爆だ！」

●シベリア北極圏〈北のフィヨルド〉上空

ガーゴイルは大爆発の瞬間、両翼を広げて重力遮断《Gキャンセル》飛行に移行していた。骨張ったコウモリのような黒い翼は差し渡し二〇〇メートル近くあった。

黄色いキノコ雲が立ち昇る〈北のフィヨルド〉の上空三万フィートで、宇宙怪獣は感覚神経を拡張し、〈餌になりそうな生き物〉のたくさん集まっている方向を、においでもかぐように特定した。

ヴォエオッ

怪獣は暗くなり始めたシベリアの空を、南へ飛び始めた。

ブンッ

腹の中の天然の核融合炉のエネルギーで怪獣は飛ぶ。怪獣の巨体には慣性もGもかからず、速度はたちまち音速の一〇倍を超えた。

「うわーっ」

航空路を飛行中だったアエロフロートのＩＬ62旅客機が、何が起きたのかもわからないまま衝撃波で粉々に砕け散った。

ブォオオオッ

怪獣は三万フィートの高空を飛んだが、数万トンの巨体が音速の一〇倍で大気を押し分ける衝撃波のエネルギーは、まるで全速で突き進む航空母艦の横波みたいに地上へ押し寄せた。

ズドドドドッ

タイガの原生林は根こそぎ引き抜かれて膨大な土砂《どしゃ》とともに空中へ舞い上がり、怪獣が通過する真下はまるで爆発する火山の火砕流《かさいりゅう》が突き進んでいるようだった。

ヴァェオエッ

怪獣はものの数分でアムール川を半分下《くだ》り、夕闇迫るハバロフスク市の上空へ到達した。ロシア空軍の防空監視センターは、ここ数年、何も事件がなかったので、レーダーにマッハ10の大怪獣が出現しても何がなんだか訳がわからず、警報を出すことすらできなかった。

「スコープに信じられないような速度で移動するゴーストが表れている。システムがいかれたぞ」

空軍のレーダー管制士官がまず命じたのは、レーダーの点検であった。そんなことをしていたために防空戦闘機は一機も発進することができなかった。

「あれはなんだ——？」
夕暮れを帰宅途中のハバロフスク市民が、真っ赤な夕焼け空に飛翔する黒い怪物を見上げてあっけに取られているうちに、怪獣に続いて台風の何十倍もの突風が地面に押し寄せ、ろくに鉄筋も入っていない旧ソ連時代のビルがガラガラッと崩れ始めた。
ビョォオオオオッ
吹き荒れる砂塵《さじん》で市街地は何も見えなくなった。ハバロフスクの空軍基地にはスホーイ27の一個飛行隊がいたが、この常識外の突風に、基地に並んでいた最新鋭機はあおられて吹っ飛び、隣同士衝突し、吹っ飛んだ機体が燃料タンクに突っ込んで大爆発を起こした。
ドドーンッ
砂塵の中に黒煙が噴き上がった。
ヴォオエッ
怪獣は空中に停止すると、自分の餌となる生き物の群れをゆっくりと眺め回した。

●日本海　ウラジオストク沖

「さっきから言ってるように」

ロシア海軍の警備艇のブリッジで艇長がマイクに怒鳴った。

「ロシア政府は西日本艦隊が領海内に入るのを許可していない！　ただちに一八〇度回頭して帰れっ！　繰り返す――うわっ」

艦首に菊の紋章をつけた巨大戦艦は速度を少しもゆるめず、まるで南麻布《みなみあざぶ》の風呂屋に突っ込む地上げ屋のダンプカーみたいに領海境界線を突破して警備艇を蹴散らした。

ずざざざざざっ
「あっ、あぶねえじゃねえかこのやろう！」

木の葉のように揉まれる警備艇の目の前に、今度は最大戦速で突っ走る航空母艦が出現した。

フイッフイッフィーッ
「うわ、取り舵《かじ》！　取り舵っ！」

その空母〈蒼龍〉の飛行甲板から、爆弾の代わりに増槽《ぞうそう》を目いっぱい積んだシーハリアーFRSマークⅡが発艦する。

キィイイイン
「なんであんたがついてくるのよっ！」

森高美月が、後席でチェックリストを読んでいる迎《むかえ》少尉を怒鳴りつけた。

「中尉一人じゃ心配なんですよっ、何をしでかすかわからないでしょ？」

「勝手にしろっ」

迎は気持ちよさそうに、

「そうこなくちゃ」

「〈蒼龍〉ＬＳＯ、ＷＹ001発艦する！」

『ＷＹ001、ご武運を祈ります。デッキ、クリア』

キュィイイイイインッ

●ロシア領空内〈究極戦機〉

ＵＦＣと随伴するＦ18は、超音速でウラジオストク上空を通過しシベリアに入った。

無許可で領空侵犯したので、あわてたロシア空軍のミグ29ファルクラム二機が

緊急発進《スクランブル》して迫ってきたが、

『ちょうどいいわ、一緒に連れていきましょう。少し頼りないけど』

「愛月さん、燃料は大丈夫なのですか？」

忍はコマンドモジュールのシートから、横を飛んでいる〈紅の女王蜂〉を見た。

『帰りはバスにするわ』

Ｆ18の翼端の熱線追尾ミサイルは、探知機《シーカー》が摩擦熱で過熱して使い物にならなくなっていた。有理砂は両翼のサイドワインダーを惜し気もなく投棄した。これで燃料が少しは浮く。

その間にも、衛星回線を通じて、〈大和〉のＣＩＣから怪獣の情報はＵＦＣへ送られ続けていた。

初期の衛星写真から今日撮影された映像、潜水艦〈さつましらなみⅡ〉が送ってきた至近距離からの最新情報までのすべてをＵＦＣの人工知性体は自分のデータプールと照合し、怪獣が極めて悪性の宇宙航行生命体の一種であることを特定した。これに侵《おか》された知的生命体の惑星は、ほとんどすべてが銀河パトロールの急行を待つことなく全滅させせられている。

『忍、手動操縦の練習をしておきましょう。大丈夫、あなたならすぐに慣れる』

有理砂の落ち着いた声が、忍に指示してきた。

「は、はい」

忍は唾を飲み込む。そうだ、手動操縦なんだ。インテンション・コマンドという一種の思考誘導が危なくて使えないとわかったので、忍は乗ったばかりのこの超兵器を、マニュアルで操縦しなくてはならなくなった。

『上下と左右の機動は、さっき右手のスティックで海面へ出た時の要領よ。わずかな操作でもものすごく加速するから気をつけて』

「はい」

『今度はパワーコントロールで加減速をしてみましょう。左手は核融合炉とGキャンセル駆動のコントロール・スティックよ。手首を回転すればインパルスドライブに切り替わる』

「は、はい」

忍は左側の球状のコントロールに手を入れてみる。中にグリップがある。

『今はGキャンセラがセレクトされているはずよ。インパルスドライブは、補助推進としてドッキングなどに使います。ほんの少しパワーを入れて増速してみましょう』

有理砂の声に従って、忍は手を入れた球をほんの少しずつ前方へ押してみる。

『UFCのパワーコントロールは、ものすごくセンシティブよ。コントロールはゆっくり』

「はい」

ゆっくりだ――忍は左手で航空機のスロットルに相当するパワーコントロール・スティックを前へ押した。だが緊張のため、思わず力が入ってしまう。

ぐいっ
（あっ、しまった！）

Gキャンセラのレスポンスは、想像を絶していた。

〈究極戦機〉は格闘形態のままで急加速し、瞬時にマッハ5を超えた。

ズドンッ
白銀の超兵器は、まるで瞬間移動したようにそこからいなくなった。すさまじい衝撃波が、横波のように有理砂のホーネットと追尾するファルクラム二機を吹き飛ばした。

「きゃああっ」

2

●ロシア領空　ハバロフスク上空

数万年を恒星間宇宙の暗闇に漂って過ごしていた怪獣は、居住できる惑星に流れ着いて巣作りの準備にかかっていたのだった。

まず、植物の種子のように堅い殻《から》にくるまり仮死状態で宇宙を漂っている宇宙航行生命体の〈仲間〉を呼び集め、コロニーを造って繁殖するのだ。だがそのために〈北のフィヨルド〉に建てた信号塔は、現住生物の地球人によって爆破されてしまった。

フィヨルド周辺の動物を、陸棲《りくせい》水棲《すいせい》ともにほとんど喰い尽くしていた怪獣は、新たな〈骨の塔〉の材料を求めて南下した。

ヴァエオエッ

フィヨルドにいた頃、怪獣はその生体エネルギーのほとんどを〈骨の塔〉に共鳴させて信号の発信に使わなくてはならなかった。しかし塔が破壊された今、怪獣はエネルギーのすべてを自分の行動と食事のために費やすことができる。

ビョオオオオッ

音速の一〇倍という速度で移動した怪獣は、台風の数十倍という衝撃突風《ソニック・ブーム》を引き連れてやってきた。ハバロフスク市内の老朽化《ろうきゅうか》していたビルは、ほとんどが瞬時に崩れ去った。

地上の地球人たちからは迎撃してくる気配もなく、茶色い砂塵の下で逃げ惑う悲鳴が聞こえるばかりだった。空軍基地の戦闘機はすべて吹っ飛び、シェルターの中の対空ミサイルは射撃管制用のレーダーアンテナを根こそぎ吹き飛ばされて使い物にならなくなっていた。

ヴァエオッ

ハバロフスクのさびれたビル街の上空を旋回していた黒い魔神のような怪獣は、地球人たちが地下鉄に避難する様子を赤外線まで探知する目で見ていた。怪獣は飛ぶのをやめ、市庁舎前の広場に着地した。

ドスンッ

旧ソ連時代のやる気のない工事で造られた舗装は薄く、怪獣の鉤爪のついた脚部はたやすく道路を突き破り、地下鉄駅を踏み抜いた。

バリバリバリッ
うわあーっ
きゃーっ
ボォオオオッ
怪獣はクチバシをふるい、地下鉄駅の天井をバリッバリッとせんべいのように突き崩すと、奥へ逃げようとする人々をくわえては呑み込んでいった。
ハグッ、ハグッ

キュラキュラキュラ
やっとのことで出動した陸軍戦車隊のT80十輌が、茶色い砂塵を掻いくぐってようやく市の中央広場へ到着した。

だが、

「なっ、なんだあれは――！」

戦車の乗員たちは、目の前に見える巨大なものの姿が信じられなかった。

「――あ、悪魔だ！　黒い悪魔が人を喰ってる！」

「ひとを喰った奴だ」

「う、撃てっ」

中隊長が命じたが、信心深い戦車隊員は「悪魔だ悪魔だ」と震え上がってお祈りを始めてしまい、T80十輌のうち実際に120ミリ滑腔砲を発射できたのは、わずか六輌にすぎなかった。

ドーン！

ドドーン！

砲弾は真っ赤な火の玉となって黒い怪獣に吸い込まれたが、命中の爆煙は黒い巨体の表面で花火のように散っただけで、なんの効果もなかった。

ギロリ

「つ、続けて撃てっ！」

しかし、怪獣に睨まれた戦車隊員たちは怖くて小便を漏らす者が続出、給弾手は手が震えて砲弾が持てず、次の射撃はなかなか始まらなかった。

ボォオオオッ

「吠えた！」

「怖い、逃げよう」

「こら、敵前逃亡だぞ！」

「もう給料ぶんの仕事はしましたっ」

ロシア軍の戦車隊が総崩れになって後退するところへ、怪獣はクチバシを開いて背中を発光させた。

ズヴォーッ！

全エネルギーを集中したプラズマは、もはや閃光球どころではなかった。蒼白い閃光の奔流は戦車隊を包み、その背後のビル街一キロ四方とともに瞬時に白熱させ、熔かしてしまった。

ドドドーンッ
衝撃波が、市の外側境界を越えて原生林の中へ広がっていく。

●ロシア領空　ウラジオストク北方上空

ウラジオストクのロシア太平洋方面軍司令部は、『巨大な黒い悪魔が街を破壊して人間を喰っている』という緊急報告を本気にしなかったが、そのあとすぐにハバロフスクからの連絡が途絶《とだ》えたので、とりあえず爆撃演習に出ていたミグ27四機の訓練をキャンセルし、緊急偵察に差し向けた。
キィイイイン
『飛行隊長、ハバロフスクがどうかしたんですか？』
『わからん』

『中国《ちゅうごく》が攻めてきたんですか？』

『中国人だって人間は食べないよ』

搭乗員たちは、何者かに攻撃されているというハバロフスクへ向かいながらも、搭載している爆弾を何に向けて投下すればよいのか想像もできないでいた。

『レーダーがおかしい。変な影が映っている』

ミグ27の後席爆撃手は、レーダー画面上を音速の一〇倍以上で正面から接近してくる巨大物体を見つけたが、そんなものはありえないのでスコープの故障だと思った。

『なっ、なんだあれは！』

夕闇に包まれるシベリアの地平線に、白熱する彗星《すいせい》みたいなものが肉眼で見えた時にはもう遅く、四機のフロッガーは怪獣の前面衝撃波の壁に飛び込んで一瞬で粉々に砕け散った。

バシャッ！

ヴァエオァエッ
プラズマ噴射炎の火加減が強すぎて、空腹を満たす前にハバロフスク市街を黒いどろどろのコールタールの海に変えてしまった怪獣は、次の人口密集地であるウラジオストクを目指して飛んでいた。この怪獣は知能はあったが気が短く、地球人に大砲やミサイルを撃たれるとすぐカッとなってプラズマを吐き返すので、食べる前の〈餌〉

をすべて黒焦げにしてしまうのだった。この調子では、ウラジオストクが同じ運命をたどるのは目に見えていた。もしウラジオストクで怪獣が満腹にならなかった場合、次に狙われるのが日本海の向こうの新潟《にいがた》であることは明白であった。

●ロシア領　ウラジオストク

「何かが来る！　恐ろしく速くて大きいぞ」

ミグ27の編隊が極超音速の巨大物体と出合って消滅するのをレーダーで見ていたウラジオストクの防空司令部は、ようやく空襲警報を全市に発令した。しかし、

「地対空ミサイル《SAM》の発射準備が間に合いません！」

このところの平和続きでのんびりしていたロシア空軍防空ミサイル戦隊は、整備員が格納庫の陰でトランプ博打《ばくち》をしたり発射管制士官がタイムカードだけ押して街の肉屋へ行列しにいったりしていたため、マッハ10で襲来する未確認飛行物体に対して迎撃態勢を取ることができなかった。地対空ミサイルのシェルターが開いた時には、すでに怪獣はウラジオストクの上空に到達していた。

ズドドドドッ

怪獣が巻き起こす衝撃突風で、ウラジオストクの街は茶色い砂嵐に巻き込まれてし

まった。

ヴァエオァァエッ

砂塵の中を、黒い怪物は舞い降りてくる。

「これでは離陸できない！」

ウラジオストク空軍基地はいっとき視界がゼロになり、偵察機も戦闘機も一機も発進できなくなった。激しい突風で、シェルターから外に出ていたミグ29はあおられて引っ繰り返り、航空機の半数がたちまち損傷して使えなくなった。このため上空から中心街の様子を偵察することは不可能になった。

太平洋方面軍司令部守備隊にはT80戦車三十輌とBMP1歩兵戦闘車四十五輌があったが、昼間の訓練を終えて隊員が食堂で食事中だったので警報を聞いてもすぐには出撃できず、おまけに市街地で何が起きているのか正確に説明できる者は誰もいなかったので、攻めてきたのが中国なのか朝鮮共和国《ちょうせんきょうわこく》なのか怪獣なのか訳もわからず、外は砂嵐のようになって何も見えず、指揮官は出動命令の出しようがなかった。

ヴァエッ

軍が身動きできないでいるうちに、怪獣は中心街のビルを叩き壊し、逃げ惑う人々を追いかけてはまるでニワトリが地面の餌をついばむようにクチバシでくわえて呑み込み続けた。

「いったい何が起きているのだ！」

ようやく出動した数輌の戦車が、激しい砂塵の中を中心街へ進んでゆくと、引っ繰り返された路面電車の向こう側に黒い巨大なものが見えた。以前にレーニンの銅像が立っていた中央広場の噴水に黒い魔神像のような怪獣が座り込み、胃の中からペッペッと骨を吐き出してはまるで中国大陸沿岸の崖に住んでいる海ツバメが巣を作るような要領で〈骨の塔〉を組み立て始めていた。

グロロロロ

「巨大な怪獣です！」

「冗談はよせっ」

T80は砲塔を向けようとした。

「車長！　か、怪獣には榴弾《りゅうだん》と徹甲弾《てっこうだん》のどちらですかっ」

ロシア軍のマニュアルには、怪獣と戦う時の戦法など何も書かれていなかった。

ギロリ

ガーゴイルは、また〈骨の塔〉を造るのを邪魔しにきた地球人の戦車を睨みつけた。

ボォオオオオッ

怪獣は吠えると、クチバシを開け、背中を発光させ始めた。

「なっ、なんだ？」

驚く戦車の背後では、まだ数千人の市民が市街地の外れの軍港へと走って逃げているところだった。

●ロシア領空内〈究極戦機〉

いきなりマッハ5まで加速したために、愛月有理砂のF18をはるか後方へ置き去りにしてしまった忍は、たった一人にされたとたんに燃え盛るハバロフスクの街が目の前に見えてきて、どうすればいいのかわからなくなった。

「と、とにかくスピードを落とさなくちゃ――！」

忍は左手で慎重にGキャンセラのパワーをしぼり、〈究極戦機〉を亜音速まで減速するのに成功した。その間に、燃えるハバロフスクの市街を飛び越した。シベリアは、タイガの原生林の樹海に人間の住む都市が島のように浮かんでいる大陸だ。この先は北極圏まで何もない。

はあ、はあ
忍は肩で息をしながら、全周モニターを見回した。

「やっとスピードが落ちたわ――」

〈究極戦機〉は三〇〇〇フィートの低空で北へ向けて飛んでいた。下は大樹海だ。後方には炎上するハバロフスクの市街。

「愛月さん！」

忍は叫んだ。

「愛月さん、どこですかっ」

有理砂は応答しなかった。

「どうしよう」


忍は、愛月有理砂のホーネットが〈究極戦機〉の衝撃波で吹き飛ばされ、きり揉みに入って一時的に無線が故障してしまったことなど知らなかった。

「とにかく、いったん止まろう」

どうやれば止まるんだろう。

左手でGキャンセラのパワーを全部しぼってしまうと、失速しそうで怖かった。右手の手首を返し、両足先をブレーキを踏むようにしてみると、〈究極戦機〉の人型ボディは空中で立ち上がり、同時に前進をやめて停止した。コマンドモジュールの姿勢が自動的に調整されて、忍のシートの姿勢を飛行していた時と同じにした。

「ああ。こうするのか」

まったくのカンだった。なんとなく、そうすればこうなるような気がしたのだ。

忍は右手首を右へ倒し、UFCの機体を空中でくるりと振り返らせた。

「あの燃えている街は、いったい――」

ピピッ
モニターの頭の上に大気圏内航法マップが投影され、〈究極戦機〉の現在位置を光点で表示する。

「――ハバロフスク……なぜ燃えているのかしら」

どうしよう、たった一人にされてしまった。操縦法もろくに教わっていないのに！」

「〈北のフィヨルド〉は……？」

その声を聞いているのか、マップ上の離れたところにオレンジ色の点が表れたが、それはすぐに消されて、代わりに重力スキャナーの三次元グラフがマップに重なって映し出された。

（なんだろう）

重力異常の発生している特異点が赤く点滅した。点滅する赤い輝点のところだけ、ワイヤフレームの重力表示がへこんでいて、しかもそのへこみはアムール川河口付近のウラジオストクに重なっている。

ピッ

現在位置からのコースが、グリーンの線でまっすぐに引かれた。南だ。

「——代わりに……そこへ行けというの？」

そうだと言わんばかりに、ヘッドアップ・ディスプレイに標的方向指示キューが表れて、忍に前進を指示した。

「いいわ。行きましょう」

忍は右手のスティックを前へ倒し、ＵＦＣを南へ前進させた。

●日本海　戦艦〈大和〉

〈大和〉のＣＩＣでは、ＵＦＣとの通信が一時的に途切れてしまい、忍がどこへすっ飛んでいったのか現在位置もわからなくなってしまった。

「ったくもう、あの子どこへ行っちゃったのよ！」

航法衛星がＵＦＣのあまりの高速に追跡できなくなったのだ。衛星からあらためて質問波を発信し、ＵＦＣからの応答波を拾ってグラウンド・ポジショニングし直すのには、まだ数分必要だった。

「ひょっとしたら、宇宙空間へ飛び出しているかもしれないわ」

秒速八キロを超えれば、大気中の飛行物体は宇宙へ飛び出して衛星になる。秒速一一キロを超えてしまうと、引力圏を離脱して帰ってこられなくなる。忍が宇宙へ行ってしまったとすれば、回収するのは容易ではない。

だが、

ピー

UFCの位置が判明した。

渚佐は胸を撫《な》で下ろした。忍はアムール川を半分さかのぼって、ハバロフスクの上空で停止している。同時に交信も回復した。

「水無月さん」

渚佐はマイクに叫んだ。

「水無月さん、聞こえますかっ！　あなたは〈北のフィヨルド〉へ向かうコースから、少しずれています。マップに従って修正しなさい」

地図上の〈究極戦機〉は、アムール川をさかのぼる本来のコースから離れて、回れ右しつつある。このままでは戻ってきてしまう。

『魚住さん、よかった通じて』

忍が答えてきた。

『〈究極戦機〉が、こっちへ行けって言ってるんです』

「え？」

『これから南へ戻ります』

「ちょっと待って。勝手なことは許し――」

「渚佐！」

川村万梨子が叫んだ。

「ウラジオストクが大変よ！　怪獣に襲われているわ！」

〈大和〉の第一艦橋からは、水平線上のウラジオストクで蒼白い閃光が輝くのが、肉眼でもはっきりと確認できた。

「艦長、核プラズマです」

波頭が閃光をひと目見て叫んだ。もう日没だというのに、水平線の上は一瞬、真昼のように明るくなった。

「やつです！　怪獣はやはりフィヨルドから出てきてしまった。ＵＦＣを呼び戻します！」

「波頭中佐。あの閃光が宇宙航行生命体だとして、本当に〈究極戦機〉で倒せるのか？」

「倒さなければ、ウラジオの次はおそらく新潟、そしてその次には西東京が同じ運命をたどるだけです」

「むう」

●ロシア領　ウラジオストク

キィイイイン

「すごい――――！」

古い軍港の街は、建物が残らず高熱で熔かされて崩れ、鉄塔はアメのように曲がってまるで水爆実験の爆心地のようだった。

ぐぉおおおっ

猛烈な火事場風の上昇気流がそこら中から吹き上がり、美月のハリアーを容赦なく揉みくちゃにしていた。

「有理砂はどこへ行ったんだ？」

「連絡が取れません」

後席で迎少尉が頭を振った。

「通信装備の故障と思われます」

「怪獣がこっちへ来ちゃったんだ。〈究極戦機〉も呼び戻さないと――ぐずぐずしてると怪獣は海を渡るぞ」

メインストリートの上を中間ホバリング状態で飛んでいると、いきなり目の前のビルの陰から黒い怪物がぬうっと現れた。

「うわあっ」

迎が悲鳴を上げる。

「くそっ」

美月は30ミリ機関砲のトリガーを引きしぼると、怪獣の顔に機関砲弾を叩き込みながら後進して上昇した。

ビュッ
ガーゴイルの爪が、すんでのところで機首をかすめる。

「ロシア軍は反撃しているのかっ？」

「一応やってるみたいです！」

火勢の激しくない中心街の外れから、散発的にミサイルや砲弾が黒い怪獣の背中へ飛んでいるのが見えた。

「あんなんじゃ駄目だよ。〈究極戦機〉が──忍が呼べれば──！」

怪獣は戦車砲など気にもせず、中央広場の造りかけの塔に戻ると、胃の中の骨をペッペッと吐き出しては唾液《だえき》のようなもので固めている。

「呼びましょうよ」

「この機体には支援用通信装備が──」

ＵＦＣと直接コンタクトできるのは、〈大和〉のＣＩＣと随行支援戦闘機《サポート・ファイター》だけだった。

「僕がつけておきました」

「えっ」

「このようなこともあろうかと、このハリアーに〈究極戦機〉との直接回線を開いておいたんです。ＶＨＦの２番を使ってください」

「なっ」

美月は後席を振り向いて、怒鳴った。

「なんでそれを早く言わないっ！」

●ロシア領空内　〈究極戦機〉

『忍！　忍、聞こえるかっ！』

〈究極戦機〉を音速の三倍で慎重に飛ばしてきた忍は、突然、天井から聞こえてきた声に、心からほっとした。

「――教官！」

忍は、全周モニターに見えてきた燃え盛るウラジオストクに向かって叫んだ。

「教官、どこですかっ！」

『ハリアーで中心街の上空にいる。やつはこの下にいるぞ』

ピッ

モニターの中に、支援戦闘機の位置がグリーンの点滅で表示された。迎少尉の工作で、美月のハリアーも随行支援戦闘機《サポート・ファイター》として認識されるらしい。

「やってって──怪獣なのですか？」

炎上する港町は、みるみる接近する。さっきのハバロフスクの街も、その怪獣にやられたに違いない。

ピピッ

〈究極戦機〉の観測カメラが、炎上する中心街の広場にガーゴイルを捉え、モニターの右にウインドーを開いて拡大した。

「こ──」

忍は、暗黒神話に登場するような黒い魔神像を一瞥《いちべつ》して、息を呑んだ。炎の中に黒光りするようなその姿──。

「──これが、怪獣……」

『なめてかかるな忍。飛び上がらせたら地球上のどの戦闘機よりも強いぞ。地上にいるうちに叩くんだ。ゆけっ！』

「はっ、はいっ」

●ウラジオストク　市街地

グロロロロ
ガーゴイルは、すでに三〇メートルの高さに組み上げた〈骨の塔〉の基部に猛禽類《もうきんるい》のような姿勢で腰掛け、仲間を宇宙から呼ぶ信号塔をいとおしげに唾液で固めていた。
ピチャッ、ピチャッ
彼は、この惑星上のどの生命体よりも強かった。唯一、文明を発達させている地球人の抵抗が多少わずらわしかったが、宇宙空間から仲間を数万匹呼び寄せれば、数日とかからずに掃討《そうとう》してしまえるはずだった。その後は、この星は彼らの繁殖地となるのだ。
ふいに気配を感じて怪物は頭を上げた。炎の向こう、街の北側の空を見上げて吠えた。
ヴァエオエッ
クチバシを開くと、ガーゴイルは背中を発光させた。
忍は〈究極戦機〉の機体を炎を噴き上げる中心街へ向けると、降下させた。

「――武器は？」

すかさずモニターの右に、
▼No.3 FCAI :HEADGEHOG ARMED（ヘッジホグ　準備完了）
という地球文字の表示が表れた。

だがその時、目の前のモニターにオレンジ色の警告メッセージが点滅し、
ズヴォーッ！

地上から猛烈な蒼白い閃光が火柱のように襲いかかってきた。

「きゃーっ！」

〈究極戦機〉の人工知性体が自動的に防御モードを取り、左マニピュレータを瞬時に背中へ回すと車のエアバッグが展張《てんちょう》するよりも速い動作で長大な銀色の盾《たて》を抜き出した。

ズバッ
同時に人間型の機体は半身を反《そ》らせ、右マニピュレータは忍のいるコマンドモジュールを護《まも》るように胸の前でこぶしを作った。

ドカーンッ

蒼白いプラズマ噴射炎は、〈究極戦機〉の銀色のシールドで大部分が左右にそらされ、空気中で大爆発した。

ブワッ

球形に広がる爆発に載せられ、白銀のＵＦＣは上空へ吹き飛ばされる。

「きゃあっ」

逆さまになった機体の中で、コマンドモジュール姿勢維持システムが追いつかず、忍は機体と一緒に縦に回転しながら悲鳴を上げる。

（落ち着け、落ち着くんだ。キリモミと一緒じゃないか。姿勢を回復させるんだ！）

忍は自分に言い聞かせながら、両足を踏み込んで機体を空中に立たせる操作をすると、左手のパワーを思いきって入れた。

フュイイイッ

「だっ、駄目だ忍！」

美月は叫んだ。

「地面に突っ込むぞ！　引き起こせっ」

縦回転を止めたＵＦＣは、頭から地面へ突っ込んでいく。

「しまった！」

頭の上に燃え盛る市街地が迫ってきた。天に向かって落ちていくようだ。

とっさに右のスティックを手前に引く。

ズドンッ
衝撃波を叩きつけて、ＵＦＣは大地すれすれに再上昇した。

「はあ、はあ」

高度を取ると、忍はウラジオストク市街を足の下に見渡した。

「か、怪獣はどこだ――？」

ガーゴイルの姿は、造りかけの〈骨の塔〉の基部からは消えていた。

カメラがサーチする。人工知性体は今の爆発で、目標位置のトレースを一時的にロストしていた。すぐに重力センサーが飛行する怪獣を探知して警報を出したが、一瞬のタイムロスの間に怪獣は〈究極戦機〉よりも高い位置から急降下で襲いかかってきた。

ヴァエオァエッ
ズザーッ！

「きゃああっ」

いきなり頭の上に警告《アラート》サインが点滅し、忍は見上げて悲鳴を上げる。黒い怪物がいっぱいに迫る！

『逃げろ忍っ！』

　ズガンッ
「きゃあっ」

　白銀の武装した女神のようなＵＦＣは、黒い怪獣の両足の爪に肩を掴まれ、そのまま地面へ叩きつけられた。

　ドシャーンッ
「きゃーっ！」

　忍はシートでもんどり打った。Ｇキャンセラは衝撃をすべて吸収しきれず、コマンドモジュールは通常はありえないはずの３Ｇ以上の衝撃に震えた。

　市街地を外れたシベリア杉の原生林だったのが幸いした。森に腰まで埋まったＵＦＣは、早くも地球製の部品がいくつか機能を失い、自動的にサブシステムに切り替えられていた。そのシステム・ステイタスが忍の腰の両脇にウインドーを開いて次々表示されたが、そんなものを見ている暇はなかった。

「〈究極戦機〉、動けますかっ？」

　答えるように、標的方向指示キューが『怪獣はあっちだ』と右上を指し示した。

「武器を！」

ピッ
照準用サークルがモニター中央に表れた。
同時に、

▼RIGHT ARM HEADGEHOG（右マニピュレータ　ヘッジホグ）
▼LEFT ARM SHIELD（左マニピュレータ　耐戦シールド）
▼ASSISTED FIRING READY（半自動射撃　準備完了）

というメッセージが表示された。

「なんのことか、よくわからない！」

忍はどうやって怪獣を攻撃すればいいのかわからなかった。

『忍』

美月の声が入った。

『忍、あわてなくていい。アシステッド・ファイアリングは口で武器の種類と発射タイミングを命じればいいんだ。ヘッジホグを使え！』

だが忍が返事しようとした瞬間、
グォオオオッ

黒い怪獣が夜空から現れ、埋まったＵＦＣをまた肢で掴むと引きずり上げ、再び大地に叩きつけた。
「きゃーっ！」
ズズズンッ
コマンドモジュールが一瞬、暗くなった。ヘッドセンサーの全周カメラにノイズが入った。
ヴァエオッ
怪獣が頭上で反転しこちらを向くと、クチバシを開いて背中を発光させた。
「くっ」
忍は左手でパワーを出し、右のスティックを思いきり引いた。
フュイイッ
ＵＦＣは土煙を上げて怪獣の足元から脱出した。だが怪獣は頭部を巡らせて白銀の機体を追い、プラズマ噴射炎を叩きつけてきた。
ズドンッ
ＵＦＣは極超音速へ加速して瞬時にその場を離れたが、側面からプラズマを一秒間も浴びたため、また地球製部品のいくつかがおしゃかになった。サブシステムではバックアップできず、喪失した機能が黄色いメッセージで何行も表示された。

「はあ、はあ」

成層圏のちょっと下まで上昇し、忍はUFCを反転させる。

怪獣はどこだ——？

標的方向指示キューーが視野の左端に振り切れて点滅し、高速で移動するガーゴイルが背後に回りつつあることを示す。

（なんて速い——！）

忍はスティックを左へ切ってUFCを振り向かせる。

黒い小さな点は夜空に溶け込んで忍には見えない。照準サークルが自動的に追いかけるが、目では追いきれないスピードだ。

「ヘッジホグ」

忍の声で右のマニピュレータが上がり、標的の方向へ自動的に向けられる。

だが忍が『発射』と命じる前にモニターの黒い点は急速に膨れる。

（やだ来る！）

忍は反射的に機体を横移動させるが、
ドンッ
至近距離を擦過《さっか》した怪獣の衝撃波で、UFCは跳ね飛ばされてしまう。

「きゃあっ」

『忍、止まっていては駄目だ。動け。起動して怪獣の後《バック》ろを取れ！』

「そんなこと――」

また怪獣が視野から外れた。警報が鳴る。また後ろの頭上だ。

「――言ったって！」

急速前進。瞬時にマッハ４。ほとんど同時にプラズマの奔流が忍のいた空間を通過した。

ドバーッ
怪獣のプラズマは彼方《かなた》の地面を直撃し、原生林に核爆発のような球状エネルギーが広がる。

『忍、そのまま飛べ。やつを市街地から引き離すんだ。このままでは武器が使えない』

「どっちへ飛べばいいんですっ」

忍は〈究極戦機〉を飛行させながら、自分がどっちへ向かっているのかもわからなくなっていた。

『まっすぐ飛ぶな！　後ろを取られる』

美月が言い終わらないうちに、黒い怪獣は高速でＵＦＣの背中に迫り、ヴァエッ！と吠えると両足の爪でＵＦＣのバックパックを蹴り飛ばした。

ガーンッ

「きゃーっ！」

ＵＦＣは空中でマッハ４からきり揉み運動におちいった。

『パワーを入れて上昇するんだ忍！　秒速八キロ超えなきゃ衛星になっちゃう心配はない！』

ＵＦＣと怪獣はどちらが能力で勝るのかわからなかったが、生まれた時から重力遮《しゃ》断《だん》飛行をしているガーゴイルと、忍がおっかなびっくり手動操縦している〈究極戦機〉では運動性に差が出るのは仕方がない。いったん怪獣から離れるには全速で上昇するしかない。

「フ、フルパワー！」

忍は左手のコントロールを思いきって再前方へ叩き込んだ。核融合炉を一五パーセントの暫定《ざんてい》最大出力へ。

「上昇っ」

きり揉みは止まった。白銀の女神像は成層圏よりさらに上へ、まるで重力がないかのように上昇する。飛行パラメーター表示が音速の倍数から秒速に切り替わる。秒速二・〇、二・五――

しかし秒速三キロに達する前に、〈究極戦機〉はふいに加速をやめた。

▼OVERLOAD RELIEF（過重負荷　緊急停止）

黄色いメッセージが点滅した。

「しまった！」

美月は星空を見上げて叫んだ。

「ダメージがひどかったんだ。オーバーロードリリーフが働いちまった！」

「なっ、何？」

〈究極戦機〉の手足の要所要所に使われている地球製部品が、これ以上の高速に耐えられないのである。破壊を起こす前にオーバーロードリリーフ機能が自動的にパワーをカットし、加速を止めたのだ。

同時に黒い怪獣が下方から追いつき、なめらかな光沢《こうたく》の曲線で構成されたＵＦＣのボディを前肢《まえあし》と後肢《あとあし》でがっしりと抱え込んでしまった。

ガシンッ

「きゃあああっ」

高度二万メートルも上がらないうちに、〈究極戦機〉は黒い魔神に抱え込まれ、地表へと落下し始めた。

ごぉおおおっ

「きゃーっ！」

真っ逆さまだ。頭の上に燃え盛る街と、港が見えてくる。自由が利《き》かないまま急速に落下する。怪獣はそのまま地面に叩きつけるつもりだ。

『忍っ、腕は動くかっ？』

「わ、わかりません！」

『スピアを使え！』

「なんですかっ？」

『いいから、叫《は》べ！』

怪獣は鱗の生えた黒い四本の肢で、〈究極戦機〉のウエストと両の太腿を強く抱きかかえていたが、腕は自由だった。左のマニピュレータは盾を持ったまま。右はフリーだ。

「ス、スピア！」

忍が叫ぶと、右腕はヘッジホグの核プラズマレーザーの砲口から三重水素プラズマをリークさせ、手のひらの超電導ソレノイドで鋭い槍の形に整形した。

シュッ

「刺せっ！」

右腕に生じたプラズマの槍を、忍は磁場ごと怪獣の脇腹に叩き込んだ。

ズバッ
ヴァエエッ
怪獣は悲鳴を上げると、UFCを離して背後の空へ吹っ飛んでいった。

怪獣が跳ね飛んだ反動で、〈究極戦機〉はクルクルと軸回りの回転運動を始めた。

「きゃあああっ」

目の前に黒い海面が迫る。

「と、止まれっ」

両足を思いきり踏み込むとGキャンセラが全開され、慣性を吸収し、UFCは速度ゼロへと減速する。しかし、〈究極戦機〉のGキャンセル駆動ユニットはもともと宇宙航行用で、格闘戦用ではなかった。こんなに加速・減速を繰り返して酷使されるとG処理能力が飽和し、利かなくなる。

「と、止まらないっ」

ザバーンッ
〈究極戦機〉はまだ亜音速の勢いを残したまま、日本海の海面へ頭から突入した。

「きゃーっ！」

何度、悲鳴を上げたのか、忍にはわからなかった。今度は瞬間的に4Gの衝撃がコマンドモジュールを襲い、忍を再びもんどり打たせ、ヘッドセンサーの全周カメラがとうとう一部ブラックアウトして左後ろの視界が切れてなくなった。

ゴボゴボゴボ

ヴァエェッ

黒い怪獣がゴボゴボと泡立つ海面の上に飛来し、ゆっくりと円を描いて海面下の様子を見た。深度三〇メートルの水中に、〈究極戦機〉の白銀の機体はのけ反ったまま浮いていた。

ヴァエッ

怪獣は水中に向けてクチバシを開け、背中を発光させた。

その時――

ヒュルヒュルッ

ヒュルヒュルヒュルッ

大気摩擦で真っ赤に焼けた巨大な砲弾が何発も、放物線を描いて頭上から飛来した。

ズバーンッ

対空三式弾だ。九発の〈大和〉主砲弾は怪獣のすぐ真上で炸裂し、合計二七万発の対空用小散弾が小型の嵐のように怪獣を張り飛ばし、海面へはたき落とした。
ドシャーンッ
ヴァエェエッ
怪獣は、怒った。

●日本海　戦艦〈大和〉

「命中しましたっ」

「やったかっ」

副長と森艦長は逸《はや》り立ったが、

「艦長、これくらいでまいるようなやつではありません」

波頭は水平線を指さした。

「見てください、また飛び上がってこちらへ来ます！」

●〈究極戦機〉コマンドモジュール

「こ、このくらいでっ」

忍は、はあはあ息をつきながらコマンドモジュールのシートに身を起こした。

「このくらいで、まいるもんか」

だてに自分は、七年も芸能界にいたのではない。ちょっと頭を叩かれたくらいであきらめて引っ込んでしまったら、女優はそこでおしまいなのだ。

「〈究極戦機〉、飛べる？」

フュィイイイ
「いいわ。浮上しましょう」

●日本海　戦艦〈大和〉

「こっちへ来るぞ！」

〈大和〉に警報が鳴り響いた。

「総員、対空戦闘！　主砲水平射撃、距離一万！　急速接近中！」

〈大和〉は主砲をすべて水平線へ向けた。

「全砲門、徹甲弾。撃ち方用意！」

森艦長は、双眼鏡を睨みながら命じた。

「艦長、対空弾ではないのですか？」

「対空弾ではやつを倒せん。一《いち》か八《ばち》かだ！」

森は後ろを振り向いて怒鳴った。

「砲術長、十分に引きつけろ！ この〈大和〉と引き替えにやつを海の藻《も》くずにするのだ！」

●〈究極戦機〉コマンドモジュール

「ヘッジホグ」

ビュィイイイッ
浮上したUFCは、海面すれすれの空中に静止して、右マニピュレータ手首の砲口を怪獣の黒い背に向けた。

「はあ、はあ」

忍は息をつきながら、初めて発射するヘッジホグ――三重水素プラズマレーザーの照準を定める。

（外せないわ――外したらあの戦艦に当たっちゃう）

怪獣は水平線上の〈大和〉目がけ一直線に襲いかかっていく。同心円の照準サークルが怪獣の黒いシルエットを捉えてロックオンし、小さな光点にすぼまった。

ピキュウウウン――

「発射！」

●〈大和〉艦橋および主砲管制室

「撃てぇっ！」

ズドーンッ！

水平に向けられた〈大和〉九門の46センチ主砲が一斉に火を噴いた。二一メートルの砲身内部でマッハ3まで加速されて飛び出した重さ一・五トンの91式徹甲弾九発は、水面上低空をまるで雷撃機のように向かってくる黒い怪獣目がけて翔んだ。

ブンッ

ブンッ

怪獣はひらりと上へかわそうとした。その瞬間ルビー色の糸のような光線が背後から背中に命中し、怪獣の巨体を空中でもんどり打たせた。

ヴァエッ

そこへ46センチ砲弾の一発が、正面から怪獣の頭部に激突した。

ドンッ！

「め、命中した！」
ドカーンッ
大爆発が〈大和〉右舷二〇〇メートルという至近距離で空中に花開き、戦艦の甲板を真昼のように明るくした。
「や、やったぞ」
「やったっ」
怪獣は戦艦〈大和〉の主砲弾と正面衝突したのだ。これで生きていられる生き物がこの世にいるとは思えなかった。
だが、
ズグォオオッ
爆煙の中から怪獣は再び姿を現した。頭は半分なくなっていたが、怪獣の黒い胴体はそのまま速度をほとんど落とさず〈大和〉へ向かってくる。
「うわーっ」
「退避、退避い──っ！」
ガーゴイルは戦艦〈大和〉右舷対空高角砲群の上に、覆いかぶさるように激突した。
ドシーンッ
うわあーっ

「ま、まだ生きてるのかっ！」

数万トンの怪獣が亜音速で激突した衝撃に、〈大和〉艦内はフライング・パイレーツのように揺れた。特に艦橋上層部の揺れはすさまじかった。

「うっ、うわーっ」

「うっぷ」

ただでさえ主砲発射のショックに弱いのに、その上に怪獣のぶちかましの衝撃を見舞われた川村万梨子が、トイレに駆け込む余裕もなくＣＩＣの管制席で吐き始めた。

「うげえっ」

怪獣は〈大和〉に激突してもまだ攻撃をゆるめず、前肢《まえあし》の鋭い爪を艦橋構造体へ振り下ろした。

ヴァエエッ
ズガッ
鉤爪は艦橋上部構造の装甲を突き破り、第二艦橋と防空指揮所とＣＩＣのブロックに喰い込んだ。

「きゃーっ」

バリバリバリバリッ

壁を突き破ってきた巨大な爪に渚佐が悲鳴を上げる。電源コードが引きちぎれ、あちこちで火花が飛び散った。

「システムを守れ！」

「消化器を持ってこい！」

森艦長は、怪獣にしがみつかれて傾く〈大和〉の第一艦橋から外を見て、うっと息を呑んだ。片目の黒い魔神像が、世界最大の戦艦の上甲板へ取りつき、鉤爪を喰い込ませて煙突へのぼろうとしている。

「艦長、やはり怪獣の頭はただのヘッドセンサーだったのです！」

波頭が叫んだ。

「何」

「宇宙航行生命体は、微小隕石に衝突することがあります。脳神経が頭にあったのではいくら石頭の星獣でも命がありません。やつの神経中枢はきっと、堅固に守られた胸の中にあるのです」

「〈究極戦機〉と同じか！」

「はい！」

「よし」

森は叫んだ。

「対空高角砲全門、零距離射撃一斉発射！」

ドドドドドッ
〈大和〉の対空高角砲群が一斉に発射し、怪獣の腹に12センチ砲弾を叩き込んだが、怪獣はひらりと跳び上がってついに煙突の上に乗っかってしまった。そうなるとどうしようもなかった。昭和初期にこの戦艦を建造した人々は、将来宇宙から来た大怪獣が煙突にのぼることとなんて想定していなかったので、〈大和〉には煙突の真上を攻撃する武器がついていなかった。

ガーゴイルは猛禽類を思わせる姿勢で煙突に留まり、左の前肢《まえあし》で艦橋を後ろから、がっし！　と掴むと、
ヴァエエッ
クチバシを開いて背中を発光させた。

う、うわっ――――！

全乗組員が息を呑んだ。

「うわっ」

「やられる――」

波頭にも森艦長にも、なす術がなかった。

だがその時、

ビュウッ

何か巨大なものが風を切る音がしたと思うと、

バシンッ！

打撃音とともに怪獣はのけ反り、ヴァエーッ！　と悲鳴を上げながら背中でマストを押し倒し、後部3番砲塔の上まで転がり落ちていった。

ばきばきばきばきっ

フュイイイ

『いいかげんにしなさい、怪獣！』

「何っ」

「な――」

第一艦橋のすぐ右に、白銀の女神像が宙に浮いて、銀色のシールドを振り抜いていた。

3

●帝国海軍浜松基地

「忍、帰ってこないなあ」

里緒菜は、忍のT４がいつまでたっても帰ってこないので、心配になった。

「どこへ行っちゃったのかなあ――」

エプロンの脇の草っぱらで風に吹かれて夕暮れ空を見ていると、背中から息せき切って誰かが駆け寄ってきた。

「睦月候補生！」

「――はい？」

振り向くと、白い制服を着たおかっぱ頭の男性少尉――井出が立っていて、

「睦月候補生、大変です！」

「え」

里緒菜は忍のＴ４に何かあったのかと思ったが、ひょろりとした少尉は訳のわからないことを言った。

「陸奥候補生、忍さんが――水無月候補生が戦っています。われわれもすぐに行きましょう」

井出少尉が背後を指さすと、ちょうど司令部前のエプロンでＵＳ３Ｊ艦上多用途機が双発のジェットエンジンを始動するところだった。

キィイイイイン――

「戦う、って――？」

里緒菜は、急に騒然とし始めた基地の格納庫《ハンガー》前を振り返って、首を傾げた。

「――いったい何と？」

●帝国空軍横田《よこた》基地

『警戒待機《アラート》！　五分待機』

基地内のスピーカーから緊急臨戦態勢が告げられると、夕食をとっていたパイロット全員が金《かね》の茶碗を放り出し、出撃打ち合わせルーム《ブリーフィング》へ走った。帝国空軍はスクランブルに就くので、パイロットが緊急警報で立ち上がった時に放り出しても割れないように、茶碗やお皿はすべて金属製だった。海軍のように伝統がないから、白いテーブルクロスや高級瀬戸物食器がなくても士官たちは文句を言わなかった。

がちゃんがちゃん

「急げっ」

「スクランブルだ！」

その代わりテーブルマナーができていないので、たまに外国の空軍が親善訪問してきて夕食会などをやると、ナイフやフォークの使い方がめちゃくちゃで、恥ずかしいのだった。

ドドドドドドッ

アラート待機していたスクランブルのＦ15Ｊが二機、先行してただちに発進していった。

「諸君、怪獣が出現した」

出撃ブリーフィングルームでは、日本海と沿海州《えんかいしゅう》の大地図を背景にして、作戦指揮官が状況説明を始めた。

「シベリア北極圏に近いフィヨルドに出現した怪獣は、ハバロフスク市を全滅、ウラジオストク軍港を全滅させ、現在、日本海でわが帝国海軍の連合艦隊と交戦中である。

このままでは日本海を渡って西日本帝国へ来襲する可能性が高い」

　ざわざわざわ
　ブリーフィングルームがざわめいた。空軍のパイロットでかつて怪獣と戦った経験のある者はわずかだった。二年前に〈レヴァイアサン〉を攻撃した空軍の飛行機はほとんどが全滅していたからだ。

「諸君、今度の怪獣は、空を飛ぶ。一世紀前に宇宙からやってきて氷の下に潜んでいた宇宙航行生命体だ。未確認だが飛行速度はイーグルよりもかなり速いらしい」

　作戦指揮官の原田《はらだ》少佐は、二年前の〈レヴァイアサン〉との戦いで失った左目に黒い眼帯をかけた顔で、若いパイロットたちをねめ回した。

「いいか」

　原田は杖を突いて、大地図の中央へ歩いていき、指揮棒で北陸の海岸線をバシッと叩いた。

「怪獣を西日本へ入れてはならん！　なんとしてでも海上で阻止するのだ」

●日本海上空〈究極戦機〉

「きゃあっ」

艦橋へプラズマを吐こうとしたガーゴイルを盾ではたき飛ばした忍は、後甲板へ転がった怪獣がこちらへ飛び上がってきたので、盾を前面に出してGキャンセラを全開にした。左右のマニピュレータが自動的にクロスして、胸のコマンドモジュールを守る体勢を取った。

ドシーンッ

一瞬、血走った片目がモニターいっぱいになり、

Gキャンセラをもう少しで飽和させるような衝撃を残し、怪獣は頭上へ飛び去った。

「に、逃がさないわ」

忍はUFCを上昇させる。

フュンッ

手動操縦のコツは、結局、誰にも教われなかったがほとんど呑み込んでしまった。F15戦闘機ならばパイロットが潰れてしまうくらいの猛烈な加速度で、白銀の女神像は日本海の夜空に上昇する。衝撃波が波紋のように拡散し、〈大和〉の艦体を巨大なハンマーで殴ったかのように震わせた。

ズガーンッ

●戦艦〈大和〉

「う、うげぇっ」

すさまじい衝撃波の打撃に、また気分を悪くした川村万梨子が、すっかり風通しのよくなった〈大和〉のCICで身体をふたつ折りにして苦しみ始めた。

「大丈夫、万梨子？」

「だ、大丈夫じゃないけど――インターフェイスシステムは無事なの？　渚佐」

「なんとか追跡できるわ」

黒焦げの白衣で渚佐はコンソールに這い上がり、キイボードを操作する。タイトスカートが太腿まで裂けている。

「UFC――高度一〇キロまで上昇。再び怪獣と格闘戦に入るわ」

●〈究極戦機〉

「ヘッジホグ」

モニターの中に再び黒い怪獣を捉えた忍は、アシステッド・ファイアリングシステムに声で命じた。

「発射！」

バヒュウンッ
だが怪獣は背中に目があるかのように、赤いルビー色のビームをかわした。そのままビュッと横っ飛びしてあっという間にモニターの視界から外れてしまう。

「もうっ」

〈大和〉の主砲弾をまともに喰らってダメージを受けていても、怪獣の運動性はまだ忍の操縦する〈究極戦機〉を上回っていた。忍は急いでUFCをターンさせるが、標的方向指示キューーが視界の外れで点滅するばかりだ。

「どこへ行った！」

〈究極戦機〉の重力センサーが周囲の空間をサーチし、重力遮断飛行をするガーゴイルを捕捉するが、怪獣を追うターゲットサークルはまるで飛び跳ねるパチンコ玉のようにモニターの中を跳ね回った。地球の航空機には絶対にできない機動だ。

「そっちかっ」

忍はUFCの機体を空中で再びターンさせ、右腕を怪獣へ向けようとした。だが怪獣の運動速度は、地球製のFCAIが計算して追える速度範囲をオーバーしていた。

〈究極戦機〉の右腕は三重水素プラズマレーザーの砲身を兼ねていたが、超高速の標的を追いかけて振り回すのには慣性が大きすぎた。しかも右肩の超電導サーボモーターは地球製で、度重《たびかさ》なるダメージで機能を喪失しかけていた。

▼OVERLOAD RELIEF（過重負荷 緊急停止）

怪獣をロックオンしかけた瞬間、右肩の関節が過負荷に耐えきれず自動停止した。

「あっ」

ターゲットサークルが止まってしまう。黒い怪獣は流星のように逃げていき、忍の射界から外れてしまう。

●六本木 国防総省 総合司令室

「峰議長、怪獣はただいま日本海上で〈究極戦機〉および〈大和〉と交戦中」

峰剛之介が最高司令官席に着席するや、女性の戦術オペレーターが管制席から振り向いて報告した。

「〈大和〉主砲弾の直撃を受けつつも、なお抵抗中です」

「怪獣の上陸に備える。東日本との国境線に戦車隊を出動させよ」

剛之介は大声で命じた。

「峰議長」

だが、その峰を背後から声が制した。

「峰議長、戦車隊は首都の防衛にあてる。東西東京の境界線に沿って布陣するのだ」

峰は驚いて、声の主を振り向いた。

「——首相！」

西日本が民主主義になってから歴代で最も過激な総理大臣といわれている木谷信一郎《きたにしんいちろう》が、迎《むかえ》秘書官を従えて高級参謀席に立っていた。

「峰議長、専門家に口出しをする気はないが、怪獣はわれわれ人間を喰い物にするというではないか。ならば人里離れた山奥を護る意味はない。やつはきっと西東京を襲ってくるぞ」

「峰議長、巨大生物対策の専門家を内閣情報室で急遽《きゅうきょ》招集、対策会議を編成いたしました。こちらは京都帝国大学の古怒田《こぬた》教授に亀山《かめやま》博士です」

迎秘書官が、背後に立つ白髪の老博士と助手らしい女性科学者を紹介した。

「古怒田教授には、対策会議の代表を務めていただきます。教授」

「うむ」

迎に紹介された白髪の老博士は、どこへ行くにも白衣を着ているらしく、仙人のような杖を突いて一歩前に進み出た。

「統幕議長、京大の古怒田じゃ。戦車を西東京へ進めろと進言したのはわしじゃ」

「おお。京都からわざわざ――」

峰は立ち上がって、何度もノーベル賞候補になって新聞に出たことのある老生物学者に会釈をした。古怒田賢一郎《けんいちろう》は、自分の研究室の学生の論文を横取りして自分の名前で発表したりしない正直な科学者で、そのために何度もノーベル賞を取り逃がしていたのだが、それがかえって木谷首相や軍部の信頼を厚くしていた。

「議長、挨拶は抜きじゃ。やつの映像を見せてくれぬか」

「は。ただいま」

峰が指示をすると、たった今〈大和〉から届いたばかりの、水面上を突進してくる黒い怪物のスローモーション映像が前面モニタースクリーンに映し出された。

ううっ、とあまりの迫力に指令室の全員がのけ反る。

「先生」

「うむ」

老科学者と助手の女性博士はうなずき合った。

「峰議長」

ショートカットにミニのスーツを着た二十代後半の亀山博士が、繰り返される怪獣の映像を見ながら言った。

「怪獣は、肉食の猛禽類のようなものだと思います。空の上から〈餌となる動物〉の集まっている場所をかぎつけ、高速で飛来します」

「では、ただちに西東京都民に避難勧告を出そう」

「いえ議長」

亀山由美《ゆみ》博士は、ショートカットの頭を振った。

「それは、逆効果です」

「逆効果？」

「そうじゃ議長」

古怒田教授もうなずいた。

「街路に避難する群衆がひしめいたら、かえって怪獣の注意を引いてしまう。むしろ家の中にこもって、外へ出ないのが得策じゃ」

「ううむ――」

峰が考え込むのと同時に、迎秘書官が声を上げた。

「ひ、避難させてはいけないのですかっ？」

「どうした迎」

おまえまたよけいなことをしたんじゃないだろうな？　と木谷首相が睨んだ。

「そ、総理。実は、すでに外務省を通し、東日本共和国暫定民主行政庁に対して新潟市民全員を安全な場所へ避難させるよう、通知を出してしまいました！」

「何っ」

●帝国海軍浜松基地

キィイイイン――

「おい、井出」

滑走路へ向かってタクシーウェイを走るUS3Jの狭いキャビンで、郷大佐が井出少尉を締め上げてハッチの近くへ連れていく。

「おまえ、どういうことだ？　里緒菜まで連れてきおって」

「で、でも大佐」

艦上対潜哨戒機ヴァイキングを多用途連絡機に改造したUS3Jは、十二人乗りとはいえ狭いので、一番前方のハッチまで行かないと会話を聞かれてしまう。

「睦月候補生は、〈究極戦機〉の随行支援戦闘機《サポート・ファイター》パイロット候補です。水無月候補生の戦闘を見せておかなくては――」

「そんなこと言っておまえ」

郷は、最後部座席で所在なげに外を見ている里緒菜の横顔をあごでしゃくった。

「もし里緒菜がおじけづいてまた逃げ出したら、どうするつもりなんだ！　忍の相手は凶暴な宇宙怪獣だぞっ」

「郷大佐、井出少尉。離陸しますからベルトを締めてください！」

カーテンを開けたコクピットから、ヘルメットをかぶった操縦士が振り向いて怒鳴った。

●日本海〈究極戦機〉

▼OVERLOAD RELIEF

また警告メッセージが点滅し、ターゲットサークルがモニターの中で停止した。

「また！」

忍はくちびるを噛んだ。せっかく捕捉しかけた怪獣が逃げていく。ＵＦＣの右肩はがくんと動きを止め、瞬間的に過負荷をリリースして再起動したが、怪獣はモニターから消えている。

「ええいっ」

忍は背後に回る怪獣を機体をターンさせて追う。だがＵＦＣの機体が振り向いた瞬間、目の前に怪獣の半分なくなった頭部がいっぱいになる。

ヴァエォッ

「きゃーっ」

ドシーンッ！

今度はマニピュレータが防御体勢を取る暇もなく、〈究極戦機〉は音速の三倍で数万トンの怪獣のぶちかましを喰らった。

「きゃあっ！」

コマンドモジュールがまるでビックリハウスのように回転した。空中でもんどり打つ白銀の機体を、逆さまになりながら忍は立て直す。

「くっ」

ボディスーツの中が汗でびしょびしょだ。ＵＦＣは三回もスピンしてから海面すれすれで姿勢を回復する。サブシステムの機能喪失メッセージが、また三行増えた。

「ま、負けるもんか！」

フュィイイイ

忍はＵＦＣを空中で立ち上がらせ、再起動した右マニピュレータを怪獣へ向ける。

怪獣は視界を右から左へ高速で横切る。

「ヘッジホグ」

ターゲットサークルが黒い点を追う。右肩の動きががくん、がくんとぎこちない。今にも止まりそうだ。

『忍！』

ようやく追いついてきた美月のハリアーか呼びかけてきた。

『腕を振り回すな、肩の関節が焼けちまう！　機体ごと向きを変えて、自分の視野の真ん中に目標が入るようにするんだ！』

「やってるつもりですっ」

忍は左足の爪先を細かく動かして機体の姿勢を変え、右のマニピュレータが追従できるようにするのだが、黒い標的は速くて追いきれない。

「相手が――速すぎるんだ！」

黒い点がふいに横移動をやめて、急速に膨れた。

「来る！」

忍は右手首でスティックを倒してＵＦＣを急速移動させながら、左腕にシールドを構えさせ、同時にヘッジホグを照準する。こんなにたくさんの操作が一度にできるのも、パイロットとしての訓練を受けたからだ。もし素人の身でいきなりこのマシンに乗っていたら、何がなんだかわからずにたちまち負けてしまっただろう。そう、忍はまだ怪獣に勝っていないが、決して負けてもいない。

「ヘッジホグ発射！」

バヒュウンッ
赤い糸のようなビームを怪獣はロールを打ってかわす。

「外したかっ」

ブオオッ
怪獣は身をかわすUFCの機体をすれすれにかすめた。

ドヒュンッ
「背中を見せちゃ、駄目だ！」

忍は自分に言い聞かせながら素早く〈究極戦機〉を空中でターンさせ、シールドを構え直すが、怪獣は向かってこない。

（――――？）

どうしたのだろう。

怪獣はそれ以上、忍に襲いかかってはこなかった。反対にモニターの奥へ、背中を見せて飛んでゆく。

（逃げるつもりか）

●東日本共和国　新潟

かーんかーん
かーんかーん
かつて独裁者の要塞だった東日本共和国の首都新潟は、現在では暫定民主政府が行政機能を引き継いでいた。西日本帝国外務省からの緊急通報で宇宙怪獣の来襲を知った暫定行政庁は、ただちに新潟全市民に対して避難勧告を出していた。
かーんかーん
かーんかーん
「怪獣だー、怪獣だー」
消防団員が半鐘《はんしょう》を打ち鳴らす中、家財道具をリヤカーに積んだ新潟市民が舗装されていない道路を必死に走って逃げてゆく。
ぶぉおおっ
木炭で走るボンネットバスが、住民を満杯に乗せて激しく縦揺れ《ピッチング》しながら泥道を走ってゆく。新潟の中央大通りは、まるで八月の青森《あおもり》ねぶた祭みたいに超混雑の大パニックにおちいっていた。

「に、逃げろー！」
東日本の人々は、二年前に国の半分を焼け野原に変えてしまった〈レヴァイアサン〉の恐怖がよみがえり、怪獣襲来と聞くなりわれ先に市街地から逃げ出してゆくのだった。
しかし、
ヴァエォァエッ
ロシア共和国では辺境にあたるウラジオストクなどより、東日本の首都新潟ははるかに人口が多かった。街路にひしめく十数万人の避難民の群れを、ガーゴイルの感覚センサーが見逃すはずはなかった。古怒田教授の警告が的中したのである。
ブォオオオッ
音速の三倍で、黒い怪獣は新潟市街へ襲いかかっていく。

●日本海上空

〈究極戦機〉コマンドモジュールの頭上に開いた航法マップの中を、怪獣を示す重力特異点はどんどん遠ざかっていった。

「どういうこと――？」

距離はどんどん開いていく。

『水無月候補生』

〈大和〉艦上から波頭中佐がコールしてきた。

『水無月候補生、やつは新潟へ向かったのだ』

「新潟へ？」

忍は思わず水平線上の戦艦を振り向いた。

『そうだ。怪獣は欠損した器官を再生するために、大量のタンパク質を補給しなくてはならなくなった。君と戦うことを一時放棄して、次の人口密集地へ向かっているのだ』

「タンパク質を、補給って――」

絶句する忍に、波頭は意外なことを言った。

『怪獣は新潟市街を襲うだろう。君は今のうちに〈蒼龍〉へ戻れ』

「ど、どうしてです？」

忍は驚いた。

『ＵＦＣはダメージを受けている。損害箇所の応急修理が必要だ。新潟が全滅するまでの時間を利用して、整備を受けるのだ』

「そ、そんな」

忍はもう一方の、新潟市街とおぼしき方角を振り返った。

「そんなことできません」

『水無月候補生。われわれは西日本帝国軍だ。西日本を防衛するのが使命なのだ。かわいそうだが新潟がやられるまでの時間で態勢を立て直し、やつが次に西東京へ来襲するのを阻止するのだ』

「そんな。ひどいわ」

忍は頭を振った。

『水無月候補生、これは命令だ。〈蒼龍〉へ戻れ』

「命令には従えません。わたし新潟へ向かいます」

『待て、忍』

美月の声が割って入った。

『忍、戻るんだ』

「教官までやられる人たちを見捨てるっていうんですか！」

『違う、悔しいけど仕方ないんだ。あんたのＵＦＣは機体にガタがき始めてる。このままじゃ手足が動かなくなるだろう。どのみち戻って修理するしかないんだ』

『そうよ水無月さん』

〈大和〉のＣＩＣから渚佐が呼んできた。

『右肩はもう、動かなくなります。それだけじゃない、機能喪失のメッセージが何行出ていると思ってるの？　あと一回でも怪獣の体当たりを喰ったら、手足の地球製パーツはすべて全滅するわ』

『戻るんだ水無月くん』

『迷ってる暇はない、あんたを死なせたくないんだよ忍』

「でもでも――」

『そう、迷うことはない』

ふいに、別の声が割って入った。

（え？）

忍は顔を上げて、モニターを見回す。

『水無月候補生。わたしは〈紅の女王蜂〉。わたしは敵に背を見せたことはない』

今までどこにいたのか、機首に紅の女王蜂を染め抜いた特別仕様のF18EJが、洋上の空中に浮かぶ〈究極戦機〉の周囲を旋回していた。

『空中に浮いていられれば上等よ、水無月忍さん。さ、怪獣を追いましょう』

「愛月大尉」

『有理砂！』

美月が無線に怒鳴った。

『忍をこれ以上戦わせるなんて！　冗談じゃない死んじまう』

『そうだ愛月大尉。いったい何を考えているんだ』

『わたしは、腰抜けにその〈究極戦機〉を譲った憶えはない。このくらいで死ぬようなら、ＵＦＣチームに入る資格もない。さあ忍さん、行くわよ。大勢の人があなたを待っているわ』

　忍は、うなずいた。

「はい！」

4

●六本木　国防総省　総合司令室

「議長」

　洋上の戦艦〈大和〉から送られてきたリアルタイム映像の中では、巨大な黒い怪獣と〈究極戦機〉が何度か衝突し、勝負がつかないまま翼を持った黒い影が新潟の方角へ飛び去るさまが超望遠で映し出されていた。

「議長、提案があります」

　秘書官の迎理一郎《りいちろう》が手を挙げた。

「なんだね秘書官」

「議長、怪獣が腹の中の天然核融合炉でGキャンセル飛行をするというのが本当ならば、やつのエネルギー源は水です。怪獣を水のない場所へ隔離して閉じ込めることはできませんか？」

「それは無理だ」

峰は頭を振った。

「知ってのとおり、日本の四周は海、山頂には雪、谷には川、とてもやつを水から遠ざけることは不可能だ」

「そのとおり」

古怒田教授もうなずいた。

「それにやつは、すでに十分な量の水を飲み込んでいる。核融合がどれだけ効率のよい機関か知っておるか？　おそらくやつは水素原子一粒で三〇〇メートルは飛ぶぞ」

「教授、では、対〈レヴァイアサン〉の攻撃に効果のあったラムダファージを、再び合成することはできませんか？」

迎秘書官は慶應義塾《けいおうぎじゅく》の高等部から東大文Ⅰにストレートで合格した切れ者だったが、機転を利かせたつもりで緊急警報を出した新潟が大変なことになっているので、焦っていた。

「ううむ――」

古怒田は頭を振った。

「――葉狩がいないのでは……相当に難しい」

「駄目ですか」

「秘書官、あのラムダファージという生物化学兵器は、葉狩真一という天才がおったからこそ合成し、使用することができたのじゃ。われわれではとても――万一、合成に成功したとしてもわずかでも漏れたなら大変な生物災害《バイオ・ハザード》を引き起こすじゃろう」

「そうですか……」

ラムダファージは、かつて葉狩真一が開発して〈レヴァイアサン〉に対して使用した、細胞遺伝子破壊兵器であった。しかし、葉狩がいなくてはもう製造も使用もできないとは――

「葉狩真一か――」

「あの天才は、どこへ行ってしまったのだ……」

指令室の幹部全員が肩を落とした。

「ううう っ」

と、突然、亀山博士が声を上げてすすり泣き始めた。

「も、申し訳ありません先生」

「どうしたんじゃ亀山くん?」

ショートカットの若い女性科学者は、両手を顔にあてて泣いていた。

「わ、わたしのせいなのです」

「何がだ」

「は、葉狩博士が」

亀山由美はすすり上げながら、

「葉狩博士が失踪したのは――実はわたしのせいなのです」

「なんじゃと」

「二カ月前のあの日――水無月美帆のコンサートに行こうと誘われて、わたしが無下《むげ》に断っていなければこんなことには……。真一くんは、わたしに振られたことを苦にして、姿を消してしまったのです」

●横浜みなとみらい21　ドックヤードガーデン

わぁあああああ

〽ふた駅揺られても
まだ続いてる
錆《さ》びた金網
線路に沿って

フラッドライトが乱舞するオープンエアのステージの上に、二回目の衣裳替えをした水無月美帆がピンクと黒のコスチュームで現れる。

うわぁあああ

元は巨大な造船用ドックだったすり鉢状の空間に、大歓声がこだまする。

わぁあああ

美帆は最近の戦略で、ステージの中盤では大人っぽいコスチュームを着る。そして昔のスタンダードナンバーを、アレンジを新しくして大人っぽく歌う。聴きにきた人は、これはこんな曲だったろうか、とびっくりする趣向だ。

〽昔　あのむこうを
あの子とふたり
風に吹かれて
歩いたものさ

美帆は、自分のファン層がそろそろ三十代の人にも広がっているのを十分意識して、今夜は曲目を自分で選んでいた。美帆がマイクを両手で挟むように持って、スローテンポに変えたアレンジでゆっくりと歌っているこの曲は、実は彼女が生まれる前にリリースされたものだ。

〽男の扱い
ピッァの作り方
得意気な声が
目をつぶれば
聞こえる――

キィイイイイイン
とその時、バックバンドの演奏にも負けない大音響が、ドックヤードガーデンの上空を駆け抜けていった。
（え――？）
ドドドッ
バリバリバリバリッ

ドックヤードガーデンは、屋根のない星空の下のステージだ。その満天の星を隠すように、F15J戦闘機の大編隊が横浜港の上空を通過して北の空へ向かっていく。

(——なんだろう)

美帆は歌いながら顔を上げ、星空にシルエットになったブレンデッド・デルタ翼の戦闘機たちを見送った。

(忍の言ってた〈ファルコン〉かしら……?)

●〈究極戦機〉

忍は海面すれすれを飛ぶガーゴイルを追って、UFCをダイブさせた。

「待てえっ」

すでに距離はだいぶ離されている。日本海は狭く、たちまちモニターに対岸の新潟市の灯が見えてくる。

あのプラズマを街に向かって吐かれたら——

(大変なことになるわ)

忍は全滅したハバロフスクの有り様を、その目でさっき見たばかりだった。

ピピッ

〈究極戦機〉の人工知性体が、機体ダメージの現状をモニター右側に平面図を開いて表示してきた。点滅する赤い矢印は、ほとんどが地球製パーツを使用している手足の部分に集中している。

「『R/SHOULDER SERVO : BACKUP-A FAILURE』っていうのは――右の肩のことかしら……?」

UFCの右腕を動かしている肩の超電導サーボモーターは地球製で、三重装備だった。プライマリー、バックアップA、バックアップBと名づけられた三個のモーターが肩に内蔵され、腕を動かしている。損傷を受けると自動的にバックアップのモーターに切り替わる仕組みだが、『BACKUP-A FAILURE（バックアップA機能喪失）』というのはすでに二個のモーターが焼き切れて、最後のバックアップBだけになってしまっていることを示していた。

ピッ

重力センサーが、新潟の市街地へ降下するガーゴイルを追尾して、位置を光点で表示する。同時にモニターのダメージ図解が消えてウインドーが開き、中央大通りへ着地した黒い怪獣の背中を拡大投影した。

「くっ――」

超望遠でぶれるフレームの中、怪物はコウモリのように骨張った黒い翼をたたみ、パニックの大群衆を太い鎌首で見回しながらズシンズシンと追いかけ始める。

『忍、市街戦でヘッジホグは使えないわ。街ごと吹き飛ばしてしまう』

随行するＦ18から有理砂が言った。

「愛月さん、使える武器はなんですか？」

忍はモニターの表示を見回すが、機体システムを勉強せずに乗ったから細かいところは何もわからない。

（でもすごいな――あれだけ叩きつけられて、まだちゃんと飛んでいる）

有理砂がアドバイスする。

『忍。右手にスピア、左にはシールド。着地して地上格闘戦をするしかないわ』

ほとんど同時にモニターに、
▼RIGHT ARM SPEAR（右マニピュレータ　スピア）
▼LEFT ARM SHIELD（左マニピュレータ　シールド）
▼GRND FIGHTING MODE（地上格闘戦モード）
というメッセージが表示された。人工知性体も有理砂の言う地上戦が最適と判断して、兵装の組み替えを知らせてきたのだ。

「わかりました。手足にはダメージがあります。なるべく早く上空へ追い散らし、空で勝負をつけます」

『それでいいわ。ゆきなさい』

「はいっ」

忍は両足を軽く踏んでGキャンセラをかけると、〈究極戦機〉を音速よりほんの少し下まで減速し、新潟市街地上空へ進入した。モニターの正面には怪獣の背を捉えたままだ。そのまま突入する。

▼TARGET RANGE : 29998M

目標へ三〇キロメートルを切ったところでモニターの超望遠がキャンセルされ、通常倍率に戻る。怪獣の位置は四角いターゲットボックスで囲われて引き続き表示される。ヘッドアップ・ディスプレイが空中戦モードから地中戦モードに切り替わる。赤い数字がレーザーサーチャーで測定した標的との直接距離を示す。

▼TARGET RANGE : 28488M
▼ALTITUDE : 323FT

ターゲットレンジはスロットマシンのように減っていく。高度表示はオレンジ色に替わって点滅する。地表に接近したので両脚で着地せよ、とパイロットにうながしているのだ。

「着地か――どうやるんだろう？」

●日本海洋上　戦艦〈大和〉ＣＩＣ

「忍は両脚で立てるのか？」

随行支援機のガンカメラが送ってくる映像を覗きながら、波頭中佐が渚佐に訊いた。

「わたしに訊かないでください」

渚佐は頭痛がするかのように頭を振った。

「あの子は、地上を歩くマシンなんて、操縦したことないはずです」

『魚住さん』

忍が機上からコールしてきた。

『魚住さん、インテンション・コマンドを使ってもいいですかっ？』

「だ、駄目よ！」

渚佐はコンソールのマイクに怒鳴り返した。

「あなたがインテンション・コマンドモードを使ったらどうなるか、さっき発艦の時に経験したでしょう？　怪獣の代わりにあなたが街を壊してしまうわ！」

それは、一理あった。

●新潟市街　上空

有理砂は、忍が着地寸前に「インテンション・コマンドを使いたい」と言いだした時、この子はなんて優秀なパイロットなのだろうと感心した。

（さっきは『機体にダメージがあるからなるべく早く上空へ追い散らす』と的確な判断をしたし――この子は将来、最高の戦闘機パイロットになるかもしれない……）

ただし、死ななければ。

「忍」

有理砂は地上一〇〇フィートまで降りた〈究極戦機〉に呼びかけた。

「忍、脚で立とうと思わなくていい、もともとＵＦＣの両脚は駆け回るようにはできていないわ。地上五〇センチで立ち泳ぎさせるつもりで引き起こして」

「地上五〇センチで立ち泳ぎ――？」

忍は、自分のイメージの力で機体を操るインテンション・コマンドモードを使えば、慣れない地上での機動も有利にできると考えたのだが、確かに自分の鍛錬された女優のイメージ力でＵＦＣを操縦したら、どこへ吹っ飛んでいくかわからなかった。

「――そんな器用な」

忍はインテンション・コマンドをあきらめ、手動操縦でＵＦＣを大地に立たせようと試みたが、飛行機を着陸させる時の感覚が働いてしまい、思わず接地直前でスティックを引いた。

ぐいっ

地上格闘戦モードに入っていた〈究極戦機〉は、人工知性体のコントロールによって自動的に地面に立つ姿勢を取ろうとしていたのだが、忍がスティックを引きすぎたためにまるで力加減のわからない月面宇宙飛行士のように立った姿勢のまま空中へ浮き上がった。

フワッ

（しまった！）

まだ亜音速の前進速度は少しも減じてはいなかった。ＵＦＣは立ってのけ反ったような姿勢のまま市街地の怪獣へと突っ込んでいく。翼をたたんだ黒い巨大な背中がモニターいっぱいに迫る。

「きゃあっ」
ヴァエッ？
ガーゴイルは目の前の〈餌〉――群衆に気を取られ、亜音速で突っ込んでくるＵＦＣに気づくのが一瞬遅れた。怪獣は振り向いたが避《よ》けきれなかった。
「きゃーっ」
ズガーンッ
ＵＦＣの白銀の機体はまるで抱きつくように怪獣の背中にぶち当たり、そのまま中央大通りを横断して反対側の新潟官庁街のビルに激突した。
ズガラガラガラッ
ヴァェオエッ
怪獣はすぐさま飛び上がったが、ＵＦＣはそのままビルを突き崩して派手に転がった。
倒れたＵＦＣの女性型ボディ目がけ、まるでコーナーポストからリングの上へ跳び蹴りをかますように怪獣が襲いかかる。
うわーっ
群衆が、大通りを官庁街からあわてて逃げていく。その向こうで、巨大な黒い魔神が鉤爪の生えた両足で白銀の女神像へ落下していく。

「きゃあっ」

忍が叫ぶと同時に人工知性体が防御モードを取り、左腕の盾を前面に出す。忍はとっさにスティックを手首で横へ倒し、ＵＦＣに寝返りを打たせようとする。だが崩れたビルの残骸にはまり込んでＵＦＣは動けなかった。

ドシャーンッ
「忍！」

有理砂は上空を旋回しながら、援護できる火器を持っていないことに歯噛《はが》みした。

「バルカン砲だけじゃ――」

怪獣はばさばさっと羽ばたくと、再び頭上一〇〇メートルへ跳び上がり、もう一度ＵＦＣに蹴りを入れようとする。

「忍、スピアだ！」

「うう」

忍は激しい衝撃に脳震盪《のうしんとう》を起こしかけながら、目をしばたたいてモニターを見上げた。コマンドモジュールは仰向けになったままだ。姿勢制御システムが故障《ダウン》したらしい。大怪獣の悪魔のような鉤爪の両足が、スローモーションのように目の前いっぱいになる。

「ス」

忍はとっさに叫んだ。

「スピアー」

人工知性体が操縦者のコマンドに従い、右手の手首からプラズマをリークさせて、長さ一〇メートルの輝く槍を創り出し、迫ってくる怪獣の下腹部へ突き立てた。

シュンッ
「これでも喰らえーっ」

ぐさっ
バチバチバチッ
蒼白い猛烈な閃光が飛び散った。プラズマの槍が怪獣の強靱な黒い表皮を貫通しかかった。

ギャオエーンッ
怪獣は悲鳴を上げ、ぶぁさぶぁさっと羽ばたくと跳び上がって逃げた。

『今だ！　起きるんだ忍』

ううっ、とうめき声を上げながら忍はコマンドモジュールで身を起こす。

「〈究極戦機〉、立てますか？」

フュイイイ

「いいわ。まだわたしは戦う」

忍はスティックを手前に引き、今度は慎重にUFCを大地に立たせた。機体の重量は半分以上、Gキャンセラに預けたままだ。

『そうよ忍。地球製の脚はあまり強くない。地面に浮いている感覚で』

「はい」

『怪獣が来る。後ろ。振り向け。盾を!』

「くっ」

だがビルの残骸に足を取られ、UFCは振り向きざま怪獣の跳び蹴りを喰った。盾を構えるのが間に合わない。

ズガーンッ

「ぐわっ」

怪獣の蹴りをまともに喰らってしまう。盾が左腕から吹っ飛んだ。UFCはのけ反って、またビル街へ倒れ込んだ。

ズザザザッ

ヴァエッ

怪獣が襲いかかる。

●戦艦〈大和〉C－C

「しまった！」

「どうした魚住くん？」

「バックアップBモーターが、今の体当たりで焼き切れたわ！」

「何っ」

●新潟市街

「スピア！」

忍は叫んだが、倒れたままUFCの右腕は上がらなかった。

「右肩が――焼き切れた？　しまった！」

怪獣の巨体がモニターいっぱいになる。もう盾もない。避《よ》けきれない！

「忍ーっ！」

有理砂はどうしようもなかった。

だがその時、
シュルシュルッ
シュルッ
無数の白煙を滝のように曳いて、数十発のミサイルが空中を跳ぶ怪獣へ襲いかかってきた。
「何っ」
思わず振り向く有理砂。
越後山脈《えちごさんみゃく》を越えてきた総勢四十機のF15Jから発射された八〇発のAIM120は、アクティブレーダー誘導で怪獣の黒い太っ腹へ殺到していく。
ズドドッ
ズドバババッ
ドカーンッ！
ボヴァエーッ
怪獣は空中でもんどり打ち、〈究極戦機〉の倒れている手前の大通りへ転がり落ちた。
（帝国空軍――！）
『UFCチーム、下がっていろ。われわれが攻撃する』
「ありがたいけど、怪我するわ」

『俺は素人じゃないぜ、女王蜂さん』

「え」

イーグルの編隊は上空で次々にブレイクすると、一機のF22Jラプターを先頭に、斜め急降下で突っ込んでくる。一機だけ最新鋭のラプターが交じっていたようだ。

『〈ブラックタイガー〉より全機』

隊長機のラプターが叫んだ。

『これより怪獣攻撃の手本を見せる。俺に続け！』

『ラジャー』

『ラジャー』

あいつか――

有理砂はマスクの中で苦笑して、彼女のホーネットを上空へ離脱させた。

眼の下を、ウェポンベイを開いたラプターが擦り抜けていく。せっかくのステルス塗装を台なしにした黒と黄色の派手な垂直尾翼に阪神《はんしん》タイガースの虎のエンブレム。

原田次郎《じろう》空軍少佐の乗機だ。爆装したイーグルの編隊が続々と続く。

『ぶちかませっ』

先頭を切るF22と十機ばかりのイーグルが、Mk《マーク》82レーザー誘導爆弾を一斉にリリースした。大通りでもんどり打って起き上がろうとしている黒い翼を持った怪獣に、二二発の大型爆弾は雨のように襲いかかり、連続大爆発を引き起こした。
ドドドドドドッ
激しい爆発と舞い上がった爆煙で中央官庁街は何も見えなくなり、後続の三十機は投弾を中止して引き起こさなければならなくなった。

●中央アルプス上空　ＵＳ３Ｊ連絡機

「忍が新潟へ？」

コクピットの機長と副操縦士の間に乗り出して無線のマイクを握った郷大佐は、スピーカーから聞こえてくる魚住渚佐の声に訊き返した。

「怪獣はシベリアで暴れているのではなかったのか？」

『事態は、そんなものではありません郷大佐』

山岳上空を飛ぶ夜間飛行のコクピットに響く渚佐の声は、疲れきっていた。

『宇宙航行生命体はハバロフスク、ウラジオストクを全滅させて、東日本の新潟もあと数分の命です。このままでは怪獣が次に西東京を襲うことは確実です。帝都が焦土に変えられるまで一時間――いえ三十分もかからないでしょう』

「むう」

『郷大佐。そちらには水無月忍の随行支援パイロット《サポート・ファイター》候補が乗っていますか？』

「サポート・ファイターのパイロット――ああ、陸月里緒菜か」

郷は狭い後部キャビンの一番後ろの席を振り向いた。里緒菜は所在なげに、窓から夜の黒部峡谷《くろべけいこく》を見下ろしている。

「陸月候補生なら乗せてきたが」

『水無月忍を説得させてくれませんか？　あの子は何もわかっていない。母艦へ引き揚げて整備を受けなければ帝都防衛ができないというのに、新潟を護るために怪獣に張りついているのです！　正義の味方にでもなったつもりなんだわ』

「とにかく、新潟へ急行しよう」

郷はマイクを切ると、左側操縦席の機長に針路を変更するように命じた。

●新潟市街

「はあ、はあ」

忍は、コマンドモジュールの中で身を起こした。

「怪獣は――」

空軍の爆撃で、モニターの中は黒い煙しか見えなかった。

「見えないわ」
忍が言うと、視界が赤外線ビジョンに切り替わった。赤く熱を発する怪獣の巨体がビルの残骸の向こうに見える。魔神のような怪物は、中央大通りからむっくりと起き上がってくる。
そこへ、
ヒュヒュヒュヒュヒュヒュ
開傘《かいさん》制動フィンの笛のような風切り音を曳いて、数十発のレーザー誘導爆弾が怪獣の背中に降り注いだ。
ドカーン
ドカンッ
爆弾はビル街をほじくり返し、半数が怪獣を直撃した。怪獣は大地に叩き伏せられるが、軽く頭部を振っただけで再び起き上がろうとする。
「――やっぱりこたえていない……普通の爆弾じゃ、駄目なんだ」
忍はコマンドモジュールの中に呼びかけた。
「〈究極戦機〉、左腕でもスピアは持てますか?」
返事の代わりにコマンドモジュールは反応し、

▼LEFT ARM SPEAR（左マニピュレータ　スピア）

と兵装表示が書き換えられ、同時に左手に蒼白く輝く光の槍が出現した。

フュィイイイ

〈究極戦機〉が再び立ち上がる。灯火のすっかり消えた新潟市街を、プラズマスピアの蒼白い輝きが照らし、ぎざぎざのビルの残骸がシルエットになってくっきりと浮かび上がる。

美月のFRSマークⅡは亜音速しか出ないので、新潟上空へ駆けつけたのはようやくその時だった。

キィイイイイン

『森高中尉』

美月のヘルメットイヤフォンに、〈大和〉CICから波頭中佐が呼びかけてきた。

『森高中尉、なんとかして忍を〈蒼龍〉へ連れ戻すのだ。今〈究極戦機〉を修理しなければ、西東京が灰にされてしまう』

「忍は連れ戻すけど」

美月はマイクに答える。

「あんたのためでも、帝国のためでもないわ」

『おい、森高』

美月はそれ以上、波頭を相手にせず、中央大通りの向こう側に見えてきた忍のUFCに呼びかけた。

「忍」

燃え盛るビルの残骸の中に立ち上がった〈究極戦機〉は、炎の照り返しを受けて白銀に輝いていた。


『忍、これ以上戦うのは無理だ。あんたの命が危ない』

美月の声に、忍はモニターの夜空を振り仰いだ。

「教官――教官、でも、市民の避難がすんでいません」

左後ろが切れたままの全周モニターはまだ赤外線ビジョンになっていて、〈究極戦機〉の後ろでは数万人の新潟市民が徒歩で逃げていく最中だった。人間を示すピンクの小さな熱源が無数に、中央大通りを背後の〈大和〉の方角へゆっくりと移動していく。もどかしいほど遅い。

『それは仕方がない。戻って整備を受けるんだ』

「でも」

『手足が動かなくなったら、あの怪獣に八つ裂きにされるぞ』

「でも」

忍には、背後に護っている数万人の新潟市民が、まるでステージから見下ろすコンサートの聴衆のように見えた。

『忍、今〈究極戦機〉が倒されたら、明日の地球を護る手段はなくなるんだ』

「でも教官、コンサートホールが火事になった時、お客さんをほっぽり出して一人で逃げ出す歌手はいません」

『なっ、なんだと』

ズズズズズ
黒い魔神が、炎の中に巨大な身を起こす。〈大和〉主砲弾で半分に砕かれた形相が、地獄の悪鬼のようだ。

ヴァオエーッ
吠えた
クチバシのような口から、白いよだれを滝のように垂れ流し、怪獣は「そこをどけ」と言うように角の生えた頭部を振った。

（飢えている――？）

怪獣は、実は今まで攻撃されるたびに頭にきてプラズマを吐いていたので、ふたつの都市を全滅させた割には十分に〈餌〉を食べていなかった。みんな黒焦げにするか、蒸発させてしまったのだ。彼はその巨体を維持し失った頭部の器官を再生するために、緊急に大量のタンパク質を摂取しなくてはならなかった。

ヴァオエーッ

「駄目よ」

忍はシートの中で、怪獣を睨みつけた。

「ここは、通さない。あの人たちを襲いたければ、わたしを倒してゆきなさい」

『忍！』

「スピア、最大出力」

シュッ

白銀の女神像の左手に握られた光の槍が、倍の長さに膨脹して輝きを増した。

『忍、待つんだ』

グロロロロ

同時に怪獣も背中を発光させ始める。

『忍わかってるのかっ、もう盾はないんだぞ！』

『水無月さんやめなさい！　ＵＦＣが壊れる』

『上出来だわ忍、やっておしまい！』

『何言うのよ有理砂！』

『忍やめろ、離脱するんだ！』

忍はモニターの黒い魔神から目を離さなかった。

「こい、怪獣！」


郷たちを乗せたUS3Jは妙高山《みょうこうざん》を飛び越え、新潟上空へ進入した。上空からはちょうど、中心街で怪獣と対峙する〈究極戦機〉が見えた。

「あ、あれに――忍が乗っているんですか？」

闇に燃え盛る市街地の残骸に優美な両脚で立ち、黒い怪物を睨みつけて一歩も引こうとしない白銀の機体は、内部に受けたダメージでシステムダウン寸前にはとても見えなかった。

「そうだ。睦月候補生」

郷が、同じ窓から下界を見下ろして言った。

「あの戦闘マシンは怪獣との戦いでダメージを受け、壊れる寸前だそうだ。水無月忍に母艦へ引き揚げるようにアドバイスしてくれんか」

郷は、渦巻きコードのついた無線のマイクをコクピットからひっぱってきて里緒菜の顔に突き出したが、里緒菜は小さな円窓に両手でしがみついて目もくれなかった。

「忍……」

「君のアドバイスなら、耳を貸すだろう。さあ」

「忍──」

「おい、睦月──」

里緒菜は目を丸くして、睨み合う怪獣と〈究極戦機〉を見下ろしたまま、郷の差し出すマイクを受け取った。〈大和〉CIC経由で〈究極戦機〉のコマンドモジュールにつながれている無線マイクに、里緒菜は言った。

「し、忍──かっこいい！」

●戦艦〈大和〉CIC

ずだだだっ
スピーカーから出た里緒菜の黄色い声に、渚佐と万梨子がずっこけて床に転んだ。

『忍、かっこいい！　やっちゃえ、やっつけろっ！』

「な──」

コンソールの管制卓で上半身を支えるように起き上がった川村万梨子は、有理砂のF18と美月のハリアーから送られてくる二面の映像を見上げたまま、唸った。

「なんてこと言うのよ。あの随行支援パイロット《サポート・ファイター》は」

渚佐は、と横を見ると、ロングヘアに白衣の美女は床にへたり込んだままうつむいて、「ＵＦＣチームはどうなるんだ、ＵＦＣチームは……」と小さな声でぶつぶつぶやいていた。

「魚住くん！」

波頭に怒鳴られ、渚佐はハッと正気に戻る。

「はっ」

波頭は画面を指さして、渚佐に詰め寄った。

「魚住くん、このままでは危ない。〈究極戦機〉に例の必殺武器を使わせることはできないか」

「――必殺武器……〈スターダストシャワー〉ですか……？　無理です」

「支援衛星の位置が悪いのか？」

「いいえ」

渚佐は力なく頭を振った。

「機体のダメージリストを見てください。この状態であれを使ったら、ＵＦＣは分解、操縦者の水無月忍は一〇〇パーセント、死にます」

「では、どうすれば――」

「わたしにも、もうわかりません。どうすればいいのか――」

●新潟市街

「むう……」

郷は唸った。

旋回する窓からよく見ると、白銀の女神像の右腕はだらりと垂れ下がり、すでに機能が停止しているのがわかった。地球上では精製できない超高分子皮膜で覆われた白銀のボディも、あちこちが黒焦げになっている。高エネルギーレーザーを一昼夜、照射し続けてもかすり傷すらつかないはずなのに。

「あれだけやられて、まだ戦うというのか――!」

ヴァエッ
睨み合いの均衡を崩したのは、怪獣だった。やはり腹を減らしていたのだ。
ズガッ
鉤爪の両足で舗装を削り飛ばすと、黒い魔神は疾風《はやて》のように突進してきた。
ヴァオエッ

悪魔のような黒い翼が広がる。同時にびらっと開いたクチバシから蒼白い閃光を吐いた。

ズヴォーッ

「きゃあっ」

忍が叫ぶと同時に、〈究極戦機〉の頭脳である人工知性体は自動的に瞬間回避モードを取り、上半身を右へひねると最小限の間隔で怪獣のプラズマ火焔《かえん》をすり抜けた。

怪獣の悪鬼の形相がスローモーションのように近づきモニターいっぱいに！

「い、いやあっ」

忍は思わず自分も身をかわしながらスティックのヘッドについたクリックスイッチを親指で倒し、UFCに左腕を振り下ろさせた。

ズバッ！

最大出力のプラズマスピアは怪獣の左前肢をぶち切り落とし、背中の骨張った翼も半分切り裂いて向こう側へ突き抜けた。しかし〈究極戦機〉は怪獣の胴体左面に接触し、数万トンの運動エネルギーを喰らって横っ跳びに弾き飛ばされた。

バシャーンッ

「きゃーっ！」

〈究極戦機〉は斜め飛び込み前転のようにビルを突き崩して五〇〇メートルも転がっ

た。

ガラガラガラガラッ

●〈大和〉CIC

「なっ、なんてことを――」

渚佐はモニター画面を見上げて、まるで乱暴なガキにウェッジウッドのディナー食器セットを引っ繰り返された代官山《だいかんやま》のお屋敷の若奥さんみたいに卒倒しそうになった。

「――ああ……」

渚佐は文字どおり頭を抱えると、現実から逃避するように座り込んでしまった。

●〈究極戦機〉コマンドモジュール

「きゃーっ」

ピーッ

ピーッ

ピーッ

警告メッセージでモニターの右半分が真っ赤になった。だが〈究極戦機〉はまだビルを壊しながら転がり続ける。
ガラガラガラッ
回転運動を止めるべき手足が、もう動かないのだ。
▼ALL ACTUATORS DOWN（人工筋肉　全系統停止）
真っ赤なメッセージが悲鳴を上げる忍の白い顔に照り返し、真っ赤に染めた。
「きゃあーっ！」
ピーッ
ピーッ
ガラガラガラガラッ
「――お、お姉ちゃん！」

5

●横浜　ドックヤードガーデン

（――忍？）

美帆はふと、マイクを手にしたまま舞台の背中を振り返った。

（――今の〈声〉は……）

妹が、呼んだような気がしたのだ。

●新潟市街

「はあっ、はあっ」

額のどこからか、血が一筋、流れていた。

「はあっ――ぐっ」

肋骨《ろっこつ》にひびが入ったかもしれない。息をすると胸が痛い。そのほかにもどれだけダメージを受けたのか、忍には自分でもわからなかった。

「ごほっ、ごほっ――〈究極戦機〉、もう動けないのですか？」

▼ALL ACTUATORS DOWN

警告メッセージは、真っ赤に点滅したままだ。

「では、飛ぶことは――？　立つのが駄目なら、浮かぶことはできますかっ」

『忍！』

里緒菜の声がした。

『忍、大丈夫っ？』

「里緒菜……」

『忍、すごいね！　大丈夫？　立てる？』

状況がなんだかよくわかっていないぶん、里緒菜の声だけがこの燃える戦場の真ん中で明るかった。

「里緒菜……来てくれたんだ」

キィイイイン
ＵＳ３Ｊはフラップを下ろして、倒れたＵＦＣの機体の真上を低空で旋回した。

『里緒菜、大丈夫よ。わたしまだやれる』

「あいつは――」

郷は息を呑んだ。ＵＦＣがＧキャンセラの出力を上げて、瓦礫の中から上半身を起こし始めたのだ。

ガラガラッ
ガラッ
「その調子！　がんばれ、忍っ」

里緒菜が手を叩く。

「あいつは――どうしてあんなに戦うのだ。素人の、昨日までアイドル歌手だった小娘が！」

「大佐。忍はアイドルではありません。パイロットです」

井出が目を潤《うる》ませて、立ち上がろうともがく〈究極戦機〉を見下ろした。

「だが――どうやって戦うのだ。もうあんな有り様では……」

●〈大和〉ＣＩＣ

「渚佐。しっかりして」

万梨子は座り込んだ渚佐の白衣の両腕を抱きかかえるようにして、立ち上がらせた。

「渚佐、あなたが今倒れてしまったら、地球はどうなるの？　あの子は戦えなくなるわ」

「あの子、嫌いよ」

渚佐は、だだっ子に退行したようにロングヘアをばさばさっと振った。

「なんとなく、虫が好《す》かないわ。初めて見た時から。妙に前向きで、はきはきして、いつも元気で」

「女の子の選《え》り好みはやめるって、ずっと前に約束したでしょ？」

「だって」

渚佐は万梨子の胸に顔をうずめて、すすり上げた。

「だって……」

「もうこの人は――難しいんだから」

万梨子はＣＩＣの人中も構わず、渚佐の髪を撫でた。

「しょうがないわね。それじゃ――」

万梨子は渚佐の髪の間に覗いている白い耳にくちびるを当てると、「これが無事にすんだら――ごにょごにょ」と囁《ささや》いた。

「本当？」

渚佐がパッと顔を上げた。

「本当？　万梨子」

「一回だけ、よ」

「嬉しいわ万梨子」

「その代わり、ちゃんとお仕事してね」

「うん。わたし仕事する」

渚佐は、スイッチが切り替わったように元気になると、インターフェイスシステムの管制卓に座り直してＵＦＣの機体ダメージをもう一度、表示させた。

カチャカチャカチャッ
「う～む」

波頭はそれを見ながら、腕組みをして唸った。

（ううむ――いったい何が『一回だけよ』なんだろう……？）

しかし考えている余裕はなかった。

「大変です！　怪獣が避難民を……！」

CICスタッフの声に、波頭はハッとモニターを見上げた。

●新潟市街

ズシン
ズシン
〈究極戦機〉を倒した巨大なガーゴイルは、越後山脈の裾野の方角へ避難する十数万の群衆を追って、大股で歩行した。
ヴァオーッ
白い唾液をまき散らしながら怪獣は吠えた。忍のスピアにはたき落とされた左前肢の付け根からは赤黒い体液が噴出し、背中の骨張った翼は半分ちぎれかけていた。
ヴァオッ
彼は宇宙のどこかで生まれてから、地球のスケールで数万年の間に、これほどのダメージを受けたことがなかった。失った器官を再生するためにも、彼は急いで大量のタンパク質をむさぼり喰う必要があった。
うわぁーっ

きゃーっ
大八車《だいはちぐるま》やリヤカーを放り出し、背負った家財道具も投げ捨てて東日本共和国の首都の住民たちは山の方角へ必死で走った。市街地の外れには山多田大三《やまだだいぞう》の独裁時代に造られた大防空壕があるのだ。
しかし、
ヴァオエーッ
怪獣は群衆にたやすく追いつくと、鉤爪の生えた両足でばしばし踏み潰し、腹を空《す》かしたニワトリのように激しい動作で地面からついばみ始めた。
ぎゃあーっ！
うぐわーっ！

ギィイイイン
『少佐！』
編隊を率いて牢獄の背中へ突っ込もうとした原田を、副編隊長が止めた。
『少佐、駄目です。銃撃すれば市民に当たります！』
「くそっ」
原田はラプターの機首を引き起こす。

バリバリバリッ

「あいつを、なんとかできねえのか！　みんな喰われちまうぞ」

原田はヘルメットの頭を回して、がつがつと〈食事〉に夢中になる黒い怪獣を振り返った。

『もう爆弾がありません』

空軍の編隊は、携行してきたスパローとレーザー誘導爆弾を残らず投弾してしまうと、もうバルカン砲しか残っていなかった。原田のラプターと四十機のイーグルは、上空で旋回したまま、なす術《すべ》がなかった。

『少佐、帰還命令です。「横田基地で補給後、帝都防空の任に就《つ》け」です』

「くそくらえ！　下で喰われてる連中がいるのに、どの面《つら》下げて帰れるかっ！」

『しかし少佐』

『少佐』

「くっ――――」

忍は、言うことを聞かない操縦系統を操って、なんとか〈究極戦機〉を空中へ浮かべようと苦心していた。地球製の手足が完全に機能を失って、Gキャンセラの出力調整だけで姿勢を起こさなければならなかった。

「――立ち上がれたとしても……腕が上がらないんじゃスピアもヘッジホグも使えないわ」

それでも、不思議と逃げて帰ろうという考えは浮かばなかった。

上空で旋回している有理砂か美月に、使える武器がないか助言をもらわなければ。忍はモニターの頭上を見上げて、声をかける。

「教官、有理砂さん――うぐっ」

うっ、と忍は顔をしかめる。首を少し動かすだけでも、背中に激痛が走るのだ。

「どこを――痛めたんだろう……」

ピピピピピ！

その時、警戒ウォーニングが鳴った。

「はっ」

ギロリ
一キロ向こう側から、黒い怪獣がクチバシから〈餌〉をはみ出させたまま、こちらを振り返った。身を起こしかけた白銀の機体に気づいたのだ。

「やばい！」

美月の後席で迎が叫んだ。

ズゥォーッ
蒼白い閃光の奔流が、横向きの滝のようにほとばしった。

「し、忍あぶないっ！」

里緒菜が思わず叫んだ。

「忍！」

「忍！」

F18とハリアーは、プラズマ火焔流の高熱で膨脹する衝撃気流に吹き飛ばされ、上空へ放り上げられてスピンに入った。軽い戦闘機には、なす術がなかった。

「忍っ」

郷が叫んだ。

●〈大和〉CIC

「いかんっ、直撃だ！」

波頭の叫び声に、モニターの映像を見る全員が息を呑んだ。

「きゃーっ」

せっかく立ち直った渚佐が両手を顔にあてて悲鳴を上げた。

〈究極戦機〉が津波に突き倒されるように蒼い火焰に呑み込まれて見えなくなり、次の瞬間カメラを載せた随行支援機も上空へ吹き飛ばされて画面はノイズだらけになった。

「〈究極戦機〉が――」

●〈究極戦機〉コマンドモジュール

「きゃーっ」

ついにプラズマ火焰流の直撃を喰らったＵＦＣは、糸の切れたあやつり人形のように後方へ吹き飛ばされた。

「きゃあーっ」
ピーッ
ピーッ
直撃を喰った時、モニターは蒼白い閃光でいっぱいになり、防眩《ぼうげん》機能がすぐに輝度をしぼったものの、忍はまぶしくて一瞬目が見えなくなった。人工知性体は、プラズマ火焔流の直撃をGキャンセラで吸収してこらえるよりも、勢いに任せて後退したほうがダメージが少ないと判断し、何もしなかった。

▼OUTSIDE TEMP.：2480℃（機体表面温度：２４８０℃）

ピーッ
ピーッ
ガラガラガラッ
〈究極戦機〉は仰向けに引っ繰り返り、何度もバック転を打つようにビル街を突き崩しながら転がった。もともと軽い材質でできているのだ。
ズダダダッ
ビル街の外れの石造りの古い建物に、〈究極戦機〉の機体は叩きつけられるように止まった。白銀の機体は、あちこちが黒く焼け焦げていた。

ピピピッ

モニター右側に、また機能喪失を知らせる黄色いメッセージが何行も増えた。UFCの機体外装に使われている地球製部品は、今の直撃でついにすべて焼き切れた。

「う――」

忍は仰向けになったシートの中で、斜めに身をよじるようにして激しく息をついた。

「はぁっ、はぁっ」

目がかすんでよく見えなかった。

モニターの中で、市街地が燃えているのがぼんやり映るだけだ。〈究極戦機〉は古い商工会議所を半分崩し、背もたれのようにして仰向けに倒れていた。

「はぁっ――うっ」

身体を動かそうとすると、激しい痛みが走る。

「うっ――」

コマンドモジュールの中は静かになった。さっきまでうるさいくらいに呼びかけてきていた無線の声が、聞こえない。通信システムがダウンしたのかもしれない。エアコンの空気の流れる音がするだけだ。

ピッ

▼ECS EMER. MODE（環境コントロールシステム　緊急モード）

少し暑くなってきた。〈究極戦機〉の生命環境維持システム《ECS》は、恒星間宇宙船のものなので滅多なことでは機能を喪失しないが、それでもプライマリー・モードはダウンしてバックアップのエマージェンシー・モードに切り替わっていた。エマージェンシー・モードでは、室温を乗員に快適なように細かく微調整することはできなかった。

「う――」

忍は目をしばたたき、くちびるからやっとのことで声をしぼり出した。

「う――お姉ちゃん……」

歯を喰いしばって、忍は身を起こそうとする。

だが次の瞬間、

「うぐっ！」

身体に激痛が走って、忍はシートにのけ反って倒れた。目の前が暗くなり、あたりが見えなくなった。うわんうわんという耳鳴りとともに、

――わぁぁぁぁ

歓声が聞こえてきた。

――わぁぁぁぁぁっ

幻聴だ。

――アンコール！

アンコール！

忍のまぶたの裏に、数日前に観客席の一番後ろに座って観た姉のコンサートのステージが、浮かび上がってきた。

――アンコール！

アンコール！

アンコール！

「みんな、ありがとう！」

　うわぁあああっ

「──お姉ちゃん……」

　自分のつぶやいた声で、忍はハッと目を覚ました。意識を失ったのは数秒だろうか。

　しかしその間に、廃墟と化した燃え盛る中心街で黒い怪獣はこちらを向き、突進する体勢に入る。

「……お姉ちゃん、わたしだって──」

　右手を伸ばし、操縦スティックを掴む。

「──わたしにだって……」

　痛みに顔をしかめながら、手前に引く。

　ウィイイイ
　堅固に護《まも》られた腰の中の核融合炉にはまだ損傷はなく、Gキャンセラは出力を微妙に上げてUFCの機体を瓦礫の山から起こそうとする。

　ガラガラガラガラッ
　だが、
　ヴァエェッ

遠くで怪獣が、起き上がろうともがくＵＦＣへ二本の角を向け、突進を開始した。

●戦艦〈大和〉艦橋

『射撃管制室より艦橋へ。光学測距儀に怪獣を捉えました。実測二〇キロ』

〈大和〉は〈蒼龍〉を従え全速力で南下し、ようやく新潟市沖二〇キロの位置まで接近していた。

「よし、ここまで近づけば、有線縮射砲弾が使える」

森艦長は双眼鏡を下ろして、命じた。

「砲術長、森高機に目標上空のデータを送らせろ」

「はっ」

●戦艦〈大和〉ＣＩＣ

「な――――」

渚佐がインターフェイスシステムのシミュレーション画面から顔を上げて、つぶやいた。

「――なんてこと……」

「どうしたの渚佐？」

渚佐は頭を振った。

「駄目だわ万梨子。こんなにダメージがひどいんでは――今からＵＦＣを収容して応急処置をしても、なんとか戦える状態に修復するにはどうやっても半日かかる」

「半日？」

「すべての地球製パーツをコンポーネントごと外して新しいものに付け替えて、システム全体を調整し直すのにはどんなに急いでも十二時間……十二時間あったら、あの怪獣は新潟を全滅させて西東京を壊滅させて、日本列島を焦土に変えてまだおつりがくるわ」

「う、魚住くん」

「どうすればいいの渚佐？」

「どうすればって――」

渚佐は頭を振りながら、キイボードに指を走らせる。

カチャカチャカチャッ

画面に、シミュレートされたいくつかの結論が示される。

パパッ

最後の一行に、渚佐の目が留まる。

「はぁ……」

渚佐はため息をついた。

「渚佐」

「魚住くん」

渚佐は、額にかかる髪を掻き上げながら、万梨子と波頭に向いた。

「万梨子、中佐。もうこうなったら方法は、ひとつしかありません。今、現状のままで、UFCに怪獣を倒してもらうしかありません」

「しかし〈究極戦機〉は――」

「ひとつだけ、〈手段〉が残っています。ものすごく危険ですが……」

「渚佐。まさか――」

「忍に指示をしなくては」

渚佐は管制卓のマイクを取るが、〈大和〉の指向性アンテナは〈究極戦機〉の機体に向けられているはずなのに、通信管制ランプは赤になったままだ。

「――いけない、通信が切れている」

渚佐は振り向いて、CICのスタッフに大声で命じた。

「バックアップ回線に切り替えて！　早く！」

だがその時、

「魚住くん、いかん！」

波頭が、回復したハリアーからの拡大画面を見上げて叫んだ。

「あれを！　――怪獣が！」

●新潟市街

「〈大和〉！　艦砲射撃どころじゃない、怪獣がＵＦＣに向けて突進し始めた！」

ようやく姿勢を回復したハリアーのコクピットで美月が無線に叫んだ。

「有線砲撃はやめてくれっ、忍に当たっちまう！　――忍、忍聞こえるかっ、早く上空へずらかれ怪獣が来るぞっ」

眼下の〈究極戦機〉から応答はない。

「くそっ、通じない！」

ズガッ
ズガガッ
ビルの残骸を蹴散らしながら、巨大な黒い有翼の怪獣は〈究極戦機〉へ突進する。

ヴァエエーッ
暗闇の亀裂のような片目が、『まだまいらないか死ね！』とでも言うように細められる。
そこへ、
ギィイイインッ
『待ちやがれ怪獣！』
原田少佐のＦ22を先頭に四十機のＦ15が単縦陣で襲いかかる。
『少佐、これって無茶じゃありませんかっ』
『馬鹿野郎っ！　てめえらそれでも帝国空軍士官かっ。やつの頭の高さまで降りて水平射撃をかますぞ、外すやつは向こう一週間トイレ掃除だ、続けっ！』
「付き合うわ」
有理砂のＦ18が上方から合流する。四十二機は瓦礫の山を走る怪獣の直前まで迫って次々にバルカン砲で銃撃するが、ガーゴイルは降り注ぐ20ミリ砲弾など意にも介さず突進する。
ヴァエッ
「くそっ」
ＵＦＣへの五〇〇メートルをあっという間に跳躍し、怪獣は砂煙を蹴立てて飛び蹴りの体勢に。

鋭い両足の鉤爪が、身を起こしかけた〈究極戦機〉のなめらかな白銀のバストに喰らいついていく！

「しまった！」

有理砂が叫んだ。

「胸をやられたら——忍が！」

「忍逃げろ！」

美月は叫ぶ。

ドカーン‼

砂塵を蹴立てながら怪獣の巨体はＵＦＣの胸に襲いかかった。

次の瞬間、爆発的な土煙で下はまったく見えなくなった。

6

●〈北のフィヨルド〉〈アイアンホエール新世紀一號〉艦内

「ひかるさんっ、大丈夫ですかひかるさんっ?」

先に気がついたのは川西だった。


数時間前——

ピカカッ
プラズマ砲の発射に成功した直後、〈ホエール〉のすぐ鼻先でキロトン級の大爆発が生じ、このクジラ形巨大メカは縦向きに引っ繰り返された。

「う、うわあーっ!」

「きゃーっ!」

ひかると川西は、そのままプラズマ砲のシャフトの中で気を失ってしまった。

「うう――」

「大丈夫ですか。気がつきましたか」

川西たちのいるプラズマ砲の砲身シャフトは、〈ホエール〉の全長一五〇メートルの艦体をちょうど脊髄《せきずい》のように貫いて鼻先へ抜けている。しかし非常灯の赤い電球すら切れて、傾いたシャフトの中は真っ暗だった。

ピチャッ

ピチャッ

「腰まで水がきている――やばいぞ」

川西は、口径四メートルのトンネルのようなシャフトの作業用通路の手すりに掴まって、ひかるの飛行服の肩を水面から引きずり上げた。

ピチャッ

浸水の水位は、少しずつ上昇している。

「〈ホエール〉が沈みつつあるんだ。早く脱出しないと――」

シャフトをこのままま っすぐ進めば、艦首のプラズマ砲口へ出られるはずだ。

ピチャッ

「ひかるさん」

「う、うう――」

ひかるはうめき声を上げるだけで、目を開かない。

「とにかく急ごう」

川西はひかるの肩を抱くと、作業用通路に立ち上がろうとした。

「お、重いなぁ女の子って」

抱き起こしたひかるは、長い黒髪がシャンプーした直後のように濡れていた。右腕を自分の首の後ろに回し、担ぎ上げるようにすると、川西の耳にひかるの呼吸する息がかかった。

すー
すー
――どき
川西は、自分の左の肩胛骨《けんこうこつ》にひかるの右の胸が押しつけられているのを感じて、思わず手のひらが汗ばんだ。

(うう、いかん。今は早く脱出するんだ)

しかし――

「……う〜ん」

ひかるが身じろぎして、さらに胸が押しつけられた。ブラジャーのワイヤで背中がこすれるのがわかった。

すりっ
――ごく
川西は思わず立ち止まった。

「……う、う～ん」

ひかるがため息を漏らした。まるで仔猫のあくびみたいだった。朝、ベッドの中で寝ぼけている時なんかも、きっとこんなため息をつくに違いない。

怪獣はどうなったのだろう、なんていう考えは、頭から吹っ飛んでどうでもよくなった。

（暗闇、密室、鷹西ひかると二人っきりで極限状態……）

川西は首を回して、背負っているひかるの顔を見た。一五センチと離れていなかった。目が暗闇に慣れてきて、浅黒い彫りの深い目鼻立ちがはっきりと見えた。

（か、可愛い――）

川西はもう一度、ごくりと唾を呑み込んだ。

ごくっ
その時、まるで川西の唾を呑み込む音に気づいたかのように、ひかるのまつげの長いふたつの目が突然ぱちっ、と開いた。

「か、わ、に、し、くん」

「ひえっ」

川西は、ひかるを背負ったまま驚いてのけ反った。

「ひ、ひかるさん、気がついたんですか。ああ、よかった」

「さっきから起きてたわよ」

フフッ、とひかるは笑った。

「おぶってもらったほうが、楽だもん」

ひかるは川西に右腕を預けたまま、離れようとしなかった。離れようとしないばかりか、

「ねえねえ川西くん」

一五センチの間隔で、ひかるは川西に言うのだった。

「今、あたしのこと『か、可愛い』って言ったでしょう」

「えっ」

川西は飛び上がった。

「い、言ってないですよそんなこと！　何かの間違いですよきっと空耳《そらみみ》ですよ」

「あーそぉ、じゃ川西くん、あたしのこと可愛くないんだ」

「いや、そういうわけじゃ」

「あたしのこと『可愛い』って思うような気持ち、全然ないんだ」

「そっ、そんなことないけど」

「じゃあ、やっぱり言ったのね」

「い、言ったわけじゃないけど」

「それじゃ、嫌いなの？」

川西は、からかわれているのがわかったけれど、でも今まで女性とは無縁の生活でこんなこと一度もなかったから、からかわれているんだとしても、やっぱり嬉しかった。

「え、あ、いや」

だからといって、『好きです』なんて簡単に言えるわけがない。

「あたしはさ、好きだけどな。川西くんのこと」

ひかるはさらりと言った。

「えっ？　えっ？」

驚いて訊き返す川西の背から、ひかるはするりと下りた。

「だってさ、荷物みんな持ってくれたし、テント張ってくれたし、ごはん作ってくれたでしょう？　それに水筒の水、全部飲ませてくれたし、あなたって優しいわ。涼子とも話してたのよ。川西くんて優しいねって」

ひかるは、沈みつつある〈アイアンホエール〉の舳先に向かう急な通路の先に立って、振り返りながら言った。

「川西くんて、好《い》い人ね。だから好きよ」

「あ——あぁ、そうですか。どうもありがとう」

川西は汗を拭いて、どきっとして損したと思った。

ひかるは、川西は自分によくしてくれる優しい人だから好きだ——と言ったのだ。

その程度の意味だったのだ。

「さ、早く脱出しようよ川西くん」

「は、はい」

ひかるは腰を痛めた川西の先に立って、急な傾斜をさっさとのぼった。

川西はひかるのロングヘアの背中を見ながら、あとに続いた。〈ホエール〉の艦首の砲口に出るまで三〇メートルくらいあるはずだった。ひかるの後ろ姿はネオ・ソビエトの将校用の飛行服に包まれていたが、東欧とのクォーターだという身体のラインは隠しようもなかった。

（はぁ——）

川西は心の中でため息をついた。さっさと歩く背中を見ていると、ついさっきひかるが自分の背中に密着して、自分に何かを囁《ささや》いてくれたことなんて、なんだか気を失っていた間の夢だったような気がしてきた。でも、川西の背中の肩胛骨のあたりには、確かにひかるの下着のワイヤがこすった感触が残っているのだった。

（だけど――）

川西は金属製の階段をのぼりながら考えた。

（――ひかるさんは、あんなささいな冗談でも僕をどきどきさせられるのに……考えてみれば僕には、この人をどきどきさせてやれるようなものが何もないんだ。僕は何も持っていない）

川西はこれまでの数日間を思い出した。いつもひかるには振り回されて、自分がひかるを振り回したことはなかった。

これじゃ、自分と鷹西ひかるがもしこの冒険行を通して親しくなれたとしても、単に友達になることだけで終わるだろう。

（駄目だ。僕にはとてもかなわない）

川西は頭を振った。

（この人とは、とても対等には付き合えない。だって彼女は僕をいくらでもどきどきさせるのに、僕には彼女をどきどきさせてやれるものが何もない。こんなんじゃ、男と女の付き合いが成立するはずないじゃないか）

よくサービスしてくれた、親切な男の友達、か。僕はその程度か。やっぱり、カモフ博士の言ったとおり、地道に人生経験を積んで自分を磨いていくよりほかにないのかなあ――

川西はがっくりした。

カン

カン

砲身シャフトの金属製の階段は、果てしなく続くみたいだった。それでもかすかに頭の上から風のようなものが吹いてくるのを感じると、プラズマ砲の砲口部が水面上に露出していてくれているのがわかって、少しほっとするのだった。

カン

カン

カン

(そういえば、怪獣はどうなったんだろう……?)

プラズマ砲の直撃を受けて、蒸発したのだろうか?　それとも……

「ねえ川西くん」

砲口開口部の真下までたどり着いて、垂直に近い梯子をのぼり始めた時、ふいにひかるが言った。

「——はい？」

考え事をしていた川西は、顔を上げてひかるの背中を見た。砲口の円形の切り口の向こうには、夜のグレイの雲が気流で流れているらしいのが見えている。あと少しで外だ。

「川西くん、今年のクリスマス何か予定あるの？」

「えっ」

川西は何を言われたのか一瞬わからなかったが、急いで頭を振った。

「べ、別にありません」

そんなものあるわけがない。

「じゃ」

ひかるは梯子をのぼりながら言った。

「無事に帰れたらさ、あたしがクリスマスの夕食、付き合ってあげる」

「ほっ——」

川西はぶったまげて、危うく梯子から手を離しそうになった。

「本当ですかっ？」

プラズマ砲の砲口まで先にたどり着いたひかるは、砲口開口部の縁《ふち》に腰掛けて、髪を掻き上げて笑った。

「川西くん、さっきさ、怪獣に追っかけられながらあたしをヘリにひっぱっていって飛び上がった時、かっこよかったよ。ちょっとどきどきしちゃった」

「ひ、ひかるさん——」

川西は梯子の途中で立ち止まって、片手を離して自分のほっぺたをつねってみた。痛かった。

「いてぇ」

「あら、いやなの?」

「いや、そんなことありません! う、嬉しいです。その、なんというか——」

「そう。よかった。プレゼントちょうだいね」

「もちろんです」

「そのためにも、無事に基地に帰らなきゃね」

「もちろんです!」

川西はうなずいた。

川西は、ひかるとクリスマスにネオ・ソビエト基地の公営レストランで夕食ができるなら、食事代とプレゼント代で貯金を全部はたいてもいいと思った。だがその時、川西は頭がのぼせていたので、自分の摑まっている梯子が横へ傾斜し始めたのに気づかなかった。

「いやぁ、嬉しいな――」

「ああでも」

ひかるは右手の人差し指を、ぴっと立てた。

「悪いけど、誘ってくれるのは二十四日《イヴ》以外の日にしてね」

「は？」

川西が訊き返そうとした時、
ズゴゴゴーン――

ガリガリガリガリッ
地鳴りのような音とともに〈アイアンホエール〉の船体が震え、ローリングするように傾き始めた。

「わっ」

「きゃっ」

川西は梯子から振り落とされそうになるのを必死にしがみつく。

「川西くん、何が起きたのっ」

「た、多分〈ホエール〉の船体が、岩礁からずり落ち始めたんです！」

川西は最後の二メートルを必死にのぼりきった。艦首の前甲板に出てみると、思ったとおり〈アイアンホエール〉は爆発で押し流されて、〈北のフィヨルド〉の出口に近い瓶《びん》の首のように狭くなっている岩壁にもたれかかるように乗り上げていたのだった。しかし不自然な姿勢は長く続くはずもなく、膨大な質量を持つ〈ホエール〉は横ざまに水中へ没しようとしていた。

ギャリンギャリンギャリンッ

「きゃーっ」

「ひかるさん、摑まって！」

「今の、なんの音？」

ガリガリガリッ

ギャリンギャリンッ

川西はひかるを抱きかかえながら、その音を聞いてぞっとした。ゴボゴボと泡立つ水中から聞こえてくる、何か分厚い金属が引き裂けるような轟音だ。

ギャリンギャリンギャリンッ

「こ、この音は――」

まさか！

●新潟市街

　ドカーンッ
　猛烈な土煙が上がり、上空からは怪獣も〈究極戦機〉の姿も、見えなくなった。

「し、忍っ——うわ」

　がーんっ
　美月のハリアーも衝撃波を喰らい、横っ飛びに吹っ飛ばされた。

「うわあっ」

　目の前が何も見えなくなって、美月はヘッドアップ・ディスプレイの姿勢表示と電波高度計だけを頼りに姿勢を回復し、いったん上空へ離脱した。

「迎少尉っ、まだ通信は回復しないのっ？」

「今、バックアップ回線でコールしています！　でも、まさか〈究極戦機〉がやられてしまったんじゃ——」

「縁起《えんぎ》でもないこと言うなっ」

　ピーッ
「つながった」

「忍っ」

すぐさま美月がマイクに叫ぶ。

「忍っ、大丈夫かっ。生きてるかっ」

美月は三〇〇フィート上空から爆発的な土煙の中を呼んだ。

ヴァエッ
怪獣がもうもうたる土煙の中から鎌首を現す。

ヴァエエッ
相手はどこだ、と怪獣は周囲を見回す動作をする。

「忍はどこ行っちまったんだ！」

「わかりません。回線がつながるということは、機体は破壊されずに残っているはずです」

「当たり前だ」

その時、

『はぁっ、はぁっ』

激しい息遣いだけが、美月のヘルメットスピーカーに届いてきた。

『はぁっ、教官――』

『忍かっ、どこだ？　無事か？』

『わたしは、ここです』

「どこだ」

旋回しながら見下ろす美月に、後席から迎が叫んだ。

「中尉！　上です！　上にいる！」

「何っ？」

操縦桿を握ったまま真上を振り仰ぐと、美月の機よりもはるか一万フィート以上の高みに、焼け焦げた白銀の女神像が浮かんでいた。

●〈究極戦機〉コマンドモジュール

フュィイイイ――

「はぁっ、はぁっ」

忍は、もうスティックを握る力さえ失《な》くしていた。しかしＵＦＣは、怪獣の超音速の飛び蹴りを寸前でかわして上空へ逃れていた。
▼INTENTION CMND. ENGAGED（意思命令モード　起動）

紅いメッセージが、目の前のモニターで点滅していた。

「はぁっ——」

怪獣の凶悪な黒い鉤爪がモニターいっぱいになった時、忍は本能的にコマンドモジュールの中で叫んでいた。

「インテンション・コマンド——！」

人工知性体が、『それを待っていた』と言わんばかりにコントロール系を切り替えた。

次の瞬間、忍は全身全霊を込めて叫んでいた。

「——飛べぇっ！」

〈究極戦機〉は瞬時にGキャンセラを全開し、ほとんど瞬間移動と呼んだほうがいいような加速で怪獣の前から消失して上空一万四〇〇〇フィートへ飛び上がった。Gキャンセラが加速度を吸収しなかったら、忍の身体はタタミイワシのようにぺちゃんこになっただろう。

「——〈究極戦機〉」

肩で息をしながら、忍はコマンドモジュールの中に言った。

「怪獣を倒せる方法が——はぁっ、はぁっ、まだありますか——？」

すると、モニターの天井部にウインドーが開き、三次元立体モデルがワイヤフレームで描かれ始めた。

「変形……？」

忍は人工知性体が送ってくる図解とシミュレーションを見上げて、眉をひそめた。女神像のようなＵＦＣが途中で形を変え、くちばしを突き出した猛禽のような姿になる。獲物に急降下するハヤブサのように、猛禽は地上の怪獣へ襲いかかる。

「……飛行形態にスイッチして――怪獣の胸の中枢部に体当たり、そのまま向こう側へ突き抜ける――？　そんなことが、できるのですか？」

怪獣の骨格や体内の構造は、戦っている間に人工知性体がスキャナーを総動員して透視していた。ドクッ、ドクッと脈打つ球状の器官が、怪獣のみぞおちの中に透けて見える。

「あれを、突き抜けるというの？」

大丈夫だ、と言わんばかりに、巨大な有翼怪獣の胸部みぞおちの内側に収まっている中枢部をぶち抜くための精密飛行経路が、紅い運動曲線で空間モデルの中に描かれた。

「このラインを正確にたどらないと――怪獣腹部の核融合炉を突き破って大爆発……？」

●戦艦〈大和〉CIC

「飛行形態にスイッチして、怪獣の中枢を体当たりでぶち抜く？　無茶よ！」

万梨子が叫んだ。

「あの子、今日初めてUFCに乗ったのよ！」

だが渚佐は、

「もうこれしか方法がないわ」

回復した無線のマイクを取る。

「水無月さん、聞こえますか」

●〈究極戦機〉コマンドモジュール

『水無月さん、インテンション・コマンドモードを使いなさい。怪獣の中枢の場所は、おそらく人工知性体がすでに探り当てているはずだわ』

渚佐の声が、怪獣胸部を貫く飛行ラインを見上げる忍に届いた。

『その飛行ラインを精密にたどることだけを、強くイメージしなさい。あなたのイメージ力は美月の一〇倍よ。きっとやれるわ』
「はい、魚住さん」
忍は、うなずいた。
そこへ、
『冗談じゃないっ』
美月が怒鳴ってきた。

●新潟市街上空　シーハリアーコクピット

「冗談じゃないっ、忍をこれ以上戦わせるのはやめてくれっ」

美月は〈大和〉のCICに向けて怒鳴った。

「回収して、忍を降ろしてくれ。これ以上やらせたら死んでしまう！」

『美月。ガーゴイルはここで倒さなければ駄目よ』

「宇宙怪獣の一匹くらい、陸海空軍総出でかかれば防げるじゃないかっ。そんなにこの新潟で片づけたいのか！　帝国領土に入れたくないのかっ！」

『軍の力では怪獣に勝てないわ』

「しかし、やりそこなったら忍が死ぬだけではすまない、新潟県が新潟湖になるんだぞっ！」

●新潟市街

美月の眼下で、ガーゴイルが尻尾を振り回して向きを変えた。頭上へ去った〈究極戦機〉は放っておいて、再び〈餌〉に向かおうというのだ。

ヴァエエッ

黒い怪獣はよだれを垂れ流し、飢えきっていた。

ズシンッ

ズシンッ

市街地の向こう側の外れでは、まだ数万人の群衆が大防空壕へ入りきれず、大パニックを引き起こしていた。

うわぁあああっ――――！

ズシンッ

ズシンッ

●〈究極戦機〉

「行きます」

市街地を拡大下方モニターに見下ろして、忍はコマンドモジュールに言った。

すうっ
息を吸い込む。

ヘッドアップ・ディスプレイに、怪獣中枢を追尾して軌道計算されたフライト・ディレクターが、四つの内側を向いた三角形で表示され始めた。

『忍待てっ、やめるんだ危ない！』

『よく決心したわ忍、やっておしまい』

『有理砂っ！』

三次元グラフィックで見せられた空間曲線を、忍は目を閉じてイメージした。

（怪獣の黒い背――直前で切り返し――三次元S字――正面へ回り込んで、四つの三角を怪獣のみぞおちへ……）

飛行ラインを、忍は強くイメージした。

強く。

『忍っ』

無線の声が、聞こえなくなった。

すうっ
目を閉じたまま、胸いっぱい、息を吸い込んだ。

「――〈究極戦機〉」

目を閉じたまま、命じた。

「スターシップ・フォーメーション！」

ウィイイイイイッ
次の瞬間、どこにこんな力が残っていたのか、と思わせるような動力ノイズとともに、宙に浮いたまま〈究極戦機〉は変形を開始した。傷ついた四肢がしまわれ、ヘッドセンサーは格納されてクチバシのような銀色のカバーが突き出す。両の脚は束ねられてスタビライザーに覆われた。

「――行けぇっ！」

トランス・フォーメーションが完了しきらないうちに、忍は突入を命じた。白銀の女神像は銀色の猛禽のような鋭い流線形に姿を変えながら急降下を開始した。

フュンッ！

●シーハリアーコクピット

「忍っ」

頭上の夜空に浮いたＵＦＣが超高速機動に入った瞬間、その姿は掻き消すように見えなくなった。

「忍ーっ！」

「中尉、退避して！　衝撃波がくる！」

●〈究極戦機〉

瞬時に秒速一キロを突破。
ズドンッ
だが忍には、まぶたの裏に迫ってくる大地の地形が、ひどくゆっくりに見えた。ＵＦＣのインテンション・コマンドシステムに完全にシンクロした忍の意識は、音速の数十倍に加速していく〈究極戦機〉の機動を、グライダーでも操るように感じていた。
（秒速二――秒速三――市街地の路上一〇メートル、起こせ――）

忍は、自分が目を閉じたまま前を見ていることに、自分でも気づいていなかった。女優として鍛錬してきた忍のイメージ力は、通常のパイロットを楽に一〇倍は凌駕《りょうが》していた。イメージ力のない人間なら発狂しているような超高速飛行感覚を、むしろ楽しむくらいに余裕があった。

（――すごい、まるで鳥になったみたいだ……）

市街地の地面すれすれに引き起こし、超低空水平で怪獣へ向かう。怪獣の黒い背中が迫ってくる。ひどくゆっくり――いや、怪獣はまるで動いていない。どうしたのだろう――？

両側の街の廃墟が、進むにつれて粉みじんに砕け散ってゆく。〈究極戦機〉が想像を絶するスピードで空気を固体ゼリーのように歪《ゆが》め、切り裂きながら進んでいるからだ。その側方衝撃波はただ通過するだけでひとつの都市を石ころの集積場に変えるだろう。

（……怪獣の背中直前、引き起こし――三次元斜めS字、正面に回り込む……）

音速などはるかに超えた世界で、忍と〈究極戦機〉以外は全部止まって見えた。怪獣すら、ただの黒い彫像のようだ。〈究極戦機〉は怪獣のトゲに覆われた背中の手前一〇〇メートルで垂直に引き起こし、そのまま空中にリボンのような軌跡を描いて秒速四キロでS字ターンをした。音速換算でマッハ11プラス。衝撃波が追いついてくるのはまだずっとあとだ。

（……怪獣の胸と腹の中間――四つの三角形をその中心へ――！）

忍は初めて目を開けた。黒い怪獣へ斜めにひねり込むように突入していく。斜めS字ターンの旋回半径はわずか二〇〇メートル、機動してかかったGは100Gを超えた。しかし地球製の手足を収納して本来の姿に戻ったUFCは難なく運動荷重を吸収し、コマンドモジュールには1.4Gしかかからなかった。

「――スターシップ・アタック！」

赤い四つの三角形が怪獣のみぞおちにピタリと重なり、モニターから怪獣の胴体がはみ出していく。UFCは、ほぼ計算どおりの理想的な角度を保ってガーゴイルのみぞおちへ突っ込んでいく。外皮に接触する直前にUFC機首のノーズブレードが超振動を開始して青白く輝いた。

「はっ」

忍は一瞬、生き物の息の根を止める行為に躊躇《ちゅうちょ》しかけたが、すでに十分な行き足を得ていた〈究極戦機〉は秒速三・五キロで怪獣のみぞおちへ突き刺さった。

ズバッ
銀色の流線形は怪獣の体内へ突入し、ノーズブレードで直径一〇メートルの中枢運動脳を正確に突き破ると、そのまま怪獣の脊髄を破砕して背中のトゲを根こそぎ吹き飛ばし、向こう側へ突き抜けた。
フュィンッ！
〈究極戦機〉は急上昇すると、怪獣から三キロ離れて空中で停止、振り返った。
フュウウウウ
「はあっ、はあっ」
時間の感覚が、元に戻っていく。

それを見ていた人たちには、〈究極戦機〉の攻撃があまりに速かったため怪獣が勝手に内部から破裂したようにしか見えなかった。

ガヴォーンッ
みぞおちと背中の破口から、噴水のように赤黒い体液を噴出し、風穴の開いたガーゴイルの黒い巨体は、ゆっくりと前のめりに倒れていった。

ドズゥーンンッ――――！

宇宙航行生命体は倒れ、静止した。


「うっ――――」

激しいめまいが忍を襲ったが、こらえていると十秒ほどで引いていった。超高速飛行感覚から通常の速度感覚へ戻るのに伴う神経の麻痺現象だ。

●〈大和〉ＣＩＣ

「やったわ！」

モニターを見上げて万梨子が叫んだ。

「やった！」

「成功です」

渚佐がＵＦＣのフライトレコーダーから送信されてきたスターシップ・アタックの空間軌跡をモニターに再現して、言った。

「〈究極戦機〉は、ガーゴイルの中枢運動脳だけを完全に破壊、そのすぐ下の腹部生体核融合炉にはかすり傷ひとつつけていません。宇宙航行生命体は体内の全機能を停止、いずれゆっくりと自然に自己崩壊《メルトダウン》するでしょう」

渚佐は白衣の袖《そで》で額をぬぐった。

「勝ちましたよ、中佐」

「忍は、大丈夫か」

波頭の問いに、

「ええ、無事です」

　でも渚佐は、水無月忍の体調をモニターしているバイオデータ・ディスプレイの画面が波頭に見えないように、何気ないふりをよそおって背中で隠していた。本当は忍は身体のあちこちの骨にひびが入り、高速道路で交通事故に五〜六回遭ったくらいの全身打撲を受けており、体力はすでに完全に消耗、ディスプレイ画面には『あと三時間以内に緊急入院させて集中治療をほどこさないと命が危ない』という医療コンピュータからの助言メッセージが表示されていたのだった。

「とにかく、忍を回収しよう。〈究極戦機〉に帰投を命じてくれ」

「はい」

　渚佐はマイクを取る。

　万梨子は、ほっとしながらも渚佐が背中で隠しているモニターに気づいた。

「ちょっと渚佐、それ――」

　その医療メッセージはいったいいつから表示されていたの？　と万梨子が訊こうとした時、

　だだだっ

　〈大和〉の通信士官が、入電した電報らしいものを手にＣＩＣに駆け込んできた。

「たっ、大変ですっ！」

「どうした？」

　通信士官は波頭の前に立つと敬礼し、電報を手渡した。

「中佐、〈北のフィヨルド〉の〈さつましらなみⅡ〉から緊急電ですっ」

「なんだと」

　紙を手に取って一瞥した波頭の顔色が、さっと蒼ざめた。

「――な……なんだと――！」

　万梨子は、いつもニヒルなまでに冷静な国家安全保障局の主任分析官が手をぶるぶる震わせるのを、生まれて初めて見た。

　波頭は紙を握り締め、腕をぷるぷる震わせて唸った。

「な、なんてことだっ――！」

〈episode 14につづく〉

episode 14
さよならも星になるように

●六本木　国防総省　総合指令室

「議長、潜水艦〈さつましらなみⅡ〉より緊急電！」

宇宙航行生命体ガーゴイルが水無月忍の捨て身の体当たり攻撃で倒されたのも束の間、北部方面区域《セクター》担当の戦術情報士官が管制卓から振り向いて怒鳴った。

「最優先緊急電報です、議長！」

「読め」

「はっ。発、帝国海軍潜水艦〈さつましらなみⅡ〉宛、国防総省。電文、『〈北のフィヨルド〉水中において〈アイアンホエール〉の船腹が――』」

情報士官が蒼くなった。

「どうした？　続けろ」

「はっ。『――ア、〈アイアンホエール〉の船腹が、破砕……積載されていた核燃料廃棄物が大規模流出を始めた模様』、以上です！」

「な、何っ！」

峰をはじめ、臨席していた木谷首相や迎秘書官、古怒田教授らが顔を見合わせた。

峰や木谷首相らは、つい一分前に黒い怪獣が前のめりに倒れた時、「やったやった」

と手を取り合って喜んだばかりだった。

峰は怒鳴った。

「〈さつましらなみⅡ〉に詳しい状況報告をさせろ！　交信管制は解《と》いてかまわん」

「了解。交信制限態勢Ⅰ、解除。〈さつましらなみⅡ〉、〈さつましらなみⅡ〉、こちら国防総省。聞こえるか」

●赤坂　国家安全保障局

「波頭中佐。これが現在得られているデータでのシミュレーションです」

水無月是清がキイボードを操作し、コンピュータ画面に描き出された五色カラーのCGアニメーションを軍用通信回線に流し始めた。〈アイアンホエール〉の船腹から流出した核燃料廃棄物が、川を下って太平洋へ拡散していくシミュレーションだ。

「届いていますか？」

少し間があって、

『――ああ。届いた。これが最新か？』

「現在のところ。六〇〇トンの放射性廃棄物の質量、アムール川の流速、河口で攪拌《かくはん》されて薄められ海中へ広がる速度、海流で運ばれる水域の広さ。これが現実でないことを祈りたいです」

『何時間だ？』

「はい？」

『タイムスケールが出ていないぞ』

日本海新潟沖の戦艦〈大和〉艦上にいるはずの波頭の声は、しわがれていた。第一報が入ってから数分の間に、各方面と軍用電話を通して大声で怒鳴り合ったのだろう。

『このシミュレーションが収束するまで――つまり太平洋全域が核汚染で死滅するまで、何日かかるんだ？』

「失礼しました。放射性廃棄物がアムール川を下って河口に達するまで流速四ノットで五百時間、日本海に出てから北太平洋全域を汚染し尽くすまで、八百四十時間です」

●戦艦〈大和〉C－C

「実際には五百時間も必要ないわ」

魚住渚佐が、国家安全保障局から送られてきたシミュレーションのCG画面を見上げて、頭を振った。モニター画面の中では、まるで天気予報の早回しのように赤い流れがシベリア大陸のアムール川から溢れ出し、日本海をたちまち真っ赤に染めながら移動する低気圧のように太平洋中央部へ渦巻いて広がっていく。

「〈北のフィヨルド〉からたとえ一〇〇トンでも――いえ一〇トンでも核燃料廃棄物が流出したら、シベリア東部の生態系は全滅、地球上の酸素供給能力の一〇分の一は消失してしまう。それによって大気中の二酸化炭素量は急激に増加、地球の温暖化は加速され世界各地で砂漠は拡大、両極の氷は溶け出して水位が上昇、食糧を巡って各地で暴動が起こり内戦は激化、人類はじわじわと滅亡への階段を転がり始めるわ」

「そんな、渚佐――」

「魚住くんの言うとおりだ」

波頭がポケットに手を突っ込んだまま下を向いて言った。

「フィヨルドから、核燃料廃棄物がわずかでも流出したら――いずれ遠からず地球は終わりだろう」

「そんな――！」

1

●〈北のフィヨルド〉〈アイアンホエール〉艦内

「え、江口――！」

激しく揺さぶられて、江口晶《あきら》は目を覚ました。

「う――」

〈ホエール〉が大爆発の衝撃波を喰らって転覆した時、シートベルトを締めていなかった江口はブリッジの一番後ろまで吹っ飛ばされて、後方隔壁に叩きつけられたのだ。

「大丈夫か、江口」

大石真《まこと》の顔がようやく見えても、すぐには返事ができなかった。

「うう――だ、大丈夫だ……」

頭を振りながら上半身を起こすと、〈アイアンホエール新世紀一號〉のメインブリッジは真っ暗で、床は不自然に傾斜していた。江口の顔を照らしているのは、先ほどプラズマ砲を発射するため機関室へ下りていった攻撃管制士官の大石が握っている防水ライトだった。

「大石――怪獣はどうなった、倒したのか――？」

「わからん。俺もさっき意識が戻ったんだ。だが電力が切れていて、水中監視システムはもう動かない。怪獣がいたとしても、探知できない」

「融合炉が止まったのか――？」

江口は暗闇となったメインブリッジを見回した。

「核融合炉は止まっていないよ。平気な顔で、アイドリングしている。電力供給システムだけが、ダウンしたんだ」

〈アイアンホエール〉の心臓ともいうべきボトム粒子型核融合炉は、〈究極戦機〉に使われているものとほぼ同型の星間飛翔体の動力ユニットだ。数万光年の飛翔に耐えるそれは、たとえ〈ホエール〉の船体が粉々に破壊されても無傷に近い形で残るだろう。

「非常灯のバッテリーもすべて上がってしまった。とにかく脱出しよう、江口。このメカは、もう終わりだ」

そう大石が言った時、

ズゴゴーン――

ギャリンギャリン

ギャリンギャリンギャリンギャリン

「あ、あの音は――？」

江口は眉をひそめた。

「腹が裂けているのさ」

「まさか！　本当かっ！」

「江口、俺が機関室から上がってくる途中、中央ブロックは水没して全滅していた。俺はいったん背中の甲板へ出て、司令塔からここへ入ってきたんだ。〈ホエール〉は斜めになって半分沈みかけている」

「なんだと」

「水中に没した船腹が斜めに裂けて、猛烈な勢いで核廃液が流れ出している」

「確かかっ？」

「さっき見た」

「黄色い液体か？」

「そうだ」

ううっ、と江口は大石の襟首を掴んだまま、うなだれてしまった。

「ドライスーツを着るんだ、江口。脱出しよう」

ゴボゴボゴボゴボ
斜めになって沈みかける〈アイアンホエール〉の船体の周囲には激しく泡が立ち、もう艦首三分の一だけが水面に出ているに過ぎなかった。

「急げっ、ボートを展張しろ」

「船腹の亀裂と反対側にボートを投げるんだ！」

生き残った乗組員たちが司令塔近くの上甲板に集まって、救命ボートを水面に投げ入れている。

ゴボゴボゴボ
「う――」

江口が水中で亀裂の開いた船腹を見やると、どす黄色い液塊《えきかい》が水中へ渦を巻きながら広がっていく。万一の漏出事故を早期に発見するため濃い蛍光イエローに着色された核燃料廃液だ。

ゴボゴボゴボゴボ

黄色い液塊はあとからあとから噴出し、〈ホエール〉の左舷方向へどんどん広がっていく。水面にも温泉のような黄色い湯気が立ちのぼる。

「近寄るな江口」

大石が江口の肩を引き戻した。

「瘴気《しょうき》を吸い込むだけでガンになるぞ。猛毒なんだ」

「――くそっ」

引き戻されながら、江口は毒づいた。

「このメカに、なんだってあんなものを積んだんだっ」

●六本木　国防総省　総合司令室

「アムール川の河口に五百時間でダムを造る――？　無茶です総理！」

迎秘書官が悲鳴を上げた。

「それしか方法はないだろうっ！　さっさと関係諸機関に諮《はか》らんかっ」

「しかし総理、ロシア政府への言い訳はどうするんです？　シベリアに勝手に入って戦闘したのはわれわれですよっ」

「頭なら俺がいくらでも下げてやる！　頭下げるだけならタダだ！」

●戦艦〈大和〉CIC

「何か手はないのかっ？」

波頭が腕組みをしたままCICの中を歩き回った。

「ありませんわ。フィヨルドの中の水を、川へ流出する前に超特大のポンプで残らずくみ上げられれば別ですけれど――」

渚佐がそう言いかけて、フッと表情を止めた。

「――残らずくみ上げる……残らず……」

●新潟上空

フュィイイイ
「はあっ、はあっ――うっ」
忍はリクラインしたシートに寝転ぶように倒れて、激しく息をついていた。ちょっとでも動くと身体のどこかに激痛が走り、ほとんど身動きができなかった。
『忍』

声で、美月のハリアーが近づいてきたのがわかった。

『忍、大丈夫か』

「なんとか――生きています。教官」

『よし、急いで母艦へ戻ろう。〈大和〉艦内の医療施設に入って手当てを受けるんだ。あんたはよく戦った』

「はい。教官」

〈究極戦機〉は、ガーゴイルの中枢を突き破った飛行形態のまま、まだ燃え盛る新潟市街の上空にあった。

忍は、母艦〈蒼龍〉へと引き揚げる針路をイメージした。

「〈究極戦機〉、前進。ゆっくり」

美月のハリアーと並んで亜音速を保ちながら、白銀の猛禽は夜の日本海上空へと進んだ。

『忍、インテンション・コマンドにも慣れたみたいじゃないか』

「力加減が、わかってきましたから」

そうでなければ、操縦用のスティックを握って動かすこともつらくてできないのだ。

『よし。着艦に備え、格闘形態に戻そう。空母に降りたら、手足は残らず交換されるだろう』

「はい」

だが、忍がコマンドモジュールに格闘形態に戻るように命じようとした時、ふいに、

『――ですから、フィヨルド中の水を核燃料廃液もろとも全部、一度にくみ上げて隔離してしまわない限り、地球の核汚染を止める方法はありませんわ！』

魚住渚佐のきんきんした声が、スピーカーから飛び出してきた。

「――？」

忍は、身を起こし、眉をひそめた。

●戦艦〈大和〉C－C

「フィヨルド中の水を、核廃液もろともすべてくみ上げてしまえる手段なんて、いったいどこにあるのです！」

白衣の背中でUFCチームへの通信回線をわざとオープンにした渚佐が、大声で波頭に念を押していた。

「そんな、重力を無視したような非常手段を取れる機材は、地球上にはありませんわ！」

ピーッ

呼び出し音とともに、美月のハリアーがコールしてきた。

『こちらWY001。何か非常事態か?』

●日本海上空〈究極戦機〉

『〈ホエール〉の腹が裂けて核廃液が流出?』

美月が驚いて訊き返した。

なんだって——!

忍は一瞬、身体の痛みを忘れ、交信に聞き入った。

『数時間前のガーゴイルとの戦闘で〈アイアンホエール〉の船体は大破。現在、大量の核燃料廃棄物がフィヨルド内に流れ出つつあるわ。あと推定十五分で核廃液はフィヨルドの出口からアムール川へ流出、その後、約五百時間でシベリア東部は核汚染で死滅、八百四十時間で北太平洋全域が死滅。北太平洋全滅にはもちろん日本も含まれる』

『冗談じゃないっ』

美月が叫んだ。

『なんとかする方法はないのかっ?』

忍は息を呑んだ。

怪獣を倒したと思ったら、地球の危機はまだ去っていなかったのか！

(北太平洋が全部住めなくなったら、人間の世界は終わりになってしまうわ)

忍にも、北半球の半分を汚染で失った人類がどんな末路をたどるのか、見当はついた。

『なんとかできないのか、渚佐！』

『フィヨルドの内部の水を、今すぐ全部、凍結させるか、くみ上げてどこかへ隔離できなければ――地球はおしまいだわ』

『そんなことできるわけが――』

●六本木　国防総省

「緊急国防会議だ！」

「政府発表はいつにします？」

「具体的対策もなくて、発表なんかできるわけないだろう。流れ出していく核燃料廃棄物は、〈究極戦機〉が体当たりすれば穴が開いて倒れるような単純な代物《しろもの》じゃないんだぞっ」

●〈アイアンホエール〉上甲板

じゃぼんっ

ドライスーツ〈寒冷な水中へ潜るためのウェットスーツ〉を着込んだ乗組員たちが、次々に飛び込んで泳ぎ、救命ボートに這いのぼる。

「怪獣が活動していたせいで、水温はまだ高いぞ」

「そうだな、これならスーツなしでも泳げるだろう。不幸中の幸いだ」

ガーゴイルが〈骨の塔〉を稼働させていた時の放射熱で、フィヨルドの緑色の水は温水プールのように温かかった。しかし〈アイアンホエール〉のばっくりと裂けた艦腹からは、総量五〇〇〇トンの放射性廃液が滝のように流れ出していた。

「黄色いもやのほうへ近寄るな。吸い込むだけで命がないぞ」

「わかっている。早く全員収容してくれ」

先に上がった者が、オールを持ってピチャッ、ピチャッとボートを漕いだ。そうしないと、フィヨルドの内部には出口へ向かう水の流れがあり、放っておくと核廃液とともにボート群もアムール川へ吸い出されていってしまう。

「全員乗ったかっ？」

江口が三艘《そう》のボートを見渡して怒鳴った。ゆらゆらと揺れている黄色い大型救命ボートにはそれぞれ三十名近い乗員が溢れていた。それでも〈アイアンホエール〉の全乗組員の三分の一を助け出せたかどうかわからない。

「どうするんだ江口、核廃液はフィヨルドの出口のほうへ流れている。アムール川へは出られないぞ」

「上流へ向かうさ。どこかで崖をのぼってこの谷の外へ出る道を探すんだ」

乗り込み終わった三艘のボートは、ロープを解いてフィヨルドの暗がりの中へ漕ぎ出した。

「怪獣はどうなったのだろう?」

「わからん」

乗組員たちは、小声で話し合った。

ピチャッ
ピチャッ
フィヨルドは静まり返っていた。生き物はほとんどがガーゴイルに食い尽くされ、死のような静けさだ。

(――くそっ)

江口はボートの先頭に立ちながら、心の中で悪態をついた。

（怪獣さえ出なければ――！　船腹タンクの核燃料廃棄物を外へ漏出させる事故なんて、俺の腕にかけて起こさせないつもりだったのに！）

いかに国連軍に攻撃させないためとはいえ、地球の北半分を死の海に変えてしまう核廃液を船腹に積み込んで戦わされるなんて。

（――あの独裁者め……！　何が〈素晴らしい作戦〉だっ）

と、

「プラズマ砲が命中したなら、怪獣は倒されたはずだよなぁ」

誰かが言った言葉で、江口はふと思い出した。

（そういえば――川西少尉は助かったんだろうな……？）

振り向いて三艘のボートを見渡したが、川西らしい人影を見つけることはできなかった。

（無事ならば、このボートに乗っているはずだ。あとでよく探してみよう）

その時、

ざばざばざばっ

ざばざばざばざばっ

ボートの前方の水面が、突然、激しく泡立って隆起し始めた。

「う、うわあっ」

「な、なんだっ！」

●横浜みなとみらい21　ドックヤードガーデン

うわぁあああ！

コンサートは終盤に近づいていた。

〽心が苦しいの
　つないだ手を
　離しても

うわぁあああっ
美帆は、総立ちになってペンライトを振っているファンたちに応えながら、ステージの左右を行き来して歌い、手を振った。

〽守りたかったのに

あなたのこと
そう言えずに
心が苦しいよ
弱さゆえに
逃げたけれど
あなたは傷ついたその瞳を
思い出さないで

プログラム最後の曲を、歌い終えた。

うわぁあーっ
舞台中央に戻って深くお辞儀をした美帆に、紙テープや紙吹雪が波のように押し寄せる。

ファンクラブの女の子たちが、花束を手に一斉に駆け寄ってくる。

美帆は笑顔で迎える。

「美帆さん！」

「美帆さん！」

「ありがとう、高いとこからごめんね」

汗が光って、美帆の頬や胸から滴り落ちていく。美帆も、このホールの聴衆たちも、今地球に最大の危機が迫っていることなど知りもしない。

アンコール！

アンコール！

アンコール！

放っておけばあと一カ月たらずで、日本列島は死の海に囲まれ美しい四季の生態系もすべて死滅させられるだろう。

●日本海上空

「教官！」

コマンドモジュールの中で忍は叫んだ。

「教官、もう、どうしようもないのですかっ？」

美月は、ハリアーFRSマークⅡのコクピットから、やや下方に浮いている〈究極戦機〉の白銀の機体を見やった。飛行形態のUFCは地球製の手足を収納し、一応ノーマルに飛んでいるが、内部のサブシステムはかなり損なわれ、おそらく忍の生命を維持してあそこに浮いているのがやっとのはずだ。

（く、くそっ——！）

美月は歯噛みした。

美月には、とっさに思い浮かんだことがある。渚佐の話を聞いてひらめいたのだ。

（あたしが搭乗しているならともかく——とても忍に……今の忍にそんな危険な真似は……）

そこへ、越後山脈まで帝国空軍の編隊を見送って戻ってきた愛月有理砂のＦ18ＥＪが追いついてきて、なんの遠慮もなく言った。

『あるわよ。ひとつだけ方法が』

「有理砂！」

美月は振り向いて、よけいなことを言うんじゃない、というすごい目でダークグレーのスーパーホーネットを睨みつけた。

『忍、まだ〈究極戦機〉で地球を救う方法があるわ。たったひとつだけ』

『えっ』

「有理砂っ！」

美月は怒鳴った。

「よけいなことを言うなっ！　忍を殺す気かっ」

2

●〈北のフィヨルド〉

「艦長、救命ボートの乗員を救出し終わりました。全部で九十二名です」

「ご苦労」

山津波は副長の声に、潜望鏡から目を離した。

「先に助けた押川博士と護衛の隊員、さっき恐竜の首に摑まって泳いでいた連中、それに今回の連中で合計百五名か」

「早くフィヨルドを離れましょう、艦長。ここは危険です」

「うむ」

原潜〈さつましらなみⅡ〉は、黒い司令塔を水面に出した状態で〈アイアンホエール〉の乗員の救助にあたっていたが、沈みかけている巨大メカにはもう生存者がいそうにないので、微速で後進しながらその場を離れていった。

「プレシオサウルスはどうした？」

「上流へ去っていきました」

「いいやつだったな」

要たちを助けた首長竜は、人間の潜水艦が浮上するのを見つけると、わざわざそばに寄ってきて甲板に十名の隊員を下ろしていってくれたのだ。

「よし、面舵《おもかじ》針路180。フィヨルド出口へ向かえ」

「了解」

そこへ、救助されたばかりの〈アイアンホエール〉のパイロットが駆け込んできた。

「まっ、待ってくれ！」

ずぶ濡れの江口大尉は、〈さつましらなみII〉の警備員に肩を取り押さえられながら、山津波に訴えた。

「川西少尉が、まだなんだ！　川西を救出するまで離脱は待ってくれ！」

「川西少尉？」

山津波は振り向いた。

「〈アイアンホエール〉の乗員か？」

「そうじゃない、外部からヘリで飛び乗って、プラズマ砲を作動させてくれた人間だ。川西の姿が見えない。まだプラズマ砲のシャフトの中に倒れている可能性があるんだ。捜索隊を出してくれっ」

「ふむ――」

山津波は考え込んだ。すでに〈アイアンホエール〉周辺の水面には放射能の瘴気が立ち込めており、艦の外部ハッチをまた開けるのはあまり好ましいことではなかった。

「――まあしかし、怪獣を倒すのに一役《ひとやく》買った功労者をほうって帰るのは、忍びないな」

「感謝します、艦長」

●〈さつましらなみⅡ〉兵員食堂

「博士」

加藤田要は毛布にくるまって兵員食堂の床にうずくまっていたが、押川博士が近づいてくると、油断のない目つきで手招きをした。

「どうした？」

〈さつましらなみⅡ〉の兵員食堂は、救助された〈アイアンホエール〉の乗員たちで足の踏み場もない状態だった。始発電車が走る直前の日比谷線《ひびやせん》六本木駅入り口階段のような中を、白衣の押川博士は「よいこらしょ」とやってきた。

「生きていたようじゃの。何よりだ第一書記」

「それより、これを見てください博士」

要は声をひそめ、毛布の下からジャラッと何かの金属製品を掴み出した。

「なんじゃねそれは――？」

「しっ！」

要は、疲れてぐったりしているほかの隊員たちに気取《けど》られぬように、博士にそれを見せた。

「何かの装飾品か――？　中の島で財宝でも見つけたのかね」

「そんなんじゃありませんよ」

要は、博士に『もっと近くに』と身ぶりで示した。

ジャラッ
要は博士の目の前にその金属製の装飾品を出した。

「博士、これは、〈アイアンホエール〉のプラズマ砲と怪獣のプラズマ火焔が空中で衝突し大爆発した瞬間、あのプレシオサウルスの首からちぎれて飛ぼうとしたのを私が摑まえたのです」

「なんじゃと？」

「これを見てください」

それは、表面が酸化してはいるが、上等の銀で装飾されたずっしりと重い金属製のベルトのようなものだった。

「なんじゃこれは」

「い、首飾りですよ」

「――何っ？」

「しっ、静かに」

「あの首長竜が――？」

押川博士は半信半疑で、その引きちぎれた巨大なネックレスの一部を見下ろした。

「あの首長竜が、ネックレスをしていたというのかね」

「気づいたのは、一番前で首根っこにしがみついていた私だけです。銀は表面がすぐ酸化するので、ちょっと見ただけでは恐竜の肌のグレイにまぎれてわからない。しかしこれは明らかに――」

要は、周囲を見回した。ほかの隊員たちは、基地を出てから働き詰めだったのと、大怪獣との戦闘で疲れきってみんな寝息を立てていた。

「――明らかに人の手で造られた首飾りです」

「加藤田くん、あの首長竜が――人に飼われていたとでも……？」

「そう考えたほうが、釈然としますよ。あのプレちゃん――首長竜は、この潜水艦のトマホークが中の島に飛来してきた時、我々を背中に乗せ、逃げ遅れた者は口でつまみ上げて背中に放り乗せて、島の裏側へ走って飛び込んだんです。いくらなんでも野生の恐竜がそんなに親切なわけはないし、あの素早い行動はミサイルというものを知っていたとしか思えない」

「ううむ――」

博士も考え込んだ。

「そういえば、わしも不可解に感じたことがある」

「なんです？」

「プラズマ砲の部品を探して中の島に上がった時、前回訪れた時よりも星間飛翔体の残骸の数が減っていた――いや、使えそうなパーツはほとんど見当たらないといっていい状態だった。飛翔体の部品で原形をとどめていたものは、残らずなくなっていたのじゃよ」

「なんですって――？」

要は眉をひそめた。

「われわれのほかに、この〈北のフィヨルド〉で星間飛翔体の残骸を盗掘した者がいるとでも……？」

「その可能性は、ある――」

博士は恐竜がしていたという首飾りをしげしげと眺めながら、ふと眉をひそめた。

「――おい加藤田くん」

博士は、まるでプロレスのチャンピオンベルトのような首飾りの真ん中の装飾を指でこすると、要に示した。新しい銀の地肌が露出し、緑色の宝石がひとつはまっているのがわかる。

「これを見ろ」

「――？」

要は、苔《こけ》に覆われて消えかかっていた中央の装飾を見るなり、大声を上げそうになった。

「そっ――その紋章は――！」

●日本海上空　〈究極戦機〉コマンドモジュール

『たったひとつだけ、方法があるわ。〈究極戦機〉で地球を救う方法が』

有理砂の声にかぶさって、美月の怒り声。

『有理砂っ！　よけいなことを言うのはやめろ、忍を殺す気かっ！』

忍が止めたのだ。

〈究極戦機〉は、沖合の母艦〈蒼龍〉の手前で、空中に停止していた。

「愛月さん――」

忍は、UFCの周囲を旋回しているダークグレーのF18に呼びかけた。

「――愛月さん、教えてください。〈究極戦機〉で地球を救える方法が、まだあるのですか」

『忍いけない、聞いちゃ駄目だ。あんたはさっさと着艦してそのマシンを降りるんだ』

「で、でも教官」

忍は、フィヨルドからわずかでも核燃料廃棄物が流出したらこの地球が滅亡しかねないことを、オープンにしっぱなしの〈大和〉との通信回線から知っていた。

『――波頭中佐。あと十分で、核廃液はフィヨルドの出口から川へ流れ出します！』

『くそっ、なんとかできないのか！』

渚佐と波頭の会話が、筒抜けだった。

『あと十分で地球は終わりだというのかっ――』

●戦艦〈大和〉C－C

ピッ
水無月忍の健康状態を表示しているバイオデータ・ディスプレイに、『一時間以内に入院させて集中治療せよ』というメッセージが点滅し始めた。しかし渚佐の手が伸びて、アラーム音を切ってしまう。波頭も万梨子も、〈さつましらなみⅡ〉からリアルタイムで送られるフィヨルドの水流流速データに気を取られ気づかない。

「愛月さん！」

渚佐がマイクに怒鳴った。

「こちらから、質問します。UFCで核燃料廃棄物をすべて処理できるのですか？」

『〈究極戦機〉のGリヴァース機能を使うわ』

有理砂が答える。

『Gリヴァースは、空間に対してGキャンセラを逆作用させる。つまり、〈究極戦機〉自体が強い重力場になって宇宙空間で恒星の引力を摑まえ、強制的に機体を急停止させることができる。これを大気圏内で作用させれば――』

『それ以上言うな有理砂っ』

横から美月が怒鳴るが、

「森高中尉はだまりなさいっ」

渚佐は一喝《いっかつ》する。色白美女の髪の毛が逆立った。その渚佐を脇で見ながら、万梨子はぞっとした。渚佐には何かが取り憑《つ》いているみたいだった。

有理砂が続ける。

『——これを大気圏内で作用させれば、UFCは極小の重力場——一種の微小天体となり、その重力場でフィヨルド内の水を残らず吸い上げて機体の周囲に保持することができる。あとはそのままインパルスドライブで大気圏外へ脱出、地球引力圏外で重力場を解放すれば水は氷の粒となって宇宙の彼方へ飛んでいく』

『そんなことをすればっ』

また美月が怒鳴った。

『Gリヴァースなんかかければ Gキャンセル機能は働かなくなって、荷重はまともにコマンドモジュールにかかるんだ！ Gキャンセルなしで引力圏離脱なんて、忍が死ぬぞっ！ やめてくれっ！』

『教官』

間髪《かんはつ》を容れずに、忍の声がした。

『教官、わたしやります』

『馬鹿っ』

「魚住くん」

波頭が渚佐に振り向いた。

「今のアイディアは、実行可能なのか？」

「説明します」

渚佐はインターフェイスシステムのキイボードに指を走らせた。

「シミュレーションは、すぐに出ます」

「どういうことなの」

万梨子もコンソールのディスプレイに駆け寄る。

パッ
「出ました」

まるですでに用意してあったみたいに、三次元アニメーションの立体モデルがディスプレイの中ですぐに動きだす。

「これを見てください。〈究極戦機〉をフィヨルドへ急行させ水面すれすれに降下させます。高度八メートルでGリヴァースを作動。フィヨルド中の水は微小天体となったUFCの機体に吸い寄せられ、吸い上げられます」

シミュレーション画面では水面のすぐ上に停止した飛行形態の〈究極戦機〉のシン

ボルに、巨大な細長い谷の中の数百億トンの水がまるでモーゼの十戒《じっかい》の逆回しのように集まって吸い上げられ、中空へ持ち上げられてたちまち超巨大な水の球体を造り出していく。中心にいるのがＧリヴァースで即席の極小重力場となった〈究極戦機〉だ。

「このように一種の水惑星となった〈究極戦機〉は補助推進システムのインパルスドライブで上昇、地球引力圏を脱出し、核燃料廃棄物をフィヨルドのすべての水とともに宇宙空間へ投棄します」

「ううむ――」

波頭が唸った。

「そんなことが、可能なのか」

「理論上、可能です」

「渚佐、すべての水を吸い上げるのに必要なＧは？」

「すぐ出せるわ」

カチャカチャッ

「計算では――〈究極戦機〉がフィヨルド中の水を吸い上げて水惑星となるのに必要な荷重倍数は――ジャスト６Ｇ」

●空母〈蒼龍〉飛行甲板

「忍、どうしたのかなあ」

着艦したUS3Jのかたわらでは、里緒菜が昼間の飛行服のままで、夜空に浮かんで動かないUFCの機体を見上げていた。

「郷大佐、忍はどうして降りてこないんですか？」

訊こうとしたのだが、郷と井出は〈蒼龍〉の士官に何事か耳打ちされると、里緒菜をほっぽり出してアイランドのほうへ走っていってしまった。

「あれ……」

里緒菜は頭を掻いた。

●〈究極戦機〉コマンドモジュール

『6Gって言ったら忍、今日T4で体験した最大Gと一緒だぞ！　わかってるのか、今のあんたの身体でそんなにGをかけたら死んでしまうぞっ！』

だが忍は、頭を振った。

「教官、でも、わたし行きたいんです。こうしている間にも、核廃液はフィヨルドの出口に近づいています」

『地球のために命を捨てろだなんて誰が教えたっ』

「地球のために行くんじゃありません」

『じゃあなんのために――』

『怒鳴り合いは時間の無駄だわ忍。フィヨルドまでUFCでも六分かかる。行きなさい』

『有理砂っ』

わたしは――

忍はコマンドモジュールのモニターを見回した。

▼ALL ACTUATORS DOWN（人工筋肉　全系統停止）
▼ECS EMER. MODE（生命環境維持システム　緊急モード）
▼PRIMARY GEN. DOWN（主ジェネレーター停止）
▼CMND. MDL. STABILIZER DOWN（コマンドモジュール姿勢制御　不能）

そのほか二十あまりの機能停止メッセージが、上から下までずらりと表示されていた。

（でも、また飛べる）

わたしは、自分のために行くんだ。

（あと九分――）

忍は顔を上げ、〈大和〉のＣＩＣを呼んだ。

「もう一度、航法データをください」

●横浜　ドックヤードガーデン

「――！」

ハッとして美帆は思わず振り向いた。

（なんだろう――？）

背中が一瞬、ぞくっとしたのだ。

しかし美帆の背後では、汗を光らせたバックバンドが一曲目のアンコールのイントロを弾《ひ》き始めるところだ。

（――何かが……起きるのかしら。忍に）

美帆はさっき空耳のように聞こえた妹の声を思い出した。

――『お姉ちゃん』

（忍――）
つい数日前に、突然、楽屋《がくや》に訪《たず》ねてきて見せた不思議な笑顔を想い出した。

――『お姉ちゃん、わたしね、やっと見つけられた気がするの』
『何を？』
『わたしにしか、できない仕事』

わぁあああああ
うわぁあああああっ
（――忍……）
しかし彼女は、プロの歌手だった。満場の聴衆を目の前にして、不安な顔はできなかった。
（わたしは歌手だ。忍に何かがあったとしても――今は歌うしかない）
美帆は頭を振って、湧き起こる不安を振り切った。

（そうだ。わたしは歌手だ。大勢の人に慰めや、勇気や、夢を与えるんだ。ステージに立てばこの身体はわたし一人のものではなくなる——たとえ肉親の命が危なくても、降りることはできないんだ。十六でデビューした時に、わたしはそれを覚悟したはずだ）

舞台の袖で美帆はくちびるを噛んだ。

「がんばれ、忍」

美帆はつぶやくと、マイクを握り直し、ステージの中央へ進み、歓声を上げるファンたちに手を振った。

うわぁあああっ

●〈究極戦機〉コマンドモジュール

モニターの頭上に、大気圏内航法マップが表示された。〈大和〉から送られてきたフィヨルドへのコースだ。水を吸い上げてから大気圏外へ出るまでの三次元飛行プロファイルも続けて表示された。同時に核燃料廃棄物がフィヨルド出口に到達するまでの推定カウントダウンも横に出てきた。あと520——八分四十秒。

『忍、行くのはやめるんだ。周りにひっぱられて無理するなんて最低だ。もっと自分を大事にしろ、あんたは未来がある女の子なんだ、まだやってないこといっぱいあるだろう！』

『何言ってるの美月。忍が行かなければ未来もへったくれもないじゃないの』

『だまれ有理砂っ、忍はあたしの生徒だ、あたしには忍の命に責任があるんだ！』

『甘いわね美月。あなた自分が何を育てているのか忘れたの？　あなたが育てているのは飛行学校の練習生じゃない、宇宙最強の戦闘マシンなのよ』

『忍はマシンじゃないわ！　あんたはそうだったかもしれないけどっ』

『ふん、甘いわね』

だが忍は、美月と有理砂の言い争いも耳に入らないかのように、〈北のフィヨルド〉の地表面上の位置を見上げ、頭に入れた。

（シベリアの奥——ここからまっすぐに北へ二八八〇キロ……）

目を閉じて、シベリアを一直線に北上するコースをイメージする。

「教官、行きます」

『ま、待てっ』

忍はすうっと息を吸い込む。

「——〈究極戦機〉、大気圏内最大戦速——」

目を閉じたまぶたの裏に、猛烈な速度でこちらへ押し寄せるシベリアの地平線が一瞬、ちらりと映った。

「――行けぇっ！」

白銀の猛禽は次の瞬間、〈蒼龍〉の上空から衝撃波を残して消えた。

ズドンッ！

●〈さつましらなみⅡ〉

「捜索隊を出すのをやめるって、どういうことだっ！」

江口が頭から湯気を立てて、副長に喰ってかかった。

「川西少尉を捜しに、シャフトへ入ってくれるんじゃなかったのかっ」

「事情が変わったんだ江口大尉」

「そうだ」

山津波が電文を手にして言った。

「間もなくここへ〈究極戦機〉が飛んできて、フィヨルドの水を一滴残らず吸い上げ宇宙空間へ捨てるそうだ。水よりも重いものは地表に残る計算だが、そんなことはやってみなければわからない。この〈さつましらなみⅡ〉は地球の海に潜る潜水艦で、人工衛星になるようにはできていない。私は、艦と乗組員に責任がある。ただちにフィヨルドを脱出せねばならんのだ」
山津波は、マイクを取る。
「全員に告げる。こちらは艦長だ。今から五分後に〈究極戦機〉UFC1001がフィヨルド上空へ飛来、核燃料廃棄物をフィヨルドの水ごと吸い上げて宇宙空間へ投棄する。本艦はこれより全力離脱、アムール川へ退避する！　全員配置につけっ」
ヴィイイイイッ
ヴィイイイイイッ
潜水艦は回頭する暇も惜しみ、後進全速でフィヨルド出口へと走り始めた。司令塔の潜舵が波しぶきを切った。
ざざざざざっ

「くっ、くっそぉ——！」

江口は発令所の最後部で、鋼鉄の壁にこぶしを打ちつけた。

「川西っ、無事でいてくれ！」

確かにこの潜水艦の艦内には、川西正俊の姿も鷹西ひかるの姿も見えなかった。

「潜航用意！」

「潜航用意！」

「艦長」

潜航直前、ソナー員が発令所を呼んできた。

「艦長、潜航待ってください」

「どうした？」

「本艦の真下、音紋不明の潜水艦がいます」

「なんだとっ？」

「潜水艦がいるんです。潜るとぶつかります。今ちょうど真下です！」

山津波はソナー席に走った。

「確かか？」

「潜水艦であることは、確かです——所属不明、艦型不明。大きさは本艦よりも大きい。本艦の真下をすり抜け追い越してアムール川へ出ていきます」

「フィヨルドにもう一隻、潜水艦がいたというのかっ？」

山津波は信じられなかった。こんな場所にもう一隻潜水艦——？　ロシアやネオ・ソビエトの艦なら音紋のデータがあるはずだ。しかも最新鋭の攻撃型原潜より大きいだと？

「すごいスピードで追い越していきます。アクティブソナーを使用してもいいですか」

「うむ――」

だが、フィヨルドの水流をモニターしている攻撃管制士官が山津波を大声で呼んだ。

「艦長！　来てください大変です！」

「くそっ。今はかまっておれん。もともと不法侵入はわれわれのほうだ。見逃せ」

「はっ」

●六本木　国防総省

「うまくゆくのでしょうか」

正面の状況表示大スクリーンを見やって、迎秘書官がつぶやいた。

〈究極戦機〉を示すオレンジ色のシンボルが、ものすごい速さでシベリアを北上していく。航法衛星が追いきれないほどの速度だ。衛星になる一歩手前のスピードだろう。シベリアで怪獣に喰われずに生き残っている人がいたら、大気摩擦で燃える流星のようになって飛ぶUFCを見て、ツングース隕石がまた落ちてきたと思うに違いない。

「〈究極戦機〉、フィヨルド到達まで四分。核廃液のアムール川流出まで五分三十秒」

ＵＦＣの速度から計算したタイムリミットを、オペレーターが読み上げる。

「わからん」

峰は最高司令官席にどっかと腰を下ろして、自分がもう何もすることができない事実に頭を振っていた。

「〈究極戦機〉の機体ダメージの状況からすると、捨て身の作戦になることは確かだ。あとはあのアイドル――いや新人パイロットに任せるしかない」

「水無月忍といったか。あのパイロット」

木谷首相が、峰の隣に立って言った。

「はい」

「名前に月を持った女は、地球を守ってくれるよ。命に代えてもな」

「総理」

峰は頭を振って、ため息をついた。

「あたしゃ今、すごくいけないことを考えちまいました」

「なんだね？」

「あそこに」

峰はスクリーンのシンボルを指さして、

「あれに乗っているのが美月でなくてよかった、と。そう考えてしまいました。情けない。陸海空三軍のトップ失格です」

　木谷は微笑し、峰の肩を叩いた。

「男はな、情けないものなんだよ。その情けなさをさらけ出せるのが男の強さなんだ。みんながついてくる指導者には、その強さが必要だ。統幕議長」

　その時、オペレーターの一人が叫んだ。

「大変ですっ！　フィヨルド出口付近の流速が強まりました！　核廃液の流出が速まります」

「なんだとっ」

「なんだとっ」

3

〈さつましらなみⅡ〉

「潜水艦通過による〈吸い出し効果〉です、艦長」

「なんだとっ？」

水測コンピュータのコンソールに駆け寄った山津波に、攻撃管制士官が説明した。

「この画面をご覧ください。これはフィヨルドの出口、今われわれが通過したばかりの、峡谷からアムール川へ出る瓶の首のように狭くなった部分の水中断面図です」

ディスプレイに、幅六〇メートル、水深一二〇メートルのV字形の峡谷の断面図が表示された。艦の走査《スキャン》ソナーで測量した精密地形図だ。

「ここに」

ピッ

攻撃管制士官がマウスを操作すると、断面図の水中に大型の潜水艦の前面投影シルエットがふたつ、上下に並んで表れた。

「このようにフィヨルドの出口の狭い峡谷を、二隻の大型潜水艦が上下に並んで同時に通過したわけです。本艦一隻だけなら影響はなかったのですが、この正体不明の大型艦が真下を同時にくぐり抜けたために、あたかも注射器のシリンダー内でピストンをひっぱるような効果が発生し、フィヨルド出口付近の水を吸い出す力が働いてしまったのです」

「――なんということだ……」

山津波は、蒼くなった。

「……それでは流速は、どのくらい速まったのだ」

「流れの速さは一時的に最大八ノットに達し、核廃液がフィヨルドから流出するのにかかる時間は、一挙に半分になりました」

●国防総省　総合司令室

「核廃液、流出まで二分三十秒！」

オペレーターの声に、峰は飛び上がった。

「おいっ、〈究極戦機〉到着まであと何分だっ?」

「三分三十秒です」

「間に合わんじゃないかっ!」

　峰は羽生恵を呼んだ。

「羽生中佐」

「はい」

　管制席で〈大和〉CICからのデータを処理していた羽生恵が振り向く。今回は急な出動だったため〈大和〉にいる魚住渚佐に前線指揮を任せるしかなく、表舞台に出られない彼女はかえって心労のため憔悴《しょうすい》していた。渚佐は科学者であって、兵器の運用指揮ができる女ではないと恵は思っていた。

「〈究極戦機〉は恒星間宇宙艇なんだろう?　もっと早く着けないのかっ」

　だが恵は自分のディスプレイに表示されたUFCの飛行パラメータを指さして、

「無理です議長。現在のUFCの速度は秒速七・九五。もうあと少しでも増速したら地球を飛び出して衛星になってしまいます。そうなったら帰ってくるのに数時間を要します」

「何か方策はないのかっ」

「今、検索します」

カチャカチャッ、とキイボードを操作しながら、恵は「あんな女にUFCを任すから！」と小さく悪態をついた。

●シベリア上空

まともに正視できないような白色の光の尾を曳いて、高度一〇キロを燃える流星がぶっ飛んでゆく。衛星速度寸前まで加速した〈究極戦機〉である。

ピカッ

UFCの通過する地域は一瞬、真昼のように明るくなり、燃える白い流星が北の地平線へ消え去ってからだいぶ遅れて轟音と強大な衝撃波が襲ってきた。見えない大津波のようなショック・ウェーブは未開の原生林を幅五キロにわたって根こそぎ掘り返し、中天高く吹き飛ばした。

ドカーンッ

●〈究極戦機〉コマンドモジュール

がたがたっ

がたっ
大気との激しいぶつかり合いで、コマンドモジュールは激しく揺れていた。超高速で空気の中を進む時、押しのける空気の粘性抵抗は速度の自乗に比例する。ガーゴイルを倒した時よりも四倍の圧縮抵抗を受けているのだ。
がたがたがたっ
ピーッ
ピーッ
「はぁっ、はぁっ――」
忍は激しく息をつきながら、コマンドモジュールのシートにしがみついていた。
（北へ――北へ……フィヨルドへ。早く！）
モニターは真っ白に輝き、何も見えなかった。ヘッドセンサーのカメラの前面に、超高温で燃え盛る超圧縮空気層が形成され、それが白熱光を発しているからだ。

●戦艦〈大和〉C－C

ピピッ
バイオデータ・ディスプレイに『危険！　三十分以内に緊急集中治療せよ』という

赤いメッセージが表れた。

「ん？」

さすがに妙な雰囲気に気づいた波頭が、バイオデータ・ディスプレイのほうを見ようとすると、
だだっ
突然、渚佐が忍の体調モニターシステムのコンソールに駆け寄り、

「う、魚住くん何をするっ？」

波頭が止めるのも聞かず、渚佐はモニターシステムの電源をバシッ！　と叩きつけるように切ってしまった。

「何をするんだ！」

「渚佐、あなた何をしてるの！」

しかし渚佐は体調モニターシステムのコンソールを自分の白衣の背中に隠すようにして、激しく肩を上下させた。

「はあっ、はあっ、な、なんでもありません」

「おい、今そのディスプレイには何が映っていたんだ？」

「なんでもありませんっ」

渚佐は激しく頭を振った。

「渚佐――」

「なんでも、ないわ」

渚佐は長い黒髪を振り乱し、波頭や万梨子はじめＣＩＣのスタッフたちをねめ回した。

「はあ、はあ。忍には、作戦を、遂行《すいこう》してもらいます」

「渚佐」

万梨子がサングラスを外すと、つかつかと渚佐に歩み寄ってその白い頬をパチン！　とひっぱたいた。

「この悪女」

●シベリア上空

ズゴォーッ！

この百年間、訪れたことのないような大嵐を巻き起こして、白い流星が夜空を通過していく。

●国防総省　総合司令室

「駄目です」

恵が頭を振った。

「核廃液流出開始に対し、〈究極戦機〉の到着遅れは六十秒。一秒間に一〇トンの流出として、計算上六〇〇トンあまりの核燃料廃棄物がアムール川に流れ出してしまいます！」

六〇〇トン――――！

総合司令室がざわめいた。

●〈大和〉C－C

「忍を呼び戻しましょう」

頬を押さえてうずくまった渚佐の脇で、万梨子がマイクを取った。

「川村くん。しかし」

「ＵＦＣの到着前に六〇〇トンも流出してしまうのでは、忍の命をかけてこの作戦を行う意味はありません。たった一人のＵＦＣパイロットを救ったほうが地球のためです」

「うう――」

波頭は頭上モニターを見上げた。

核廃液流出まであと一分三十秒。

ＵＦＣ到着まであと二分三十秒。

その差、六十秒。

「――どうしようも、ないのか……」

「ＵＦＣ、こちら〈大和〉」

だが万梨子が〈究極戦機〉を呼ぼうとした時、

『〈大和〉！　ＵＦＣを呼び戻すのは待ってくれ』

突然、スピーカーから男の声が飛び込んできた。

「――？」

眉をひそめる万梨子に、通信オペレーターが「フィヨルドの潜水艦から直接呼び出しです」と告げる。

「こちら〈大和〉ＣＩＣ。そちらは」

『帝国海軍潜水艦〈さつましらなみⅡ〉、艦長の山津波だ！　ＵＦＣは呼び戻すな、まだゲームオーバーじゃない』

●〈さつましらなみⅡ〉

「艦長、どういうことですっ」

　通信コンソールから作戦海図台に戻りながら、福岡が山津波を追いかける。だが山津波は説明する時間も惜しそうに、艦内マイクを取る。

「艦首魚雷室、ハープーンは何本残っているか」

『八本です、艦長』

「よし、全弾装塡しろ。発射管1番から8番まで、前扉すべてオープンせよ」

「何をなさるのです、艦長」

「水測長、現在のフィヨルド出口からの距離は？」

「六〇〇メートルです」

「よし。航海長、艦を停《と》めろ。現在位置にて停止」

「はっ、現在位置にて停止」

「艦長」

　そこまで命じてから、山津波は幹部士官たちを海図台に呼び集めた。

「みんな、来い」

　山津波は、先ほどスキャンソナーで測量させたフィヨルド出口の断面図を海図台の上に投影させると、水性マジックで乱暴に絵を描いた。

「いいか。これがフィヨルド出口の峡谷、こっちが本艦の現在位置だ。ここから、左右に四発ずつのハープーンミサイルを発射、峡谷の両側の崖に命中させて崩す」

　山津波はマジックでフィヨルド出口の両側の崖を塗り潰した。

「崩れ落ちた岩でフィヨルドの出口を塞ぎ、核廃液の流出を遅らせる。ハープーン八本だけでは完全閉塞は無理だろう。しかし六十秒の時間稼ぎにはなるはずだ」

「艦長、ハープーンの誘導は？　岩は熱源ではないので狙ったポイントには命中させられません」

「うむ。赤外線誘導は無理だ。効果的に岩を崩すには、有線誘導しかない。この場所からビデオカメラで狙うのだ」

　核廃液流出まであと一分。誰も異議を差し挟む暇はなかった。

「よし。わかったら全員配置につけ」

「はっ」

「はっ」

「はっ」

（大丈夫かなぁ――）

副長の福岡は、山津波の艦長室の書棚に〈ファントム無頼《ぶらい》〉の単行本が全巻揃っているのを思い出して、そんなことをしてフィヨルドの出口がかえって広がったらどうするんだと思ったが、この際、何が起きても艦長が責任を取るんだ、と自分に言い聞かせて持ち場についた。

（ああでも、これで俺たちは本当に掃海艇勤務かもしれない……せっかく攻撃型潜水艦の副長にまでなったのに――）

ぶつぶつ

「こら福岡、何をぶつぶつ言っている」

「は、はっ」

潜水艦は司令塔を水面に出して後進のままでフィヨルドを出てきたが、今、出口の峡谷からそう遠くない位置に停止すると、水面下で艦首の八門の発射管をすべて開いた。

ゴバッ

『艦長、ハープーン装填完了。全発射管、前扉開放完了』

「よろしい、全発射管、注水」

『全発射管、注水』

ストップウォッチを手にした航海長が叫んだ。

「艦長、核廃液流出まで四十秒！」

山津波は攻撃管制士官を振り向く。

「ハープーン1番から8番、有視界カメラ誘導、準備よいかっ」

攻撃管制士官が怒鳴り返す。

「準備完了です！」

「よし、発射秒読み。十秒前だ」

「はっ」

〈さつましらなみⅡ〉の火器管制コンピュータが、目標を認知して弾道計算を開始した。

「航海長、命中と同時に誘導ワイヤを切って全速後進。もたもたしているとこちらまで埋まるぞ」

「はっ」

「八秒前」

攻撃管制士官が大声でカウントダウンした。

「各部水密ハッチ閉鎖。全員、衝撃に備えよ!」

「七」

発令所の全員が、有視界照準用ビデオ画面の望遠映像に見入った。『+』のマークが左右四つずつ、そそり立つ崖の岩肌にマークされる。その奥の黒い峡谷から、どす黄色い水面が現れ、湯気を立てながらこちらへ迫ってくる。

「六」

誰もが画面から、目を離せなかった。

「副長」

緊張した山津波が、早口で言った。

「昔々な、桃太郎が鬼を退治しようとして――」

「はぁ」

「五」

「――キビダンゴを持って歩いていたんだ。そうしたら犬がそこへ来て言った。『桃太郎さん桃太郎さん、お腰につけたキビダンゴ、ひとつわたしにくださいな』。ところが桃太郎はそれを聞いて卒倒してしまった」

「四」

「なぜだかわかるか」

「わかりません」

「三」

黄色い水面がみるみる迫ってくる。全員がごくりと唾を呑み込んだ。

「犬がしゃべったからびっくりしたんだ」

「なるほど」

「二」

「面白いか」

「艦長の冗談の中では、一番」

「一」

発射！ とコールして攻撃管制士官がプラスチックガードのかかった赤いボタンを押し込んだ。

ズバババババッ
ズバッ
黒い潜水艦の涙滴《ティアドロップ》型の艦首から、白い泡とともに八本の対艦ミサイルが轟然と撃ち出された。弾道の最低安全発射距離の設定をキャンセルされた八本のミサイルは固体燃料ブースターの噴射で水面に飛び出すと、四本ずつ左右に分かれて切り立った崖の岩肌へ突進していった。

「南無三《なむさん》！」

「後進全速っ！　摑まれーっ！」

●国防総省　総合司令室

「議長。〈さつましらなみⅡ〉のミサイル攻撃は、成功です。フィヨルドの出口は半分埋まりました。現在、流速はほぼゼロ――出口付近で淀《よど》んでいます」

「よしっ」

峰は最高司令官席から身を起こした。

「〈究極戦機〉の到着に間に合ったぞ。作戦は成功だ」

「しかし」

羽生恵が振り向いて言った。

「水無月忍の身体は、大丈夫でしょうか。あれほどのダメージを受けているんです」

恵の管制卓のディスプレイにも、〈究極戦機〉が現在までに受けているダメージのリストが届いていた。これで搭乗者がまともですんでいるはずがない。

●戦艦〈大和〉CIC

「〈究極戦機〉、フィヨルドに到達――」

　万梨子はモニターを見て、深く息をついた。

「間に合ったか」

　波頭も、モニターに乗り出す。

「忍、聞こえますか。わたしは川村大尉。渚佐に代わって指示を出します。身体は大丈夫ですか？　まだ飛べますか？」

　すぐに返事は、返ってこなかった。

『――はぁっ、はぁっ――だ、大丈夫です。やらせてください』

「いいわ。フィヨルド上空で停止、高度八メートルへ降下して」

『――はい』

　うっ、うっ、と嗚咽《おえつ》の声を聞いてふと下を見ると、万梨子の足元で渚佐がうずくまり、顔を手で覆って泣いていた。

「渚佐」

「あの子――死ぬわ。もうあの子に6Gなんて無理よ。死んでしまうわ」

「縁起でもないことを言うのはやめて」

●〈大和〉上空

キィイイイン
「忍っ」

戦艦の上空には、まだ美月のシーハリアーと有理砂のホーネットが旋回していた。どちらも燃料がほとんどなくなっていたが、〈蒼龍〉へ着艦しようとはしなかった。

「忍、考え直せ、やめるんだ死ぬぞ」

『森高中尉』

川村万梨子が下から呼んできた。

『中尉、水無月忍は６Ｇに何秒間耐えられますか？』

「耐えられるもんかっ」

美月は怒鳴り返す。

「せいぜい三十秒だ！　それも、健康体と仮定した場合だっ」

●〈大和〉C－C

「川村くん、ＵＦＣは三十秒以内でフィヨルドの水を吸い上げて大気圏外まで上昇できるのか」

「わかりません――」

万梨子はインターフェイスシステムのキイボードに指を走らせるが、画面に出てきた数字を見てくちびるを噛んだ。

「――最も効率よく進んだ場合で、三十五秒……」

万梨子は、マイクをことりと管制卓に置いた。

「中佐、わたしにはもう、命令できません。これ以上あの子に指示を与えるのは、『死ね』と言うことと同じです」

「ほら」

床でひざを抱えた渚佐が言った。

「その席でマイクを持ったらわかるでしょ？　ＵＦＣチームの指揮官は、〈究極戦機〉で地球を護るのが仕事なのよ。パイロットの命を守るのが仕事じゃない。並の神経で、務まるはずないわ」

渚佐は自分の両ひざに顔を埋めた。

「わたしのような、悪女《わる》でなきゃね」

「渚佐――」

渚佐は再び泣き始めた。

●〈北のフィヨルド〉〈究極戦機〉

フュイイイイ――

夜のフィヨルド上空へ到達したＵＦＣは、機体表面から猛烈な水蒸気を立ちのぼらせながら、ゆっくりと峡谷の水面へ降下を開始した。

周囲には、誰もいなかった。さっき崖を爆破してくれた潜水艦も、ＵＦＣの重力圏から離脱するために全速力でアムール川へ退避しつつあるはずだ。

でもコマンドモジュールには、みんなの声が聞こえていた。

『美月、あなたはいいわ。もう母艦へ引き揚げて』

『なんてこと言うんだ、忍をまだ戦わせようっていうのか！』

『当然よ。融合炉が止まるまであのマシンは戦える』

『ふざけるな、忍は部品じゃない！』

『遊びで戦闘機に乗ってる人はだまってて』

『誰が遊びで乗っている！』

忍は、コマンドモジュールのシートで仰向けになりながら、その声を聞いていた。下方モニターには、月に照らされた輝く水面が見えてきた。〈究極戦機〉が機体表面の熱で、この峡谷にかかっていた雲を消滅させてしまったのだ。

『いいこと美月？　あのマシンに乗ったが最後、操縦者は地球の運命を背負わなきゃならないのよ。甘いことは言ってられない。本気で地球のために戦ったことのない誰かさんには、その恐ろしさもわからないでしょうけど』

『なんだとっ、あたしがいつ遊びで怪獣と戦ったっ！』

『あのマシンの恐ろしさがわかれば、あなたみたいにへらへらしてられるわけがない！この極楽とんぼ』

『何いっ、おまえこそ何が〈紅の女王蜂〉だ。三十路《みそじ》一歩手前でまだボディコンなんか着やがって』

『なんですって！』

『色気出してろ、バカ。色気で敵機が落ちりゃ世話ねぇや！』

『うるさいわねっ！』

『有理砂さん、美月さん、喧嘩《けんか》やめてくださいっ』

忍はそれを聞きながら、好い人たちだなあ、と思った。

水面上、高度八メートル。

「川村大尉、愛月さん、教官、ポジションにつきました」

報告すると同時に、忍はコマンドモジュールに命じた。

「Gキャンセラ、オフ。インパルスドライブ、高度維持」

ピッ

▼G-CNLR. OFF（Gキャンセラ　オフ）
▼IMPULS DRIVE ACTIVATED（インパルスドライブ　起動）

重力逆噴射、ともいえるGリヴァースを使用するため、Gキャンセラはいったん切らなくてはならない。代わりに補助推進システムのインパルスドライブが働き、機体を空中に支えた。

シュゥウウウ――

白銀の猛禽は、深緑の水面のすぐ上に、機体から水蒸気を立てながら静止した。

「行きます」

●〈大和〉上空　シーハリアーコクピット

『いいわ忍、Gリヴァースを全開、〈究極戦機〉を極小重力場に変えてフィヨルドの水を吸い上げ、インパルスドライブで大気圏外へ！』

「やめろ忍、死んでしまうぞ！」

『教官。わたしやります。やらせてください』

「地球のために死ぬことなんかないっ！　そんなのくだらないよっ！」

美月は声を嗄《か》らして叫んだ。

「やめるんだ忍っ！」

●〈究極戦機〉

すうっ
忍は息を吸った。瞬間、身体の痛みを感じなくなった。
「――〈究極戦機〉、Gリヴァース――」
ピピッ

▼G-RVS. ARMED（Gリヴァース　準備よし）

目を閉じ、イメージした。フィヨルド中の水が、すべて自分の周りに集まってくる

――すべて、自分の周りに――！

「――最大出力！　行けぇっ！」

「やめろーっ！」

ピッ

▼G-RVS. ACTIVATED MAX（Gリヴァース　起動　最大出力）

ズグォオオオオッ！

「きゃああああああっ」

●〈大和〉上空　シーハリアーコクピット

『忍、ＵＦＣを水面ぎりぎりへ降ろして！　呼び水を吸い上げたほうが早いわ！』

有理砂が冷静な声でアドバイスを送るが、もはや〈大和〉ＣＩＣを仲介して届いてくる忍の声は、悲鳴だけだった。

『きゃあああああっ！』

『忍、聞こえている？』

「このおっ！」

怒り狂った美月は、シーハリアーをＦ18にぶつけるようにしてののしり倒した。

キィイイイインッ
「やめろこの鬼！　悪魔！」

ＦＲＳマークⅡとＦ18ＥＪは、空中でもつれ合うように大喧嘩を始めた。

「これ以上、忍をけしかけるなっ！　撃墜するぞっ」

『冷静になりなさい美月！』

「自分の教え子が死のうとしているのに冷静でいられるかっ！」

『美月、あなた自分の訓練生が信じられないの？』

「うるさいっ」

『なぜ生きて帰ってくると信じてやれない、忍の力を信じてやれないのっ？　過保護は愛情なんかじゃないわっ！』

「うるさいうるさいっ！」

『忍は帰ってくる。必ず帰ってくるわ。〈究極戦機〉に見込まれた〈月の女〉は、そう簡単に死なないわっ』

「うるさいうるさいうるさいっ！」

美月は両手を操縦桿から離し、計器盤の遮蔽板《グレアシールド》をこぶしで叩きつけた。怒る美月そのもののように、シーハリアーは空中で激しく回転し、ロールを打った。

「だから——だからおまえなんか嫌いなんだっ！」

キュイイインッ
「中尉っ、操縦してくださいっ！」

●〈究極戦機〉

ズグォオオオオッ！

ＵＦＣの機体の真下の水面が渦巻き、まるで竜巻に吸い上げられるように上昇を始めた。いや上昇ではない、落下である。

水だけではない、空気も、木の葉も、峡谷の中のおよそ水より比重の軽いものはすべて、天と地の関係が消滅したかのように水面上八メートルの一点へと落下していくのだ。

ビュォオオオオッ

その中心には、地球の六倍の重力を持った微小天体――〈究極戦機〉の機体があった。質量が小さいため地球の軌道に与える影響はないが、このフィヨルドの中ではUFCの小さな白銀の機体だけが地面で、そのほかは物理的には空であった。

がたがたっ

がたっ

コマンドモジュールは激しく揺れていた。膨大な量の水塊が、地球の六倍の引力に引かれて八方から叩きつけるようにUFCの機体に殺到してくるのだ。

「うぐっ――！」

人工知性体のコントロールにより、〈究極戦機〉のGリヴァース機能は正確に6Gの重力場を機体に発生し続けていた。しかしGリヴァースが働いている間はGキャンセラが作動しないため、コマンドモジュールには6Gの荷重がもろにかかっていた。

「ぐっ――!」
忍は歯を喰いしばっていた。Ｔ４で宙返りからの引き起こしの時にかかったのと同じＧが、しかもあの時は一瞬だけだったのに、もう八秒間も連続して彼女の身体を押し潰そうとしているのだ。
がたがたっ
がたっ
ウォンウォンウォン
「――!」
忍はもう悲鳴も出なかった。ＵＦＣの核融合炉が、機体の中心で唸りを上げているのが頭の隅で聞こえるだけだ。
ウォンウォンウォンウォンウォン
(意識を失っちゃいけない――!　意識を……)

●国防総省　総合司令室

「〈究極戦機〉、Ｇリヴァースに入りました。フィヨルドの水が――水が吸い上げられていきます!」

「おお」

「おう」

スタッフ全員が、立ち上がった。

●空母〈蒼龍〉

「忍がGリヴァースをかけました」

「むうう」

〈蒼龍〉アイランド最上階の航空指揮ブリッジには、US3Jから降り立った浜松基地の関係者たちが詰めかけていた。

井出、郷大佐、雁谷《かりや》准将がモニターを目で喰い潰すように見つめる。

「大丈夫なのかっ。このままでは上昇する前に意識を失うぞ」

●戦艦〈大和〉CIC

「いかん、忍の心拍数が――！」

復活したバイオデータ・ディスプレイを見て、波頭が叫んだ。

「――心拍数180、血圧210、このままでは失神するぞ！」

「あと十秒、十秒なんです、水球形成まで！　なんとか――」

●〈究極戦機〉

（う――）

忍は意識を失った。遠のいていく意識をどうすることもできなかった。

――『忍』

自分の魂がどこに行くのか、忍にはわからなかった。

――『忍、歌手活動やめちゃうんだって――？』

ああそうか、遠い記憶の中に入り込んでいくんだな、と忍は思った。人間は死ぬ前に、いろんなことを一度に想い出すんだっけ――

――『忍、歌手活動やめちゃうんだって？　もったいない』

『うん――だってわたしのCD、数字があんまり良くないみたいだし、わたしお姉ちゃんみたいに歌うまくないし――』

『馬鹿ね。歌は表現なんだから、うまいへたは関係ないよ。気持ちがこもっていれば、人を感動させられるんだよ』

『お姉ちゃんは、芸能人向いているけど、わたしは――』

『あたしは〈芸能人〉じゃなくて、〈表現者〉よ。あたしは自分が思っていることや感じたことを、歌やお芝居で表現して、たくさんの人を感動させるの。あたしの歌で失恋から立ち直ったり、自殺を思いとどまった人までいるんだって。こんなに面白い仕事はないよ。投げちゃ駄目だよ忍』

『わたし――やっぱりお姉ちゃんにはかなわないよ』

ウォンウォンウォンウォン

●〈大和〉C－C

「フィヨルド内の水、推定二三〇億トンがすべて浮揚しました。〈究極戦機〉の周囲に巨大水球を形成します」

偵察衛星からの拡大映像が、モニターに映し出された。

〈究極戦機〉は、その重力場でフィヨルド内のすべての水を核燃料廃液もろとも吸い上げ、中空に浮かぶ極小の水惑星となった。

だが――

「駄目だ、忍は意識を失った」

波頭が体調モニターを見て呆然と言った。

「これでは、UFCは上昇できない」

「中佐、コマンドモジュールには6Gの荷重、UFC機体表面には六〇〇気圧の圧力がかかっているんです！　早くなんとかしないと――」

バイオデータ・ディスプレイの中で、忍の脳波が深い眠りに入っていく。心拍までがフラットになってゆく。

万梨子は言葉を失った。

「――どうすれば……」

●空母〈蒼龍〉航空指揮ブリッジ

「忍が気絶した！」

「どうするんだ」

「地球は終わりなのかっ」

●〈大和〉CIC

「うう」

万梨子は管制卓に突っ伏して、パネルをこぶしで叩いた。

がん
万梨子は、だが次の瞬間、ＣＩＣに大股で踏み込んできた誰かが自分の手からマイクをもぎ取ったのでびっくりして顔を上げた。

「――あなた……」

「忍っ！」

飛行服の胸をはだけた森高美月が、管制システムのマイクを握って怒鳴りつけた。

「忍っ、起きるんだっ！」

美月は上甲板に強行着艦させたハリアーの機体からこのＣＩＣまで全力で駆け上がってきたらしく、はあはあと肩で息をついていた。

「フライト中に失神するなんて、戦闘機パイロット失格だぞ！　さっさと目を覚ますんだ！」

●〈究極戦機〉

──『わたし──やっぱりお姉ちゃんにはかなわないよ……』

『起きろ忍っ！』

『……えっ？』

『さっさと目を覚ませっ！　いつまで寝ているつもりだっ？』

「──はっ」
ウォンウォンウォン
猛烈な荷重の中、忍は目を開けた。
「──うぐっ」

胸が圧迫される。でも、苦痛はかえって忍の意識を取り戻してくれた。

（教官――？）

忍は、そこがＴ４のコクピットではなくＵＦＣのコマンドモジュールであることを思い出した。

「そうだ。フィヨルドの水は――？」

『忍、核廃液はフィヨルドの水とともにすべて吸い上げた』

美月の声がした。空耳ではなかったのだ。

『今だ、上昇しろ！　宇宙空間へ全部捨ててしまえっ』

「は、はい。教官！」

忍は、胸に熱いものが込み上げた。自分と〈究極戦機〉は、まだ目的を失っていない。その胸は深海の底にいるように重たかったけれど、忍は力を振りしぼって息を吸い込んだ。

「――インパルスドライブ、全開！」

続いて叫んだ。

「〈究極戦機〉、上昇！　高度四万キロへ！」

ウォンウォンウォンウォンウォン――――！

●国防総省

「水球が、上昇します！」

「おお」

「おう」

峰は最高司令官席から立ち上がったまま、前面スクリーンに投影される偵察衛星からの拡大映像を目で追った。

「海軍魂だ――」

「峰くん。俺は若いやつを見直さなければならないよ」

「私もです、総理」

「いったい、あんな若い女の子が、どうして命をかけて地球のために飛んでくれるのだろう」

●〈究極戦機〉

ウォンウォンウォンウォンウォン

星間文明の恒星間宇宙艇は、その補助推進システムを全開してちっぽけな惑星の地表面から上昇を開始した。

しかし、直径一〇キロの水球を保持し続けるために、UFCは地球引力圏を離脱するまでGリヴァースを働かせ続けなくてはならなかった。

ウォンウォンウォンウォンウォン
「う、うぐっ――」

忍は、もう手を上げることも指を動かすことさえできなかった。ただシートに横たわって、耐えているだけだった。

「――ううっ」

●〈大和〉C－C

「〈究極戦機〉、高度一〇キロ。二五キロ。四〇キロ」

「生きているのが不思議なくらいだ」

波頭が秒針を見た。

「もう6Gが四〇秒を超えた。危険だ、Gリヴァースを切らせよう」

だが、

「駄目です」

床から起き上がった渚佐が、波頭の腕をがしっと摑んだ。

「今Gをリリースしたら、破裂した水球が大気圏上層へ拡散し、地球が全部汚染されます！」

「魚住くん――」

その横で、万梨子が上昇するUFCの高度を読み上げる。

「高度一五〇。二〇〇。二五〇――」

美月は腕組みをしたまま、だまってモニターを見上げている。

「――高度三〇〇キロ。速度秒速11――引力圏脱出速度に到達！」

「もういいだろう」

「まだです。静止軌道の外まで行って捨てないと危険です」

渚佐はコンソールに両手をついて、モニターを見上げた。

「もうひと息よ――耐えて、忍」

●〈究極戦機〉

直径一〇キロにもおよぶ水の球は大気圏上層の低温でたちまち凍り、巨大な氷の球体となってさらに膨れ上がった。
ＵＦＣは地球のロケットをはるかに上回る加速で大気圏を離脱したが、電離層通過と周囲の巨大な氷の球のために、地上との通信ができなくなっていた。
ギィイイイインッ
高度一万キロ。
もう地球は足の下に青い球体となって見えていたが、忍には首を動かすことなどできなかった。
ギィイイイインッ
大質量を周囲に保持したまま上昇しているので機体重心位置のばらつきが激しく、コマンドモジュールはまるでできの悪い地球製ロケットのように激しく揺れた。
がたがたがたがたっ
がたっ
忍は、ようやく小さく口を動かして、つぶやいた。
「お――お姉ちゃん……」
忍は心の中の姉に、話しかけていた。
「……お姉ちゃん。わたしにもやっと、お姉ちゃんに負けない仕事ができたよ――」
忍はふたたび、気を失いかけた。

「——お姉ちゃん……」

ギィイイイインッ

●横浜みなとみらい21　ドックヤードガーデン

「——忍？」

今度は美帆は、はっきりと聞いた。

（どこ——？）

見上げるが、ステージの上に満天の星空が広がっているだけだった。

（わたしを呼んでいた……）

妹に何が起きたのだろうか——

でもたった今聞こえた忍の声は、苦しげだったけれど、どこか満足そうだった。それで美帆は、忍がどこで自分の戦いをしていようと、妹は無事なのだと感じた。

しいん
ドックヤードガーデンを埋め尽くす聴衆は、みんな興奮したきらきらした目をして、美帆が二曲目のアンコールを歌ってくれるのを待っていた。

（わたしが——）

美帆は心の中で、妹に話しかけた。

（わたしが、あなたにしてあげられることは、もうあんまりないよ、忍。あなたはあなたの道を行きなさい。わたしには空は飛べない。わたしはただ、歌って励ましてやれるだけだよ）

美帆はマイクを上げ、振り向くとバンドに合図した。

「いこう！」

静まっていた聴衆が、うわあっと歓声を上げた。

イントロが、静かに流れ始めた。

〽あぁ
見上げた夜空に
煌《きら》めいていた
凪の星座
泣きたくなるから
じっとこのまま
高鳴る胸の
音を聞かせて

（忍――あなたは今、どこにいるの）

●静止軌道外　高度四万キロ〈究極戦機〉

ギィイイイインッ
（お姉ちゃん―――！）
ギィイインッ

ふいに、インテンション・コマンドで〈究極戦機〉とシンクロしている忍の頭の中に、声がした。

――もう大丈夫だ

――もう大丈夫だ。Gリヴァースを切りなさい

（――？）

誰の声だろう？
忍は、あえぎながらコマンドモジュールの中に視線を巡らせた。
——Gリヴァースを切りなさい。よくやった水無月忍
そうだ。もういいんだ。
忍はあごの力を振りしぼって、命じた。
「——Gリヴァース、オフ」
ピピッ

▼G-RVS. OFF（Gリヴァース　停止）

瞬時にGがリリースされ、身体が急に内側から膨脹するかのように楽になった。

「はぁっ！」

忍は激しく呼吸した。

肺が三倍も膨らむような気がした。

「はぁっ、はぁっ、はぁっ！」

耳が抜け、強いめまいとともに上下の感覚がなくなった。〈究極戦機〉が宇宙空間を慣性飛行し始めたのだ。

「うっ――気持ちわる……」

パシッ！

直径一〇キロあまりの氷の球体は求心力を急に失い、月と太陽の潮汐力《ちょうせきりょく》でたちまち粉々に分解すると、きらきら輝く氷の粒となって静止軌道外へ散っていった。

〈究極戦機〉は秒速三〇〇キロほどの速度で、星の海の中を地球から離れつつあった。

「インパルスドライブ、オフ。Gキャンセラ始動。帰らなくちゃ。帰りの軌道を計算して」

忍は命じてから、もう一度コマンドモジュールの中をよく見回したが、さっきの〈声〉は、もう聞こえなかった。

●空母〈蒼龍〉飛行甲板

「忍、どこ行っちゃったのかなぁ――」

〈蒼龍〉の飛行甲板では、ＵＳ３Ｊヴァイキングの機体の脇に置いてけぼりにされた里緒菜が、一人で日本海の星空を見上げていた。

4

●小笠原《おがさわら》海域　巡洋艦〈朝日《あさひ》〉　十一月九日　正午

大気圏に再突入したＵＦＣが小笠原沖に着水し、ちょうど哨戒航行中だった大型対潜巡洋艦〈朝日〉に回収されたのは、その三十分後のことだった。

コマンドモジュールの水無月忍は意識を失っており、ただちに艦内の集中治療施設へ収容された。

森高美月のシーハリアーが小笠原海域の〈朝日〉に飛来し、着艦したのは翌日の正午のことだった。

「本艦は、国防総省の指示で浜松沖へ急行しています。そこで戦艦〈大和〉と会合《ランデブー》する予定です」

副長が美月を艦の医療センターへ案内してくれた。

「忍は？」

「水無月候補生なら、先ほど目を覚ましました。骨折だらけですが、元気ですよ」

カーテンを開けると、忍は一人で傾斜ベッドに横たわっていた。

「包帯だらけだなぁ」

「――教官」

円い窓から海の波を見ていた水無月忍は、痛そうに笑った。

「ペガサスエンジンの音がしたから、もしかしてと思ってました」

「みんなもあとから、ヘリで来るよ。うるさい連中がね」

美月は、ベッドの脇の円椅子に腰掛けた。

「具合はどうだ」

「気持ちは、元気ですけど――」

忍は微笑した。顔を動かしても、痛いみたいだった。

「――この船の軍医さんに、言われました。『生きていたのが不思議だ』って」

美月も笑った。

「あのな、忍」

「はい」

「あたしは、今回初めて他人《ひと》を教えるってことをしたんだ。でも、勉強になったのは、あたしのほうだったような気がするよ」

「教官――」

「あんたを出撃させた時には、ずいぶん取り乱した。自分の教え子を死なせたくないってね。それで、初めて自分に操縦を教えてくれた人たちの気持ちがわかったんだ。訓練生時代のあたしときた日にゃ、教官よりも操縦がうまいってんで得意になって、無茶ばっかりやっていた。ただの阿呆さ。そんなのがあんたを教えていたんだ。あんまりいい教官じゃ、なかったな」

「そんなこと、ありません。わたしこそ――わたし、戦闘機パイロットには失格です」

「どうして」

「戦闘中に、気を失いました。教官が言われたみたいに――わたし、まだまだです」

「ほう、そうかい？」

美月は笑って、ポケットに手を突っ込むと、銀でできたバッジを取り出して忍の枕元にコトンと置いた。

「だけどね忍、こいつが『あんたは一人前のファイターパイロットだ』って言ってるよ」

それは、海鷲が翼を広げた形をした、ずっしりと重い海軍戦闘航空徽章《ファイター・ウイングマーク》だった。

「教官、これ――」

「包帯が取れたら、胸につけるんだ。帰ったらまたしごくぞ」

「は、はい」

美月は立ち上がった。

「もう、行かれるのですか？」

「うるさい連中がそろそろヘリで来る」

美月は、頭上にあごをしゃくった。

「花束どっさり持ってくるだろうから、退屈はしないよ。あたしは浜松に帰って仕事がある」

「仕事？」

「決まってるだろう」

美月は病室の出口で、手のひらをヒラヒラさせた。

「里緒菜に〈千本キリモミ〉だよ」

●アムール川　潜水艦〈さつましらなみⅡ〉

原潜〈さつましらなみⅡ〉は、任務を終えてアムール川を急ぎ下っていた。ネオ・

ソビエトの隊員たちを乗せたままで、いったん日本海に出て津軽海峡《つがるかいきょう》を経由し横須《よこす》賀《か》へ帰投する予定であった。

「艦長、潜望鏡を見てください」

外の様子を見ていた福岡が、艦長を呼んだ。

「空がすごいですよ」

代わって潜望鏡を覗いた山津波が、声を上げる。

「これはすごい――北極ペリカンの大群だ。北へ帰っていくぞ」

山津波は、潜望鏡のカメラをONにして、発令所のモニターに上空の様子を出した。

「みんな見てみろ。空がピンク色だ」

「おお」

「すごいですね艦長」

「VTRに撮ってもいいですか」

「よろしい。許可する」

その兵員食堂では、

「おい、江口」

隅の床に座って、支給されたカップラーメンをすすりながら大石真が江口晶の脇腹を小突《こづ》いた。

「江口、相談があるんだ」

「なんだよ」

大石は小声で、江口に耳打ちする。

「いいか。この艦《ふね》は、西日本帝国の潜水艦だ」

「そんなことが、どうしたんだ」

「俺と一緒に、このまま亡命しないか」

「なんだって？」

「しっ」

大石はほかの隊員たちに聞こえないように、小声で言った。

「江口、おまえ、巨大メカの横に核燃料廃棄物をしこたま詰め込むような独裁者の下で、これからも働きたいか？」

「いいや」

江口は頭を振った。

「働きたくはないさ。でも、俺はネオ・ソビエトにいれば元宇宙飛行士で、巨大メカのパイロットとしてそれなりの待遇が保証されている。西日本帝国へ行ったら、仕事がないだろう」

「そんなこと、あるもんか」

　大石は眼鏡を光らせて言った。

「いいか江口、ネオ・ソビエトでは役目は上から一方的に決められてしまうが、西日本帝国は資本主義だから、自分の好きな仕事をしていいんだぞ」

「自分の好きな仕事――?」

「そうさ。江口、俺たちはいつか二人で怪獣映画の雑誌を作るのが夢だったじゃないか!」

「うっぷ」

　江口は、驚いて喉を詰まらせた。

「か――怪獣映画の雑誌を作ることを、仕事にしてもいいのかっ?」

「そのとおりだ。資本主義だからな。それだけじゃないぞ」

「まだあるのか」

「西日本に行けば、大映《だいえい》や東宝《とうほう》の新作怪獣映画を、ロードショーで観られるんだ」

「だ、大映や東宝の新作を、ロードショーでか?」

「そうだ」

「い、今までみたいに、衛星放送からダビングしたテープを持ち寄って、ネオ・ソビエト基地の倉庫でこっそり上映会をしなくてもいいのかっ」

「そのとおりだ。しかもそれだけじゃないぞ。怪獣雑誌を創刊すれば俺たちは業界人だから、試写会に呼んでもらえて、みんなより先にタダで観られるぞ」

それを聞いて江口は、鼻血を出しそうになった。

「大映や東宝の新作を、みんなより先にタダで観られるのかっ？」

「興奮するな。資本主義では、そんなこと夢じゃないんだ」

江口は、川西少尉の安否《あんぴ》を心配していたのも忘れて、興奮して肩で息をし始めた。

「お、大石」

「うむ」

「ぜひ亡命しよう」

●ウラジオストク

ウィーン
ガガガガガッ
ガーゴイルに破壊し尽くされたウラジオストクでは、生き残った人々の手で街の再建が始まっていた。各国の救援チームも到着し、早くも中央広場では西日本の女子高生がお汁粉《しるこ》の炊き出しを始めていた。しかしロシア人たちは、豆を甘くして食べるのに慣れていなかったので、「美味《おい》しいでしょう？　きゃぴきゃぴ」とか言われて、困っていた。日本でいえば、ごはんに砂糖をかけて食べるようなものだからだ。

その横で、造りかけで残された巨大な〈骨の塔〉の基部が、クレーンで崩されていく。

ガラガラガラガラッ

●京都府宇治《うじ》　京都大学生命研究所

「古怒田教授」

ＮＨＫのレポーターが、記者会見のテーブルに着いた白髪の老科学者にマイクを向けた。

「これで怪獣の脅威は去ったわけですが、ご感想はいかがですか」

「ごほん」

古怒田教授は、うざったそうに咳払いをした。

「わしは、地球の危機が去ったなんて全然思っとらん。むしろ心配しておる」

「は？」

「怪獣の脅威は、去っておらん」

会見会場の会議室が、ざわざわとざわめいた。

「それでは」

大八洲新聞《おおやしましんぶん》の記者が立ち上がって訊いた。

「宇宙航行生命体ガーゴイルが、またよみがえるとでも――?」

「いや、それはない。やつは〈究極戦機〉の捨て身の攻撃でこの世から消えた。わしが心配しておるのは――」

「先生」

横から亀山由美が、「それ以上は」と声を出さずに言った。

「ああ。うう――」

古怒田は、下手に自分が憶測を言うと、世間が大混乱になる可能性があるので、言葉が出てこなくなってしまった。

●西日本帝国　鹿児島《かごしま》県　ＩＳＤＡ種子島《たねがしま》宇宙センター

ウーッ
ウーッ
同じ時、帝国宇宙開発事業団《ISDA》の種子島宇宙センターでは、静止軌道の遠距離中継衛星からの緊急メッセージに、昼食を取っていた追跡スタッフたちが走って集合していた。

「どうしたんだっ」

「主任、大変です」

当番で大管制室に残っていた若い研究員が、食べかけた九州味のカップラーメンを脇に置いて、コンソールの画面にマウスを滑らせた。

「外惑星開発施設中継衛星からの、緊急メッセージです。ページを開きます」

パッ

ディスプレイに、真っ赤な緊急メッセージのページが開かれ、覗き込む研究員たちは思わず「おお」とのけ反った。こんな画面は、打ち上げ訓練のシミュレーションでしかお目にかかったことがない。西日本製のロケットは信頼性が上がっているので、最近は滅多にトラブルを起こさないのだ。

「――『外惑星開発施設のひとつから、機能障害のシグナルあり』……」

「どの施設だ？」

国際協同で、恒星間探査船をエリダヌスへ飛ばす計画に、西日本も参加している。そのための水素プラントの建設が、木星の周辺で始められているのだ。水爆推進式の巨大無人探査船の燃料を木星から採取する大プロジェクトである。ＩＳＤＡの種子島宇宙センターは、その無人プラント群の追跡コントロールセンターのひとつだった。

「木星周回軌道上の、無人プラントのひとつが被害を受けたらしいです」

「被害？」

「どのプラントだ？」

　この国際共同プロジェクトは、もし〈究極戦機〉の核融合炉の複製が成功した場合まったくいらなくなるのだが、数年前から各国で予算が出て無人プラントもすでに数基が地球を出発しており、やめると各国宇宙開発事業団と宇宙船メーカーの仕事がなくなってしまうので、税金の無駄遣いと言われながらも現在でも続けられているのだった。

「どのプラントかは——今出ます」

　画面に、背中に巨大なパラボラを背負った馬鹿でかい無人宇宙船の断面図が表示された。

「——発電船だ……！」

　みんなが息を呑んだ。発電船は、木星周回軌道上に浮かぶ無人プラント群に電力を供給する巨大な一隻の太陽熱発電所だ。パラボラの直径だけで二キロもある。食品ラップのように薄いパラボラではあるが、人類がかつてその手で造って宇宙空間に浮かべた構造物の中では最も巨大な〈作品〉だ。

「――『発電船が、被害を受けて機能を停止しつつあり』」

木星のプラント群は、すべて完全に無人だった。有人にすると、莫大な費用がかかって計画は頓挫《とんざ》してしまう。有人宇宙計画はここ二十年間、月より遠くへ出ることをしていない。有人で遠くへ飛ぶことより、ラグランジュ空域にスペースコロニーを造る基礎実験のほうが、今ははるかに重要だといわれていた。だから木星に飛行士は一人もいない。現地の状況は、無人船のコンピュータが送ってくる遠距離メッセージを解析するしか知る術がなかった。

「発電船が、どんな被害を受けているというんだ！」

管制室の主任は、その巨大無人船にかけられている予算の額を思い出しながら若い研究員をどやしつけた。木星軌道上に開いた直径二キロの傘だけで、原子力空母が二隻買えるのだ。

「わかりません。各ブロックが、次々に機能を停止していきます」

木星から二十分もかかって送られてくる非常通信は、木星周回軌道に浮かぶ巨大な発電船の船内各ブロックが、次々にエネルギーレベルをゼロにして沈黙していく有り様を伝えていた。

「送電出力が、ゼロになりました」

「ばかな。そんなに急激に送電出力が下がるはずはない。蓄電池に莫大な電力を保存してあるんだぞ」

発電船の出力は、地上の最大級の原発三基ぶんに匹敵する。そのエネルギーで、無人プラント群を動かし、木星から水素をくみ上げて重水を製造させているのだ。

「蓄電池のエネルギーも、すべてゼロです」

ディスプレイを見ながら若い研究員が言った。これは二十分前の出来事だから、当の発電船は今頃どうなっているのか、二十分たってみないとわからない。

「そんなことがあるものか！」

発電船の専門スタッフが叫んだ。

「そんなことはありえない！　蓄電池まで瞬間的にゼロに下がるなんて——何かに吸い、い、い、取られでもしない限り、ありえないことだ！」

●帝都西東京　首相官邸

「総理」

迎秘書官が、電報の紙を手にして執務室に駆け込んできた。

「総理。大変です」

黒光りするマホガニー・デスクの上で新聞を広げていた木谷首相は、うざったそうに顔を上げた。

「何事だ。怪獣がせっかく倒れて、地球の核汚染も防げたというのに」

だが迎は、持ってきた紙を広げて、読み上げた。

「総理。ＪＳＤＡから緊急報告です。木星軌道上の無人開発プラント群が、たった今、全滅いたしました！」

「何っ」

「どうしましょう」

「外惑星のプラントが全滅だと？」

「はい」

「ううむ……」

迎は、腕組みをして考え込む木谷を覗き込んだ。

「総理、まずいですよ。これでは、保険屋が連鎖倒産してしまいます」

「うむ――困ったな、保険会社が今軒並み倒れたら、せっかく景気がよくなってきたのに、困ったことになるなぁ――」

宇宙開発プラントにかけてある保険の額は、莫大であった。木谷は考え込んだ。

「救済措置に公的資金なんか導入すると、野党がまたうるさいしなぁ」

「どうしましょう総理」

この時、地球の人々は、木星軌道プラント群を全滅させたのが何ものであるのか、まだ想像もしていなかった。

COMIG SOON
〈新・天空の女王蜂Ⅳ〉
2016年5月

JASRAC 出1510803-501
なお本作品はフィクションであり、実在の個人・団体などとは一切関係がありません。

文芸社文庫

ガーゴイルを倒せ！ 新・天空の女王蜂Ⅲ

二〇一五年十月十五日　初版第一刷発行

著　者　夏見正隆
発行者　瓜谷綱延
発行所　株式会社　文芸社
〒一六〇－〇〇二二
東京都新宿区新宿一－一〇－一
電話　〇三－五三六九－三〇六〇（編集）
〇三－五三六九－二二九九（販売）
印刷所　図書印刷株式会社
装幀者　三村淳

ISBN978-4-286-17035-0